KB013394

우리는 다시
강에서 만난다 1

우리는 다시 강에서 만난다 1

나의 친구 두우쟁이에게

이상복 장편소설

매일경제신문사

옛날에 한 소년이 있었습니다.
소년은 어쩌면,
내일은 오늘과 다르리라
생각하며 살았습니다.

차례

프롤로그

2003년 어느 봄날 오후, 아내는 영어 공부를 위해 커뮤니티 칼리지에 가고, 나는 여섯 살짜리 딸아이와 퍼즐 놀이를 하고 있었다. 그때 초인종이 울렸다. 문을 살짝 열었더니 앳돼 보이는 히스패닉 계통의 소년 두 명이 서 있었다.

"무슨 일이니?"

"우리는 이 근처 학교에 다니는 초등학생입니다. 신문 구독하지 않으시겠어요?"

둘 중 키가 작은 아이가 말했다.

"나는 지금 바빠서 너희들과 이야기 나눌 시간이 없구나. 기회가 되면 구독해줄 테니 나중에 들러라."

귀찮았던 터라 대충 둘러댔다.

"그럼 나중에 들를게요. 안녕히 계세요."

두 소년은 공손히 인사를 한 후 돌아갔다.

며칠이 지났다. 마침 그날도 아내는 커뮤니티 칼리지에 가고, 나는 딸과 놀고 있었다. 초인종이 울려 문을 열었더니 며칠 전 찾아왔던 소년 둘이 서 있었다.

"어떻게 왔니?"

"나중에 다시 오면 신문을 구독하겠다고 아저씨가 말했잖아요. 그래서 다시 왔어요."

나는 깜짝 놀랐다. 신문을 봐 달라고 찾아왔을 때 귀찮아서 대충 둘러댔던 것인데 다시 찾아오리라고 생각하지 못했던 것이다.

"내가 그랬구나, 잠시 기다려라."

본의 아니게 한 거짓말이 매우 미안했다. 그래서 두 소년과 대화를 해보려고 딸아이를 데리고 밖으로 나왔다.

"애들아, 미안하구나. 지난번에 너희들이 왔을 때 신문을 구독할 입장이 아니었단다. 그래서 그냥 다음에 오라고 했던 거란다."

숨을 한 번 들이쉬고 나서 이야기를 계속했다.

"우리 가족은 얼마 안 있으면 한국으로 돌아갈 예정이야. 그래서 신문을 구독할 수 없단다."

그렇게 말하면서도 한편으로는 아이들이 궁금했다.

"너희들은 신문 배달을 하니?"

"아뇨."

"그럼 왜 신문 구독을 권유하고 다니니?"

"학교 프로그램에 따른 거예요. 신문 구독 권유도 그 프로그램 중 하나거든요. 독자를 확보해 가면 신문사에서 학교로 사례비를 보내줘요. 사례비는 우리 실적이 되고요. 학교에서는 이 돈을 빈민구호단체에 기부해요."

학생들이 주차장에서 세차하는 과제 등 다양한 프로그램이 있다고 제법 진지하게 설명했다.

"전혀 모르는 집을 방문해서 신문 구독을 요청하기도 하지만 어려워요. 아는 집에서 구독해주는 경우가 대부분이에요."

지키지 못할 약속을 한 것에 대해 두 소년에게 진심으로 사과했다. 그들은 나의 귀향에 행운을 빌어주고 돌아갔다.

그들을 보내자마자 머릿속에 과거의 일들이 꼬리에 꼬리를 물고 떠올랐다. 애써 되짚고 싶지 않았던 어린 시절의 아픈 상처들이다.

초등학교 5학년 때부터 중학교 3학년 때까지 신문 배달을 했다. 가정형편이 넉넉하지 못한 탓도 있었지만, '젊었을 때 고생은 사서도 한다'는 5학년 담임 선생님의 가르침을 따른 것이기도 했다. 초등학교 때는 신문 배달부라는 사실을 굳이 숨기지 않았지만, 중학교에 입학하면서부터는 철저하게 숨겼다. 남녀공학 중학교에 다니던 내게 사춘기가 좀 일찍 찾아왔던 모양이다. 신문 배달을 한다는 것은 가난한 집 아이라는 것을 의미하고, 가난한 집 아이들은 부잣집 아이들보다 사고뭉치가 많다고 지레 생각한 자격지심 때문이었다.

가난에 대한 열등감에 빠져 외톨이가 되었을 때 명훈이가 다가왔다. 그때 명훈이가 내게 뜨거운 사랑을 주었기 때문에 나는 방황을 멈출 수 있었다. 벼농사 절기인 곡우 때 빗물과 함께 나타난다는 물고기 '두우쟁이'처럼 명훈이는 주위 환경의 유혹에 빠져 걷잡을 수 없이 침몰해가던 나를 구출한 것이다.

미국 유학 중이던 2002년 10월 어느 날, 두우쟁이 명훈이의 갑작스러운 부음을 받고 대성통곡했다. 명훈의 죽음을 알린 사람은 또 한 명의 중학교 단짝 친구 형준이었다. 그런데 형준이마저 2004년 12월 25일 크리스마스에 급성 심근경색으로 세상을 떠났다. 나는 또다시 대성통곡했다.

두 친구와 함께 소풍을 가서 찍은 흑백 사진들을 정리하면서 죽음에 대해 생각하고 또 생각했다. 초등학교 1학년 때 두 여동생을 떠나보낸 후 나는 죽음에 매우 민감해져 있었다.

소년은 자라서 어른이 됐다. 남들이 부러워하는 변호사가 됐다. 박사학위를 받고, 미국에 가서 공부도 했다. 하지만 어린 시절 지독한 가난으로 인해 형성된 열등감은 쉽게 극복되지 않았다.

두 친구의 죽음으로 잠시 동안 세상살이를 하면서 '사람들이 걸치는 외형이 덧없지 않은가'라는 생각을 하기에 이르렀다. 그렇다고 해탈의 경지에 들어섰다는 말은 아니다. 다만 지나고 보면 아무것 아닌 사소한 일들을 왜 그리 오랫동안 털어버리지 못하고 집착을 하며 살아왔는가에 대한 회한이 남기에 하는 소리다. 훌훌 털어버리지 못했던 내가 한

심했다는 생각이 든다.

아내에게도 내 어린 시절을 이야기한 적이 없다. 부끄럽게 여기고 있었던 까닭이다. 내 과거가 부끄럽지 않다는 사실을 깨우치게 되기까지는 많은 시간이 필요했다. 두우쟁이의 죽음이 있고서야 지금의 나에게 절대적으로 영향을 준 내 유년기와 소년기를 잔잔하게 돌아보며 그 시절의 '나'도 '나'라고 받아들일 수 있었다.

내 인생의 친구이자 스승이었던 두우쟁이 명훈.

마지막 길을 떠나면서까지 나에게 가르침을 남겨주었다.

‘나의 친구 두우쟁이에게’

아빠, 죽지 마. 내가 있잖아요

숙이는 여전히 목구멍에서 고통스런 신음을 내며 반듯이 누워 있었다. 입술은 고열로 까맣게 변해갔다. 어머니는 보리차를 호호 불며 숙이를 흔들었다.

"여보, 숙이 입술 좀 보세요. 까맣게 타들어가고 있어요. 이마는 불덩이고요. 서둘러 병원에 데려가야 하는데… 제발 어디 가서 돈 좀 구해 와요."

어머니는 일곱 살 숙이를 일으켜 안으면서 아버지를 재촉했다. 겨울이라 일거리가 없는 아버지는 수심이 가득한 얼굴을 하고 밖으로 나갔다. 어머니는 숙이에게 보리차를 조금씩 먹였다.

"십중팔구는 폐렴 같은데, 나이가 어려서 너무 힘들어 하는구나."

어머니는 손등으로 눈언저리를 훔치면서 중얼거렸다. "자장, 자장" 다독거리며 자장가를 불러봤지만 숙이는 누워서 쌕쌕거리며 가쁜 숨을 몰아쉬기만 했다.

"숙아, 엄마가 업어줄까?"

숙이는 힘없이 고개를 끄덕였다. 어머니는 숙이를 업고 방 안을 서성이며 나직이 말을 이었다.

"숙아, 많이 힘들지?"

"엄마, 교회에서 종을 치고 있네. 교회에 가야 하는데… 친구들도 보고 싶고, 연희 언니도 만나야 되는데."

유치부에 다니던 숙이는 벌써 몇 주째 교회에 가지 못했기 때문에 마음이 온통 교회에 가 있었다. 숙이는 어머니 앞에서 종종 교회에서 배운 노래와 율동을 자랑해 보이곤 했었다. 칭찬을 해주지 않는다고 투정을 부린 적도 있었다.

"숙아, 오늘은 교회에 가는 날이 아니란다. 빨리 나아서 돌아오는 일요일에는 교회에 함께 가자."

"아니란 말이야. 지금 교회서 종 치는 소리가 들린다니까."

숙이의 말에 어머니는 아무런 대꾸도 못하고 한숨만 내쉬었다. 어머니는 폐렴으로 고통스러워하는 숙이를 달래서 재워 보려고 내내 애를 썼다. 마침내 숙이는 잠이 들었다. 나도 방 한쪽에 누워서 어머니와 숙이가 나누는 이야기를 듣고 있다가 깜빡 잠이 들고 말았다.

잠결에 울음소리를 듣고 깨어났다. 일어나 보니 어머니는 축 늘어져 있는 숙이를 부둥켜안고 엉엉 소리 내며 울고, 아버지는 방바닥에 주저앉아 흐느끼고 있었다.

그렇게 숙이는 잠을 자다가 죽었다. '교회에서 종을 치는 소리가 들린다'는 말이 숙이의 마지막 말이 된 셈이다. 아버지는 숙이를 윗목에 눕히고 천으로 덮었다. 어머니와 아버지는 계속 훌쩍거렸지만 아직 첫

돌이 안된 철이는 깨어나지 않고 있었다. 다섯 살 난 순이는 잠에서 깨어나서는 무슨 일이 일어났는지도 모르고 밥을 달라고 울며 보챘다. 나는 순이를 끌어안고 "울지 마, 순이야. 울지 마. 조금 있다가 밥 줄게" 하면서 달랬다.

나도 죽음을 알기에는 너무 어린 나이였다. 숙이의 죽음이 슬퍼서가 아니라 어머니와 아버지가 계속 울어대니 덩달아 나도 따라 울었을 따름이었다. 집안 분위기가 침울하게 가라앉아 있었다. 주인이 살고 있는 부엌을 통해 나 있는 계단을 내려가야만 우리 방으로 갈 수 있었다. 방 뒤 창가 쪽에는 개천이 흐르고 있었다. 그날따라 웬 바람이 그리 모질게 윙윙 불어대는지 창문과 방문이 밤새 쉬지 않고 들썩거렸다.

다음 날 아버지는 어디에 무엇을 하러 다녀오겠다는 말도 남기지 않고 퉁퉁 부은 얼굴로 집을 나갔다. 어리디어린 딸을 먼저 저세상으로 보낸 것이 못내 서러웠는지 어머니는 밤새 울고 또 울어서 두 눈이 퉁퉁 부어 있었다. 어머니는 숙이의 죽음을 슬퍼하느라, 홍역을 앓으며 쌕쌕거리고 있는 철이를 돌보느라, 정신이 반쯤 나간 사람처럼 보였다. 나는 지쳐서 누워 있다가 배가 너무 고파서 자리에서 일어났다. 어머니에게 밥을 달라고 하면 안 될 것 같았다. 나는 부엌에 가서 반찬을 찾아와 아랫목 이불 속에 묻어 둔 밥을 꺼내 순이와 함께 먹었다.

더디고 더딘 하루해가 저물고 어두운 밤이 됐다. 매섭게 부는 바람은 방문과 창문을 사정없이 흔들어 댔다. 아버지는 낯모르는 아저씨와 함께 돌아왔다. 아저씨와 아버지는 눈을 감고 조용히 누워 있는 숙이에게 옷을 입히고 천으로 감쌌다. 아저씨는 계속 코를 훌쩍거리는 아버지와 흑흑 소리를 내면서 흐느끼는 어머니를 향해 울음소리를 낮추라며 달랬다. 이웃 사람들 모르게 조용히 숙이를 내가야 된다며…. 한겨울이라 땅이 얼었을 거라고, 언 땅을 파기가 힘들 거라고도 했다.

숙이를 업은 아저씨가 먼저 방문을 나섰다. 아버지는 곡괭이와 삽을 싼 부대를 들고 그 뒤를 따라 나갔다. 아버지의 눈에서는 굵은 눈물방울이 뚝뚝 떨어지고 있었다.

"하나님, 너무 무심하십니다. 너무 무심하세요."

어머니는 방바닥에 엎드려서 바위라도 녹일 것 같이 처참한 울음소리를 끝없이 토해 냈다. 나는 아저씨가 어디로 숙이를 데리고 가는지가 궁금해서 방에 가만히 앉아 있을 수가 없었다. 주먹으로 눈물을 훔치면서 아버지 뒤를 따라나섰다. 집에서 가까운 다리 근처까지 따라갔을 때 아저씨가 손사래를 치면서 나를 돌려보내려고 했다.

"어여 들어가, 어여. 너는 따라오면 안 돼."

나는 숙이를 아주 먼 다른 곳으로 데려가면 언제 다시 볼 수 있을까 하는 마음에 다리 위에서 조금 머뭇거리다가 계속 더 따라가고 있는데 아버지가 "그만 들어가라니까! 밖이 춥잖아!" 하고 언성을 높였다. 아버지가 역정을 내는 소리에 나는 그만 다리를 살금살금 건너고 난 후 더 이상은 따라갈 수 없었다.

나는 멈춰 서서 '숙아, 잘 가. 우리 언제 또 만날지 모르겠네'라고 속으로 중얼거리며 한참 동안 어둠 속으로 멀어져 가는 아버지와 숙이를 업은 아저씨 뒷모습을 멍하니 바라봤다. 매섭고 찬 바람이 불고 있는 겨울밤이라 다리를 오가는 사람은 없었다. 나는 손에 호호 입김을 불며 뛰어서 다리를 건너 집으로 돌아왔다. 그 사이 순이가 잠에서 깨어나 보채고 있었다. 어머니는 순이에게 보리차를 먹이면서 연신 눈물을 훔쳐댔다. 온통 빨갛게 충혈된 눈으로 나를 물끄러미 바라보던 어머니의 눈가엔 이내 이슬방울이 맺히기 시작했다.

"칠복아, 이제 우리는 어떻게 살란 말이냐. 그놈의 돈이 숙이를 죽였구나."

"엄마, 엄마, 죽는 게 뭐야? 아저씨하고 아버지가 숙이를 낫게 하려고 데려갔잖아."

어머니는 내 물음에 대답은 하지 않은 채 어깨를 들썩이면서 계속 서럽게 흐느끼기만 했다.

아버지가 돌아오기를 기다리고 있었다. 시간이 얼마나 흘렀을까. 아버지는 반쯤 넋이 나간 얼굴로 돌아왔다. 잠을 자려고 누웠지만 계속 흐느끼는 소리 때문에 잠을 들 수가 없었다. 그날 밤 나는 검은 어둠 속에서 아버지와 어머니의 서러운 눈물 냄새를 맡으며 내내 뜬눈으로 밤을 지새웠다.

아저씨가 숙이를 데려간 뒤 우리 집은 더 우울해졌다. 숙이가 죽던 해는 내가 초등학교 1학년 겨울방학 때인 1970년도였다. 그날은 마침 섣달 그믐날이었다. 우리 가족은 죽은 숙이를 차디찬 윗목에 천으로 덮어 놓고 설날을 맞았던 것이다.

숙이를 떠나보낸 지 며칠 후 어머니는 내게 심부름을 시켰다. 어머니는 밖에 나가기가 싫은 모양이었다. 나는 10원짜리 종이돈 다섯 장을 들고 연탄가게로 갔다. 연탄가게 아저씨는 연탄구멍 한가운데에 매

듭지은 새끼줄을 끼워서 연탄을 팔았다. 당시 연탄 한 장 가격은 10원이 조금 넘었던 것으로 기억된다. 연탄 두 장을 사 들고 집으로 돌아왔다. 양손에 한 장씩 나눠 들고 오는데 꽤 무거웠다. 다시 어머니는 가게에 가서 라면을 사오라고 했다. 라면 한 개의 가격은 10원이었다. 시내버스 요금이 10원, 자장면 한 그릇이 30원일 때였다. S라면은 정말 맛이 좋았다.

당시 내가 살던 서울 변두리 지역은 시골과 다를 바 없었다. 우리 동네에는 배추와 무, 고추, 파 따위가 심어져 있는 채소밭이 즐비했다. 시골과 비슷하다 보니 다들 사는 형편도 어려웠다. 어른들은 보릿고개를 넘는 것이 힘겹다고들 말했다. 그때 라면은 보릿고개를 넘기 위한 주요한 음식이었다. 한 끼를 때우는 식량이었고 영양분의 공급원이었다. 라면에는 쇠고기 기름이 많이 들어 있기 때문이었다.

내가 라면을 들고 집에 들어왔더니 어머니가 다니던 교회 사람들이 와 있었다. 그들은 김치와 쌀 한 말을 가져왔다. 당분간은 맛있는 김치와 쌀밥을 먹을 수 있다는 생각에 나는 기분이 좀 나아졌다. 쌀 한 말 가격은 400원 정도였던 것으로 기억한다. 교회에서 온 사람들은 어머니와 아버지를 위로하면서 〈요단강 건너가 만나리〉라는 노래를 불렀다.

어머니와 아버지는 또 울었다.

숙이가 세상을 떠난 지 한 달도 채 안된 어느 날, 역시 폐렴을 앓고 있던 다섯 살배기 순이마저 세상을 떠났다. 아버지와 어머니는 숙이가 죽었을 때보다 더 구슬프게, 더 오래오래 울었다. 어머니는 머리카락을 쥐어뜯으며 미친 듯이 고함을 치고 더 굵은 눈물방울을 쏟아 냈다. 아버지도 피눈물을 흘리며 연신 짐승처럼 신음 소리를 냈다. 나도 따라 울었다. 여전히 나는 죽음에 대해서 알지 못했다. 하지만 숙이를 업고 나간 아저씨가 또다시 와서 순이를 데려갈 것이고 더 이상 순이도 볼 수 없으리라는 것쯤은 알고 있었다.

그렇게 겨울방학 동안 숙이와 순이가 훌쩍 어디론가 떠났다. 결코 다시 볼 수 없는 그들의 어린 모습만 가슴속 깊은 곳에 남겨둔 채. 이제 4남매 중 첫째인 나와 막내 철이만 남았다. 여섯 식구였던 우리 가족은 그해 겨울을 지나면서 네 식구로 줄고 말았다.

나도 그 겨울에 홍역을 앓았다. 첫돌이 지나지 않은 철이도 나와 함께 홍역에 걸렸다. 폐렴을 앓았던 누이동생 숙이와 순이를 포함, 4남매가 한꺼번에 아팠지만 병원에 갈 돈이 없었다. 그래서 숙이와 순이는 죽었다.

어머니는 물도 한 모금 마시지 못하고 앓아누웠다. 몸이 아파서가 아니라 마음이 수천수만 갈래로 찢어졌기 때문이었으리라. 아버지도 말을 잃은 채 천장을 멍하니 쳐다보는 일이 잦아졌다. 우리는 마른하늘에서 날벼락을 맞은 듯 망연자실하고 있었던 것이다. 우리 가족은 칠흑 같은 암흑과 끝 모를 절망의 바다에 빠져 그해 겨울 내내 떠돌았다.

순이마저 떠나보낸 지 며칠 지나지 않은 어느 날이었다. 아버지는 뭔가 결심을 굳힌 듯했다. 얼굴 표정이 평소와 달라 보였다. 쏟아지려는 눈물을 억지로 참고 있는지 눈자위가 벌겋게 충혈되어 있었다. 충혈된 눈동자와 달리 아버지의 표정은 차분하게 가라앉아 있었다. 세상살이에 들볶이고 허우적대던 아버지의 얼굴에는 얼핏 체념의 기색이 엿보였다.

"여보, 연탄가스를 마시고 죽읍시다."

아버지는 눈물이 그렁그렁 고인 어머니의 애달픔을 애써 외면하며 담담하게 말했다. 아버지의 얼굴은 마를 대로 말라 광대뼈가 튀어나오고, 부르터진 입술에는 큰 피딱지가 엉겨 붙어 있었다. 여전히 숨을 쉬고 있었지만 혼은 이미 몸을 빠져나간 듯 보였다. 마치 미친 사람처럼 초점을 잃은 퀭한 두 눈으로 어머니를 바라보면서 다시 말을 이었다.

"칠복 엄마, 연탄가스 마시고 우리 식구 모두 죽읍시다."

어머니는 철이를 안고 젖을 먹이면서 하염없이 눈물만 흘리고 있었다. 며칠 동안 거의 아무것도 먹지 못한 어머니의 젖이 제대로 나오지 않는지 철이는 낑낑거렸다. 아버지는 모두 함께 죽자고 하는 판국이었지만 아직 첫돌도 지나지 않은 철이는 삶에 대한 본능적인 애착으로 마른 젖꼭지를 악착같이 빨아대고 있었다.

어머니는 넋이 나가 아무 말도 들리지 않는 듯 아버지의 말에 아무 대꾸를 하지 않고 있었다. 퀭한 눈가에 눈물이 더 고이는가 싶더니 마침내 한 방울 한 방울씩 떨어지기 시작했다. 아버지는 부엌에 나가 연탄 화덕을 방 안으로 들여왔다. 화덕에는 불이 붙은 연탄 한 장이 들어 있었다. 나는 그때까지 연탄불을 피워놓고 가스를 마시면 사람이 죽는다는 사실을 몰랐다. 그래서 아버지 말이 얼른 이해되지 않았다.

우리 가족은 아무도 움직이지 않고 침묵 속에 조용히 앉아 있었다. 간간히 아버지의 한숨 소리만 들렸다. 흐느낌이 서서히 잦아들고 난 후에도 시간이 한참 흘렀다.

“여보, 우리는 죽어야 마땅하지만 어린 것들이 무슨 죄가 있다고 죽여요. 개똥밭에서 굴러도 이승이 낫다고 하잖아요.”

어머니의 좁은 어깨가 가냘프게 떨리고 있었다. 자그마한 몸에 커다란 눈방울의 어머니는 한 달 사이에 자식 넷 중 둘을 잃었다. 뱃속에 열 달 동안 품었던 자식 둘을 그렇게 허망하게 잃고 얼마나 마음이 아팠을까? 그런데도 어머니는 삶의 끈을 다시 잡아 보려고 안간힘을 쓰고 있었다.

“그럼 이대로 어떻게 살아, 응? 살아서 뭘 해. 이참에 아예 다 죽어 버리자고. 하늘이 무심하다고 해도 너무 무심해. 세상에 어떻게 이런 일이 있을 수 있어, 응? 한 해 겨울에 하나도 아니고 어떻게 둘씩이나 데려가느냐고….”

아버지의 눈가에서 굵은 눈물방울이 굴러 떨어졌다. 나는 죽는 것이 싫었다. 죽으면 세상을 다시 볼 수 없다는 것을 어슴푸레 깨달았기 때문이다.

“아부지, 죽지 마요. 내가 있잖아요. 아부지하고 엄마가 죽으면 나하고 철이는 어떻게 살아요.”

나는 눈물을 훔치고 있는 아버지 팔에 매달렸다. 서러움에 복받친 아버지는 갑자기 나를 와락 껴안았다. 그리고 내 얼굴에 자기 얼굴을 비비면서 서러운 울음을 토해 냈다. 내 볼을 타고 아버지의 뜨거운 눈물이 흘러내렸다. 어머니도 몸을 떨며 하염없이 흐느끼고 있었다.

그렇게 한참이 지난 후 우리는 울음을 멈췄고 방 안에는 쉽게 깨어지지 않을 정적만이 감돌았다. 누구도 먼저 말을 꺼내지 않았다. 나는 배가 너무 고팠다. 하지만 차마 어머니에게 밥을 차려 달라고 말할 수는 없었다. 밖에서는 여전히 윙윙거리는 찬 바람이 거세게 불며 방문과 창문을 뒤흔들고 있었다. 춥고 긴 이 밤이 지나면 그 무엇으로도 충족시킬 수 없는 텅 빈 내일이 오리라. 차라리 내일이 없었으면 좋겠다.

우리 가족 모두는 그 후 며칠 동안 한 걸음도 밖에 나가지 않고 방 안에서만 지냈다. 마침내 아버지는 먹을거리를 준비하기 위해 밖으로 나갔다. 나도 바깥바람을 쐬고 싶었다. 바깥공기가 그리웠다. 그러나 바깥공기는 얼음처럼 찼다. 이웃 사람들은 우리를 두고 수군거리고 있었다. 우리 가족이 이사를 온 후부터 이 동네에 이상한 일이 자주 일어나고 사람이 자꾸 죽는다는 것이었다. 우리 집에 귀신이 붙어서 그렇다고 했다. 밖에 나가 어울리려고 해도 내 또래 아이들은 슬금슬금 나를 피했다. 수민이만 빼고….

우리 가족이 세 들어 살던 집은 원래 변소가 있던 자리였다. 집주인이 변소를 메우고 그 위에 방을 한 칸 들여서 우리 가족에게 세를 줬다고 했다. 우리 식구 중에 귀신 붙은 사람이 있거나, 아니면 변소 귀신이 옮겨 붙어서 그렇게 이상한 일이 자주 일어났고, 결국 누이동생들도 죽었다고 수군댔다. 그래서 아버지와 어머니는 동네 사람들과 마주치지 않고 늘 피하려고만 들었다.

어머니는 내게 동네 친구네 집에 놀러 가지 말라고 했다. 우리 가족 누구도 밖으로 들어나는 무슨 잘못을 저지르지 않았는데도 동네 사람들이 막무가내로 터무니없는 혐의를 씌워 흉을 보며 뒤에서 손가락질을 해댔기 때문이다.

1970년 2월이 되어 초등학교 1학년 겨울방학이 끝났다. 개학을 했지만 누이동생들의 잇단 죽음으로 인해 앓던 홍역이 완쾌되지 않았기 때문에 나는 학교에 가지 못했다. 코흘리개에 오줌싸개였던 내게 깊은 인상을 줬던 담임 선생님을 보지 못하고 나는 2학년이 됐다.

나는 1학년 때 선생님이 좋았다. 처음에 내 짝은 금숙이었다. 금숙이는 오줌싸개였다. 그래서 지린내가 많이 났다. 나도 오줌싸개였지만 오줌 냄새를 많이 풍기는 금숙이가 싫었다. 그래서 책상 가운데 금을 긋고 금숙이가 금을 넘어오지 못하게 단속했다. 그런데 선생님이 어떻게 내 마음을 알았는지 짝을 바꿔줬다. 새 짝은 영주가 됐다. 영주는 지린내도 안 나고 금숙이보다 예뻤다. 영주네는 시장 입구에서 '이천쌀상회'를 하고 있었다. 나는 영주가 좋았다.

막상 2학년이 시작되었지만 집안 사정이 엉망이었기 때문에 3월 초가 지나서도 학교에 가지 못했다. 아버지와 어머니도 학교에 가라고 말하지 않았다. 한 달 사이에 자식 둘을 잃은 부모님은 계속 살아야 하는지, 아니면 두 눈을 감고 죽어야 하는지를 놓고 내내 심하게 싸우고 있었기 때문이었다. 우리 가족은 그야말로 죽음과 삶의 경계에서 오락가락하며 아슬아슬하게 하루하루를 보내고 있었다.

그렇게 훌쩍 한 달쯤 지난 후 비로소 학교에 갈 수 있었다. 죽은 자는 죽은 자의 길을 가고, 살아 있는 자는 산 자의 길을 가야 한다. 모진 고통을 겪었지만 나는 살아 있는 자에 속했기에 내 길은 따로 있었다.

2학년이 된 것은 확실했지만 몇 반인지는 알 수 없었다. 선생님들, 아니 사람들을 만나는 것이 무서웠다. 다른 사람들이 지난 겨울 동안 우리 집에서 일어났던 일들을 모두 다 알고 있을지도 모른다는 우려 때문이었다. 그래도 학교에 나온 이상 어쩔 수 없는 노릇이었다. 마음을 굳게 먹고 교무실로 가 내가 속한 반을 물어봤다. 1학년 때 담임이 2학년 6반에 배정됐다고 알려주었다.

새 담임은 젊은 여선생이었다. 새 학기가 시작되고 날짜가 꽤 지나도록 아무 연락도 없이 결석하다가 나타난 나를 처음 대하는 담임의 표정은 차디찬 얼음장 같았다. 무슨 사정이 있었느냐고 묻지도 않고 나를 보자마자 대뜸 화부터 냈다. 왜 결석을 그리 오래 했느냐고.

'겨울 동안 누이동생들이 죽었어요. 우리 집은 너무 슬펐어요. 또 아버지가 모두 죽자고 했는데 제가 죽지 말자고 했어요.'

입안에서 이런 말들이 맴돌았지만 결국 아무 말도 하지 못했다. 선생님이 내게 자초지종을 설명할 틈도 주지 않고 계속 나무라기만 했기 때문이다.

비록 매일 등교는 하고 있었지만 나는 학교생활에 전혀 흥미를 느끼지 못했다. 가슴 깊은 곳에서 이는 슬픔을 애써 꾀옥 누르면서 나는 마치 지난 겨울방학 동안 아무 일도 일어나지 않았다는 듯이 행동하려고 애썼다. 그러나 수업 시간에 급우들이 모두 웃어도 결코 내 입가에 웃음이 번진 적은 한 번도 없었다. 아이들이 깔깔거리면서 장난을 치고 함께 어울렸지만 나는 그저 저만치 뚝 떨어져 구경만 했었다. 신경질적인 담임의 눈치를 보며, 반 아이들과 어울리지 못하며, 그렇게 한 학년을 보냈다.

죽기 전 숙이는 나와 자주 다투곤 했었다. 아버지와 어머니의 사랑을 독차지하기 위해 둘만의 암투를 벌인 거였다. 싸울 때는 숙이가 미웠다. 또 숙이가 없었으면 좋겠다는 생각도 했다. 숙이만 없다면 아버지와 어머니의 사랑과 관심이 전부 나에게 쏠릴 텐데 그렇지 못했기 때문이다.

초등학교 1학년 초여름의 일이다. 나는 파란 색깔의 반팔 교복을 입고 학교에 다녔다. 왼쪽 가슴에는 학교를 상징하는 교표가 멋있게 붙어있었다. 학교에 갔다 집에 와서도 교복을 벗지 않고 입고 다니는 것이 내 자랑이었다.

어느 날 어머니가 1원짜리 하나를 내게 줬다. 숙이를 데리고 구멍가게에 가서 아이스케키 두 개 사서 하나는 내가 먹고 다른 하나는 숙이에게 줬다. 우리는 귀하디귀한 아이스케키를 빨아 먹으면서 집으로 돌아가고 있었다. 그런데 숙이가 어쩌다가 실수로 내 교복에다가 아이스케키를 문지르고 말았다. 내가 그렇게 아끼는 교복에 아이스케키를 묻히다니. 화가 치민 나는 주먹으로 숙이의 등을 힘주어 때렸다. 숙이는 바로 주저앉더니 아파 죽겠다고 소리를 지르면서 엉엉 울어댔다. 앙탈을 부리며 크게 우는 계집애가 미웠다. 소리 지르고 울면 누가 달려와서 자기편이 되어줄 줄 알고, 이 계집애가.

화가 머리끝까지 난 나는 주저앉아 떼를 쓰는 숙이를 연거푸 발로 찼다. 아마 구멍가게 아줌마가 뛰어나와서 말리지 않았다면 숙이를 더 때렸을 것이다. 그런 와중에 숙이의 아이스케키는 땅에 떨어져 나뒹굴었다. 가게 아줌마는 "오빠가 되어 가지고 동생을 마구 발로 차면 돼!" 하면서 나를 나무랐지만 나는 분을 삭이지 못하고 계속 씩씩거렸다. 이 일이 있은 지 얼마 후 우리 가족은 변소를 메워 방을 들인 집으로 이사했고, 그 집에서 숙이는 내 곁을 영원히 떠났다.

한마디로 가족에게 상처만 남겨 놓고 먼저 떠난 숙이는 나쁜 계집애였다. 겨우 일곱 살까지 살다가 간 나쁜 계집애였다. 아예 태어나면서 죽어 버렸으면 뒤에 남겨진 우리 가족을 이토록 슬프게, 나를 이토록 슬프게 만들지는 않았을 테니까. 숙이는 내게 지울 수 없는 슬픔과 홀로 찍은 사진 한 장만을 덩그러니 남기고 떠났다. 살아 있었다면 정말 예쁜 아이가 되었으리라. 동생이라고 하는 말이 아니다.

호떡 하나 주면 안 되나

나는 친구네 집에 놀러 가기를 유난히 좋아했다. 형편이 나은 친구네 집에 가면 우리 집에서보다 더 맛있는 반찬을 먹을 수 있었기 때문이다. 나는 나름대로 잔머리를 굴려 꾀를 냈다. 그래서 꼭 식사 시간에 맞춰 놀러 갔다.

"영철아, 노올자~ 영철아, 노올자~"

영철이네 집 앞에 가서 이름을 불렀다.

"지금 밥 먹어. 밥 다 먹고 나갈게. 기다려."

이것은 내가 바라던 대답이 아니었다. 나는 "들어와서 기다려라"는 대답을 바라고 있었다. 밥상 옆에서 기다려야 밥을 얻어먹을 수 있는 기회가 생기기 때문이었다. 영철을 부르면 들어오라는 말보다 기다리라는 말을 더 자주 들었다. 그래서 나는 영철이네 집에는 잘 가지 않았다.

나는 영철이가 싫었다. 사람을 이유 없이 미워하면 옳지 않다고 어머니가 말했지만 영철이가 싫은 건 어쩔 도리가 없었다. 녀석도 나를 싫어했다. 영철이는 나보다 덩치도 크고 힘도 셌다. 지난번에 영철과 나는 구슬치기를 하다가 싸웠다. 녀석이 먼저 내 머리통을 한 대 때렸다. 그때 나는 힘으로는 이길 수 없을 것 같아 영철이의 팔뚝을 물어 버렸다. 내가 팔뚝을 물었다고 녀석은 제 어머니에게 일러바쳤다. 영철이 어머니는 또 우리 어머니에게 일렀고, 나는 야단을 맞았다. 이 일이 있은 후로 영철은 내가 자기네 집에 놀러 가자고 하면 내 말을 들어주지 않았다. 그래서 나는 영철이가 더 싫었다.

누이동생들이 한꺼번에 죽은 뒤로는 또래 아이들 집에 놀러 가는 일이 많이 줄어들었다. 어머니는 동네 사람들의 수군거림을 알고 있었기 때문에 내가 친구네 집에 놀러 가는 것까지 말렸다. 그러나 어머니의 말을 어기고 나는 수민이네 집에는 자주 가서, "수민아, 노올자~ 수민아, 노올자~" 하고 불러댔다. 내가 수민을 부르는 소리는 사실 따지고 보면 '너희 집 밥 좀 같이 먹자'라고 해야 옳았다. 집에서 늘 국수나 수제비만 먹다 보니 하얀 쌀밥이 떠오르며 입에 저절로 침이 고이는 때가 있었다.

"지금 밥 먹어. 들어와서 기다려."

수민의 목소리가 들려왔다. 내가 기다리던 반가운 신호였다. 수민은 세수를 잘 안 해서 얼굴과 손이 항상 지저분했다. 또 거의 닦지 않아 때가 덕지덕지 붙어 있는 발은 연탄장수 아저씨 얼굴처럼 까만 색깔이었다. 수민이가 세수하는 모습을 본 적이 있는데, 대야에 잠시 담그고 있던 두 손을 꺼내 이마와 얼굴에 딱 한 번 물을 발랐다. 솔직히 나도 씻기 싫어했지만 수민은 나보다 더 지저분했다. 그렇지만 마음이 착해 내게 잘해준 친구였다.

"밥 먹었니?"

키가 아주 작고 눈이 동그란 수민 어머니의 말이었다.

"아니요, 아직 안 먹었어요. 우리 집은 저녁을 늦게 먹거든요."

인사치레 한답시고 먹었다고 하면 밥을 주지 않을 것 같아서 얼른 아니라고 대답했다. '수민이네 집에서 저녁을 얻어먹고 싶어서 왔어요'라고 말할 수는 없는 노릇이었다.

"그럼 여기서 먹어라. 밥 때가 되었는데 아무데서나 먹으면 어떠니? 나는 가게에 좀 다녀올 테니 너희들은 밥 먹고 있거라."

눈물이 쏟아질 정도로 기다리던 소리였지만 무안해서 가만히 있었다. 속으로는 무지무지하게 좋으면서도 그런 내색을 보이지 않으려고 애쓰면서 살짝 고개를 들어 눈치를 살피다가 슬그머니 밥상 앞으로 다가앉았다. 그리고 그동안 먹고 싶었던 쌀밥과 김치를 맹렬히 먹어대기 시작했다. 수민이네 집에서 밥을 먹을 때는 항상 옹골지게 먹었다. 우리 집에서도 아주 가끔 하얀 쌀밥을 먹은 적이 있지만 그런 기회는 아주 적었다. 추석 때나 설날이 되어야 하얀 쌀밥을 배불리 먹을 수 있었다.

"칠복아, 천천히 먹어. 너무 빨리 먹으면 체해. 물도 좀 마시면서. 여기 숭늉 있다."

수민이 누나였다. 누나는 허겁지겁 밥을 먹는 나를 측은히 여겼는지 슬픈 표정으로 물끄러미 지켜보고 있었다.

수민에게는 누나가 하나 있었다. 어머니를 닮아 눈이 크고 마음씨가 착한 누나였다. 누나는 수민을 자주 불러내도, 또 자주 놀러 가도 싫어하는 기색이 한 번도 없었고 언제나 내게 잘해줬다. 그래서 나는 눈이 큰 누나가 좋았다. 나는 어머니에게 '내겐 왜 누나가 없느냐'며 화를 낸 적도 있었다. 수민이가 부러웠기 때문이다.

"맛있니?"

나는 누나의 큰 눈을 쳐다보면서 고개를 끄덕거렸다. 밥을 다 먹고 나서 누나가 권하는 숭늉을 후룩후룩 소리를 내면서 마셔댔다. 그리고 묻지도 않은 엉뚱한 소리를 주절주절 늘어놓았다.

"우리 엄마도 반찬을 맛있게 만들어요. 엄마는 전라도 여자들이 반찬을 잘 만든다고 그랬어요. 엄마는 전라도 여자거든요."

누나는 아무런 대꾸 없이 미소 지으며 나를 바라보고 있었다. 우리 집 사정을 너무나 잘 아는 누나는 왜 내가 느닷없이 그런 말을 꺼냈는지 짐작했으리라. 나는 누나에게 엉뚱하게 엄마 자랑을 늘어놓으며 밥을 얻어먹으면서 구겨졌던 체면을 조금이라도 살려 보려고 기를 썼던 것이다.

"칠복아, 너 죽은 동생들 많이 보고 싶지?"

누나는 내 안에 자리 잡고 있는 슬픔을 짐작하고 있었던 걸까. 누나는 죽은 누이동생들을 잘 데리고 놀았다. 특히 숙이가 누나를 매우 잘 따랐다. 누나는 숙이를 교회에 데리고 다녔다. 어머니는 남의 집에 일을 거들러 갈 때 누나에게 숙이와 순이를 맡기기도 했었다. 누나도 내 누이동생들을 보고 싶어 할지 모른다는 생각이 들었다.

"보고 싶어요. 그런데 우리 엄마가 그러는데 숙이는 틀림없이 천국에 갔을 거래요."

"그래, 천국에 갔다고? 네 엄마가 어떻게 그것을 알아?"

"숙이가 교회에서 종 치는 소리가 들린다고 말하고 나서 잠이 들었다가 죽었기 때문이래요."

나도 숙이의 그 마지막 말을 기억하고 있었다. 하지만 숙이가 그런 말을 했다고 해서 천국에 갔다고는 생각하지 않았다. 언젠가 숙이는 언제 집에 돌아오느냐고 물었을 때 어머니는 돌아오지 않는다며 고개를 저었다. 우리 식구가 나중에 죽어서 천국에 가면 다시 만나서 같이 잘 살 거라고 했다. 천국에는 아픔도 슬픔도 걱정도 없다는 말도 덧붙였다. 내가 빨리 천국에 가자고 졸랐더니 어머니는 쓸쓸히 웃으면서 "죽어야 가는 거야"라고 말했다. 나는 천국에 빨리 가고 싶었다. 천국에 가서 숙이를 만나면 제일 먼저 미안하다고 말할 것이다.

누나는 내 말을 들으면서 고개를 끄덕였다.

"너는 엄마 말이 진짜라고 믿는구나."

누나는 슬며시 웃으면서 나를 쳐다봤다. 나는 어머니의 말을 믿었다. 순이는 모르지만 숙이는 틀림없이 천국에 갔으리라는 예감이 들었다. 나는 숙이가 천국에 가서 슬픈 천사가 되어 눈물을 흘리고 있을지도 모른다고 생각했다. 숙이가 죽었을 때 우리 가족이 너무나 애달프게 울었기 때문이다.

"예, 믿고 있어요."

아주 확신이 없어서 그런 것은 아니었지만 어쩐지 자신이 없는 목소리였다. 마침 그때 가게에 갔던 수민이 어머니가 들어왔다.

"이 계집애야, 밥 다 먹었으면 밥상을 좀 치워야지."

"엄마, 엄마, 칠복이는 죽은 동생들이 천국에 갔다고 믿고 있어요. 쟤 믿음이 아주 좋은데요."

나는 얼떨결에 믿음이 좋은, 아니 신앙심이 깊은 어린이가 되고 말았다.

"계집애가 쓸데없는 소리를 지껄이고 그래. 어린애 데리고 못하는 소리가 없어. 앉아서 노닥거리지만 말고 냉큼 밥상 들고 나가 설거지나 해. 어서!"

수민이 누나는 어머니의 호통에 입이 쭉 나온 채 밥상을 치웠다. 수민이는 내 또래였다. 이 동네로 처음 이사 왔을 때 내게 먼저 말을 걸어왔고, 금방 우리는 친구가 됐다. 수민이 누나와 수민 어머니도 우리 가족에게 도움을 많이 줬다. 새로운 반찬을 만들면 꼭 우리 집과 나눠 먹었다. 어머니는 수민 어머니를 친언니처럼 의지하고 따랐다. 어머니의 친언니인 이모가 같은 서울에 살고는 있었지만 자주 볼 수는 없었다. 온다고 해도 수민이 어머니만큼은 우리에게 잘해주지 못했다. 이모네도 너무나 가난하게 살고 있었기 때문이다.

수민이네 집에서 저녁을 먹고 놀다가 집으로 돌아갔다. 집에 가봤자 조금이라도 신나는 일이 있을 턱이 없었다. 누이동생 둘을 훌쩍 떠나보내고 난 후부터 집 안은 늘 적막했다. 어머니, 아버지는 물론 덩달아 나까지도 말수가 줄었다. 수민이네 가서 저녁을 먹고 왔다고 했더니 어머니는 "너무 자주 가지는 말아라. 아무리 네게 잘해줘도 그렇지. 그렇게 자주 가는 게 아니란다"라며 주의를 줬다.

내가 그렇게 수민이네 집에 자주 가게 된 데는 또 한 가지 이유가 있었다. 희멀건 색깔의 국을 먹는 것이 싫었기 때문이었다. 그 국의 내력은 이렇다.

그해 겨울 어느 추운 날이었다. 아침 밥상이 들어왔는데 처음 보는 국이 상에 올라 있었다. 그전에 비지찌개를 먹은 본 적이 있었다. 두부를 만들고 남은 비지에 잘게 썬 김치와 버터를 넣고 끓이는데 한겨울에는 더할 나위 없이 맛있었다. 그런데 그날 처음 보는 국이 밥상에 올라와서 나는 몹시 궁금했다.

"엄마, 이거 뭐야?"

나는 이 국도 비지찌개처럼 맛있을 거라고 기대하며 물었다. 어머니는 소금국이라고 대답했다. 어쩐지 어머니의 말에는 힘이 빠져 있었다. 아버지는 이미 국에 밥을 말아서 먹고 있었다. '맛있는 국인가 보구나'라는 생각을 들어 수저로 한 숟갈 떠먹어봤다. 그냥 짭짤하기만 할 뿐 아무런 맛도 냄새도 없었다. 그리고 건더기가 하나도 없는 희멀건 물이었다. 먹기가 거북했다.

"날씨가 추우니까 국을 먹어야 돼!"

아버지는 주저하는 내게 눈을 부라리며 말했다. 나에게 반찬 투정하지 말고 주는 대로 먹으라는 투였다. 나는 어머니도 어머니지만 아버지가 무서워 눈치를 보면서 한 숟갈씩 한 숟갈씩 아주 천천히 마치 맛을 음미하기라도 하는 듯 떠먹었다.

추운 겨울 아침에는 국을 꼭 먹어야 한다는 것이 아버지의 지론이었다. 그러다 보니 밥상에 희멀건 국까지 올라오게 된 것이다. 냄비에 뜨물을 붓고 소금으로 간을 맞춰 희멀겋게 끓여낸 소금국이었다. 참 지지리도 맛이 없었다.

우리 가족은 이 동네에서 살기가 거북해졌다. 결코 죄를 지은 적이 없는 아버지와 어머니지만 계속 동네 사람들의 눈치를 봤다. 동네 사람들의 수군거림 때문이었다. 그래서 1970년 봄이 지날 즈음 다른 곳으로 이사를 했다. 아버지, 어머니는 동네 사람들이 뒤에서 수군거리지 않았다고 해도, 또 집주인이 나가라고 강요하지 않았다 해도, 다른 곳으로 이사를 해야만 침울한 분위기에서 벗어날 수 있다고 여겼는지도 모른다.

어머니는 부지런히 이사 갈 집을 알아보러 다녔다. 그러나 가진 돈이 부족해 셋방을 얻기가 어렵다며 탄식했다. 또 집주인들은 아이가 많이 딸린 사람에게는 세를 잘 놓지 않으려고 한다고도 했다. 주인집 아이들과 싸울 수도 있고, 시끄럽게 떠들 수도 있다는 것이 이유였다. 이 집으로 이사를 할 때는 비록 변소를 개조한 방이었지만 집주인이 우리 가족을 너그럽게 받아주었다는 것이다. 아이들이 넷이나 되었는데도 세를 주었으니 말이다.

누이동생들이 죽었기 때문에 우리 집은 더 이상 아이를 많이 가진 집에 속하지 않았다. 철이는 두 살이었고 내가 열 살이었으니 집주인의 마음에 드는 세입자 축에 들 수 있었다. 그런데도 집주인들의 생각은 다른 모양이었다. 이사할 집은 쉽게 나타나지 않았다. 그러던 어느 날. 방을 얻으러 나갔다가 돌아온 어머니는 마침내 마음씨 좋은 집주인을 만났다며 좋아했다. 할머니와 아들 단 둘이 살고 있는 집이라고 했다.

우리 가족이 이사를 한 지 얼마 되지 않아 주인집 아들은 장가를 갔다. 신부는 눈이 큰 충청도 색시였다. 아버지와 어머니는 주인이 매우 좋은 분이라고 자주 말하곤 했다. 집주인이 우리 가족에게 세를 놓은 데는 또 다른 이유도 있었다. 집주인은 독실한 기독교 신자였다. 그런데 어머니도 교회에 다니고 있었다. 이렇다 보니 서로 어울릴 수 있는 공통분모가 있었던 것이다.

새로 시집온 신부가 충청도 출신이었는데 우리 아버지 고향도 충청도였다. 원래 어머니는 전라도 출신이었지만 다른 사람들 앞에서 틈만 나면 충청도 양반이라고 주장했다. 전라도에서 충청도로 시집을 왔기 때문이다. '여필종부女必從夫'라는 말에 따르면 백 번 맞는 말이었다. 그런데 전라도 사람을 만나면 고향이 전라도라고 했다. 뿌리를 중시하는 가치관에 따르면 이 또한 맞는 말이었다. 그렇게 어머니의 고향은 필요에 따라 충청도와 전라도를 오고 갔다. 그런데 집주인이 충청도 며느리를 맞았으니 어머니하고 죽이 잘 맞을 수밖에 없었다.

새 동네로 이사 와서 새로운 삶이 시작됐다. 집주인 할머니와 충청도 신부와 함께 시시덕거리는 어머니를 보면 언제 자식 둘을 저세상으로 보냈냐 싶을 정도였다. 또 할머니 말에 장단을 맞추는 아버지를 봐도 마찬가지였다. 아버지와 어머니는 슬픔에서 어느 정도 벗어난 것처럼 보였다. 가만히 생각해보니 죽은 누이동생들만 억울할 것 같았다.

그러나 나는 홀로 가슴속 깊이 자리 잡고 있는 슬픔의 굴레에서 조금도 벗어나지 못하고 있었다.

나는 이 동네에 이사 와서 친구를 사귀지 못했다. 밖에 나가면 아이들이 모여 놀고 있었지만 같이 어울리지는 않았다. 주변을 맴돌다가 멀리 떨어져 있는 수민이네 집에 가서 놀다 오곤 했다. 이사를 가서 자주 만날 수는 없었지만 수민이와 수민이 누나는 나를 여전히 반겼다.

시간이 흘러 2학년 겨울방학이 시작됐다. 그해 겨울도 지난해와 마찬가지로 찬 바람이 심하게 불었고 눈도 많이 내렸다. 나는 눈 내리는 날이 좋았다. 새하얀 눈이 내려 소복소복 쌓이면 온 세상이 하얗게 보이고 눈이 부셨다. 눈을 뭉쳐 벽에 던지면 자국이 남았다. 또 눈을 굴려서 눈사람을 만들었다. 큰 눈사람은 나였고, 작은 눈사람 두 개는 숙이와 순이였다.

가끔은 수민과 함께 썰매를 타러 나갔다. 꽁꽁 언 개천에는 썰매를 타러 나온 아이들이 늘 와글와글했다. 수민과 나는 양날 썰매를 탔지만 나이가 좀 든 아이들은 외날 썰매를 타고 있었다.

"칠복아, 양날 썰매 타는 거 시시해. 우리도 외날 썰매 만들자."

갑작스러운 수민의 제안에 나는 선뜻 동의하며 고개를 끄덕였다. 내 생각에도 쭈그리고 타는 양날 썰매보다 서서 타는 외날 썰매가 훨씬 더 재미가 있을 것 같았다. 그날 당장 우리는 외날 썰매를 만드는 작업을 시작했다. 우리가 살던 동네에는 부모가 막노동판에 나가 벌어먹고 사는 집이 많아서 연장과 못을 구하기는 쉬웠다.

발판의 크기에 맞춰 각목을 자른 다음 송판에 대고 망치로 못을 박아 고정시켰다. 발판 앞에는 발이 미끄러져 앞으로 튀어 나가지 않도록 각목을 매우 작게 쪼개서 붙이고, 발판 뒤쪽에는 발뒤꿈치를 올려놓을 수 있도록 얇게 썬 각목을 놓고 못을 박았다. 그러고 나니 발판 밑에 있는 각목에 적당한 크기 날을 다는 일만 남았다. 우리는 미완성의 썰매를 들고 대장간으로 향했다.

나는 날을 살 돈이 없어 속으로 은근히 걱정을 했다. 기회를 보아 수민에게 빌려 달라고 할 참이었다. 수민은 눈치가 빠른 놈이었다. 대장간으로 향해 씩씩하게 발을 맞춰 걸어가던 중에 돌연 내 옆구리를 툭 쳤다. 수민은 주머니에서 구겨져 있는 무언가를 꺼내면서 나를 보고 씨익 웃었다. 수민이 자랑하듯이 내게 내보인 것은 10원짜리 종이돈 세 장이었다. 그러면서 자기 집에 온 손님이 줬다고 덧붙였다. 수민은 내 날 값까지 대신 치러줬다.

대장장이 아저씨는 겨울에 수지가 맞는 모양이었다. 아이들이 썰매 날이나 꼬챙이를 사기 위해 많이 모여 있었다. 대장장이는 신이 나서 입으로는 연신 흥얼거리면서 아이들의 썰매에 날을 달아줬다. 또 썰매 앞부분에다 꼬챙이를 꽂을 수 있는 구멍도 두 개 뚫어줬다. 새빨갛게 달궈진 쇠꼬챙이를 발판에 대고 한번 눌렀더니 부지직하고 연기가 나면서 구멍이 뚫렸다.

그날부터 하루 일과는 수민과 함께 개천에서 외날 썰매를 타는 것으로 시작됐다. 점심도 수민이네 집에서 먹고 또 썰매를 타러 나갔다. 눈이 내린 날에는 새하얀 눈이 개천 위를 덮었다. 아직 아무도 지나가지 않은 흰 눈 위로 썰매를 타고 이리저리 꼬불꼬불 달리면서 날카로운 날

자국을 내보는 것도 즐거웠다. 아이들이 북적대지 않는 눈 덮인 개천을 수민과 나 둘만이 신나게 질주하는 것은 내 마음속에 잔뜩 응어리진 그 무엇을 풀어 주고 있었다.

아버지는 작년 겨울에 돈벌이를 못했다. 그래서 올겨울에는 호떡 장사를 해볼 참이라고 했다. 여기저기 돌아다니면서 호떡 굽는 기계와 리어카를 싸게 파는 곳이며, 또 호떡을 굽는 방법에 대해 귀동냥을 좀 한 것 같았다. 되게 많이 아는 척하면서 어머니에게 열심히 설명했다. 어머니도 호떡 장사를 하면 겨울을 나는 데 어려움이 없느냐고 물어보면서 큰 관심을 보였다.

아버지는 호떡 장사를 할 도구들을 준비하느라 바쁘게 움직였다. 중고 리어카 한 대를 사다가 집 앞 공터에 놓고 연장을 써 가며 부지런히 리어카 호떡가게를 만들었다. 하루 종일 뚝딱거리며 리어카 위에 튼튼한 각목으로 기둥을 세우고 지붕도 만들어 얹더니 저녁때쯤 그럴싸한 호떡가게로 꾸며졌다.

아버지는 다음 날부터 당장 장사를 시작한다면서 밀가루 한 부대를 사 왔다. '곰표'라는 글씨가 선명하게 박혀 있고 곰이 그려져 있는 누리끼리한 색깔의 부대였다. 부대의 웃고 있는 곰이 우리 집에 돈을 벌어다 줄 것 같다는 예감이 들었다.

아버지는 장사하기에 적당한 장소를 물색하러 나갔다. 어머니는 큰 다라이에 밀가루와 물을 붓고 반죽을 하기 시작했다. 아버지가 설명해 준 대로 하는데 밀가루와 물을 조절하여 알맞게 섞는 것이 어려웠는지 밀가루를 조금 부었다 또 물을 조금 부었다 하기를 여러 번 반복했다. 또 단맛을 내야 한다고 하면서 신화당을 넣었다. 설탕이 비싸기 때문에 대신 값이 싼 신화당을 쓴다고 했다. 호떡이 두툼하게 부풀고 노릇노릇하여 먹음직스러워 보이게 하기 위해 파우더도 넣어야 한다고 했다.

남편이 노래를 부르면 아내도 장단을 맞추며 따른다더니 그야말로 부창부수였다. 어머니는 아버지가 시킨 대로 착착 장사를 준비하고 있었다. 나는 막 세 살이 된 철이를 업은 채 어머니가 하는 일을 재미있게 구경했다. 어머니는 밖이 추우니 방 안에서 철이와 놀아주라고 했지만 나는 어머니가 하는 일이 보고 싶어서 옆에서 서성거렸다.

우리 집 분위기가 모처럼 활기를 띠고 있었다. 어머니의 얼굴과 목은 벌겋게 달아올랐다. 힘든 일을 하느라 숨도 찼겠지만 일정한 직업이 없이 늘 막노동판을 전전하던 아버지가 처음 장사를 시작한다고 하니 상기되어 그런 것 같았다. 새로이 장사를 시작하려는 아버지에 대한 어머니의 기대는 나와는 사뭇 다른 듯했다.

나는 아버지가 양복을 입고 다녔으면 좋겠다고 늘 생각했었다. 나는 수민 아버지가 양복을 입고 다니는 것을 여러 번 봤다. 언제나 깔끔한 모습이었다. 하지만 우리 아버지가 양복을 입은 모습은 단 한 번도 본 적이 없다. 아니, 아예 양복이 없었다.

호떡 장사를 시작하는 첫날이었다. 12월 말경이라서 날씨가 쌀쌀했다. 리어카에 밀가루 반죽과 물이 담긴 주전자, 연탄 화덕 따위를 실었다. 아버지는 앞에서 끌고 철이를 업은 어머니와 나는 뒤에서 낑낑대면서 리어카를 밀었다. 세 살배기 철이까지 우리 가족이 총출동한 셈이었다. 집을 나서서 구불구불 굽어 있는 골목길을 지났다. 버스 종점을 지나는데 버스에서 내리거나 타려고 기다리는 사람들로 바글거렸다. 아버지는 버스 종점을 지나 있는 다리 건너 맞은편 끝에서 멈췄다.

"여보, 여기 참 목이 좋네요. 종점에서 버스를 내리거나 타려는 사람들이 이 다리로 많이 오갈 것 같아요."

모처럼 어머니의 칭찬을 들어 기분이 좋았는지 아버지는 좀 으쓱대고 있었다. 날씨가 추운데도 땀을 뻘뻘 흘려 얼굴은 벌건 빛을 띠고 있었다. 나는 아버지의 상기된 표정을 보는 것이 좋았다.

아버지와 어머니가 다정하게 이야기를 나누는 모습을 나는 참으로 오랜만에 봤다. 지난겨울 누이동생들이 죽은 후로 아버지와 어머니가 많이 다퉜다. 어머니는 누이동생들의 죽음을 아버지 탓으로 돌렸다. 툭하면 "당신이 돈을 벌어오지 못했기 때문에 아이들이 죽은 거예요"라며 볼멘소리를 해댔다. 어머니가 쏘아붙이면 아버지는 한숨을 푹푹 쉬면서 밖으로 나갔다가 들어오곤 했다.

나도 어머니 편이었다. 물론 아버지에게 '따박따박' 가슴에 못 박는 소리를 퍼부어대는 어머니가 싫기도 했다. 하지만 아버지가 돈을 벌지 못한다고 타박하는 어머니 말도 옳다고 생각했다. 주위의 다른 집을 보면 다들 어느 정도 먹고사는데 왜 우리 집은 먹고사는 게 그리 어려운지 이해가 되지 않았다. 그러다 보니 아버지에 대한 어머니의 원망에 나도 동조하고 있었다.

새로운 변화를 시도한다는 것, 아니 새로운 기회에 도전한다는 것은 사람의 가슴을 부풀게 하는 것 같다. 아버지가 호떡 장사를 시작하자 어머니와 내가 기대감에 들떠 있는 게 그랬다. 호떡 장사를 해서 올겨울에 돈을 많이 벌고, 내년에는 좋은 일도 많이 생겨서 아버지와 어머니가 다투지 않았으면 좋겠다고 생각했다. 지붕이 멋있게 만들어진 리어카는 우리 집에 행복을 가져다주는 행복 가게가 될지도 모른다.

짐을 풀고 준비를 마친 아버지는 나무 의자에 앉아서 호떡을 굽기 시작했다. 양은 다라이에 담긴 밀가루 반죽을 조금 떼어 내 왼손에 놓고 오른손으로 주물러 둥글게 만든 후 손으로 살살 눌러서 둥글넓적하게 폈다. 거기에다가 검은 설탕을 한 숟갈 넣어 오므린 다음 화덕 위의 철판에 올려놓고 다시 평평한 누르개로 눌렀다. 호떡은 '치지직' 소리를 내며 익어 갔다. 한 번 뒤집고 나서 잠시 후 꺼내자 누리끼리하게 익은 호떡에서 모락모락 김이 났다.

아버지는 갓 구워낸 호떡을 꺼내 보기 좋게 진열했다. 옆에 서서 구경하던 나는 침을 꼴깍 삼켰다. 하나 먹고 싶었다. 나는 그때까지 한 번도 호떡을 먹어 본 적이 없었다. 내게 하나 주면 좋으련만 아버지는 영 그럴 생각이 없는 모양이었다. 어머니도 내게 호떡 하나 주라는 말을 하지 않았다. 어머니가 좀 거들어주면 좋으련만.

거의 점심때가 되어서 마침내 첫 손님이 왔다. 손님은 배가 고팠는지 선 채로 순식간에 몇 개를 먹어 치웠다. 아버지는 손님의 눈치를 살피고 있었다.

"여기 따뜻한 물도 드시지요."

그러면서 아버지는 손님의 반응을 기다렸다. 맛이 있다고 칭찬하는 소리를 듣고 싶어 하는 것 같았다. 그런데 손님은 별다른 말을 하지 않고 사라졌다. 아버지 얼굴에는 실망하는 빛이 나타났다.

어머니와 나는 아버지 점심을 챙기러 집으로 돌아왔다.

"정말 인정머리 없는 사람이야. 자기 아들한테 하나 주면 안 되나."

어머니의 불평이 섞인 중얼거림이 내 귀에 들어왔다. 하지만 나는 못들은 척했다. 아버지도 나름대로 생각이 있을 것이다. '하나라도 더 팔아야 돈이 되니까 그럴 거다'라고 여기고 있었다.

그해 겨울도 숙이가 죽어갔던 작년 겨울처럼 살을 에는 듯한 눈보라가 몰아치는 날이 많았다. 잠자리에 누웠다. 어머니가 솜틀집에서 새로 가져온 목화솜 이불은 몽실몽실 포근했다. 나는 이불을 입 근처까지 올려 덮었다. 올겨울은 솜이불 덕택에 따뜻하게 날 것 같았다. 아버지는 호떡 장사를 하면서 있었던 일들을 어머니에게 이야기하고, 어머니는 맞장구를 치고 있었다.

"찹쌀떠~억, 메밀무~욱."

바깥에서 야식을 파는 행상의 소리가 처량하게 들리고 있었다.

"여보, 우리 입이 궁금한데 찹쌀떡하고 메밀묵 좀 사다 먹을까요?"

"알았어, 내가 빨리 나가서 사올게."

호떡 장사를 시작하고 나서 아버지와 어머니는 전보다 싸움이 줄어들고 사이가 더 좋아졌다. 작년 숙이와 순이가 죽고 난 후 정말 많이 싸웠던 아버지와 어머니였다.

"칠복아, 어서 일어나. 아버지가 먹을 거 사러 나갔어."

잠들지 않고 누워서 아버지, 어머니가 하는 이야기를 듣고 있던 나는 벌떡 일어나 앉았다. 곧 아버지가 먹을 것을 사서 방으로 들어왔고, 어머니는 메밀묵을 썰기 위해 부엌으로 나갔다가 잠시 후 들어왔다.

"여보, 찹쌀떡 장수가 젊은 청년이더라고. 학생이래. 돈 벌어서 공부한다네. 대단한 친구야. 그런데 찹쌀떡을 10원에 3개씩 떼어다가 하나에 5원에 파는 거래. 많이 붙여 먹지는 않는 것 같아."

장사를 하는 아버지는 역시 달랐다. 물건을 얼마에 떼어 얼마에 파는지가 궁금했던 모양이다.

"추운데 정말 고생 많이 하겠어요."

"그래서 거스름돈을 받지 않았어."

호떡 장사를 하면서 아버지는 여유가 생긴 모양이었다.

아버지가 호떡 장사를 시작한 뒤로는 수민이와 썰매를 타고 노는 시간이 줄어들었다. 집에 있다가 가끔 장사하는 곳에 나가 잔심부름을 하고, 아버지 점심을 날라야 했기 때문이다. 호떡을 굽기 위해 사용하는 연탄이 떨어지면 아버지는 연탄을 사오는 일도 내게 시켰다. 연탄집게를 두 개 들고 연탄가게에 가서 연탄 두 장씩을 사다 날랐다.

아버지는 내게 들어가라는 말을 하지 않았다. 나는 아버지를 돕는다는 기쁨보다 수민과 함께 썰매를 타며 놀지 못하는 아쉬움이 더 컸다. 옆에서 일을 거들어도 금방 구운 호떡은 한 번도 주지 않았다. 어쩌다가 팔리지 않아 식어서 딱딱하게 굳은 걸 하나 주곤 했다. 딱딱하게 굳은 호떡도 호떡이기는 마찬가지였다. 그 속에 들어 있는 흑설탕이 꿀맛이었다.

아버지가 돌아올 저녁 시간에 맞춰 늘 마중을 나갔다. 다리를 건너는 내 눈에 아버지가 짐을 꾸리고 있는 모습이 들어왔다. 우리 호떡가게를 그 옆에 서 있는 전봇대의 외등이 환히 밝히고 있었다.

캐리는 똥개가 아냐!

누이동생들이 허망하게 죽은 뒤로 이유도 없이 슬픔에 빠져 지내는 날이 잦았던 나는 학교에서도 아이들과 잘 어울리지 못했고, 항상 혼자였다. 학교 갔다 돌아와도 밖으로 나가지 않고 주로 집에서 놀았다. 나는 혼자 노는 데 익숙해졌다.

딱지치기는 두 명 이상 있어야 할 수 있는 놀이다. 그러나 나는 혼자 중얼거리며 두 사람 역할을 하면서 딱지도 접고 딱지치기도 했다.

"이건 이렇게 접고, 그다음에 이걸 접으면 딱지가 되잖아. 잘 봤지?"

"그런데 이 딱지는 너무 두꺼워. 얇은 종이로 바꾸는 게 어떠니?"

"맞아, 그게 낫겠다. 그치?"

딱지를 다 접고 나면 홀짝으로 순번을 정해서 한 번씩 번갈아 딱지치기를 했다. 그러다가 어머니가 가게에 심부름을 시키면 문밖으로 나가는 것이 고작이었다. 세 살배기 철이가 내 유일한 친구였다.

"철이야, 몇 살?" 하고 물으면 겨우 "세 사아"라면서 손가락 다섯 개를 펴 보였다.

"누구 동생?"

"혀아 동생."

"형아 이름은?"

"이… 치… 복."

철이는 내 슬픔을 모르고 있었다. 이사를 온 지 여러 달이 지나다 보니 수민과도 멀어져 수민이네 집에 발걸음을 끊은 지도 오래였다.

그런데 내게도 친하게 지내는 사람이 생겼다. 동네에서 그리 멀리 않은 곳에서 번데기와 뽑기 장사를 하는 아줌마였다. 나는 어머니에게 10원을 달라고 해서 그곳에 자주 갔다. 덩어리 설탕을 담은 국자를 연탄 화덕 위에 올려놓고 소다를 섞은 다음 휘저어 녹여 가면서 부풀려 먹으면 정말 맛이 좋았다. 뽑기는 별 모양 따위를 찍어내 깨뜨리지 않고 온전히 뽑아내면 공짜로 하나 더 준다고 했지만 너무나 어려웠다. 집에서 바늘을 가져다가 콕콕 찌르거나 또 손가락에 침을 발라 가면서 해봤지만 허사였다.

옆에서 쭈그리고 앉아 다른 아이들이 하는 것을 구경하고 있으면 아줌마는 내게 번데기를 조금씩 주기도 했다. 번데기는 국물이 더 맛있었다. 아마 내가 단골이라고 그러는 모양이었다. 내게 왜 또래 아이들하고 어울려 놀지 않느냐고 묻기도 했다. 그 아줌마는 당시 내 유일한 말벗이었다.

동네 공터에는 가끔 튀밥 장수 아저씨가 왔다. 쌀이나 옥수수를 기계에 넣고 한참 돌리고 나면 '뻥' 하는 고막이 찢길 듯한 굉음과 함께 튀밥이 튀겨졌다. 그럴 때 주위에서 구경을 하던 아이들은 두 손으로 귀를 막고 튀밥 기계에서 멀리 떨어져서 잠시 기다렸다가 뻥 하는 소리에 맞춰 우르르 튀밥 기계 근처로 몰려갔다. 여기저기 흩어져 있는 쌀이나 강냉이 튀밥을 주워 먹는 것은 꽤나 신이 나는 일이었다.

호떡 장사를 벌였던 집에서 1년 반 정도 살다가 또 다른 동네로 이사를 가게 됐다. 어머니는 새로 이사 가는 집이 같은 교회에 다니는 여자네 집이라고 했다. 그 여자가 어머니를 좋게 봐서 이사를 갈 수 있게 됐다고 했다.

초등학교 3학년이던 1971년 초가을에 이사했다. 그곳은 무허가 건물이 다닥다닥 붙어 있는 동네였다. 집 뒤로는 개천이 흐르고 있었다. 자주 이사를 다녔어도 우리는 개천가 둑 주변을 맴돌고 있었던 것이다. 둑을 따라 맨 위에서부터 맨 아래까지 옮겨가며 살았다. 이 집은 내가 여태껏 살아 본 집중에서 그래도 나은 편이었다. 전에 살던 집들과 비교가 안 될 정도로 좋았다. 무허가 건물이 쭉 늘어서 있는 무허가 판자촌 한가운데에 자리를 잡고 있으며, 다른 집보다 지대가 높았다.

그 집주인은 둑 주변에 있는 무허가 주택을 세 채나 소유하고 있었다. 집주인 여자는 어머니가 다니던 교회의 권사라고 했다. 어머니는 권사가 교회에서 높은 자리에 있는 사람이라고 했다. 그 권사네는 자기들이 사는 집 한 채를 남기고 교인들에게 세를 놓으면서 인심을 쓰고 있었다. 주변에서 집주인이 살고 있는 집만 빨간 기와집이었고, 나머지 집들은 전부 지붕이 기름 냄새 나는 두꺼운 검정 판자로 덮여 있었다. 또 이 동네에서 주인네만 방 세 개를 쓰고 있었고, 나머지 사람들은 모두 단칸방에서 궁색하게 살았다.

집주인 여자는 딸 셋과 아들 셋을 두고 있었다. 그 육남매 중 다섯째인 둘째 아들이 나와 같은 학년이었다. 잘 먹어서 그런지 얼굴에 살이 토실토실 붙어 있었고 나보다 키도 컸으며 힘도 세 보였다.

우리가 살던 집 옆에는 아름드리나무 두 그루가 자라고 있었다. 밑둥치의 둘레가 내가 두 팔을 벌려도 안을 수 없을 만큼 굵었다. 이 나무에는 장수하늘소가 살고 있었다. 가끔 나무에서 떨어진 장수하늘소를 주워 가지고 놀기도 했다. 집 뒤로는 지저분한 개천이 흐르고 있었는데, 여름에 비가 많이 오면 넘칠 뻔한 적도 많았다. 그럴 때마다 동네 사람들은 밖에 나와 걱정을 하면서 비가 그치기를 빌었다.

이 동네에는 30여 가구쯤 모여 살고 있었고, 동네 한가운데 펌프를 놓은 공동 우물이 있었다. 사람들은 세숫대야를 들고 우물가로 가서 세수를 해야 했다. 빨래를 하거나 밥 지을 쌀을 씻을 때도 공동 우물에 가서 했다. 겨울에는 찬물에 그냥 세수를 하거나, 아니면 물을 가져다 데워야 했는데 우물까지 가는 것이 귀찮아서 그만두는 경우가 많았다.

동네 앞을 가로지르는 넓은 공터를 사이에 두고 양옥 주택들이 늘어서 있었다. 무허가 판자촌에 사는 어른들과 양옥에 사는 어른들은 서로 아는 척을 하지 않았다. 하지만 아이들은 그래도 서로 잘 어울렸다. 축구공 하나만 있으면 같이 놀 수 있었다.

양옥집 담은 낙서하기 좋았다. 석필을 구해다가 벽에 낙서하는 아이들이 많았다. 양옥에 사는 사람들은 그 낙서를 무허가 주택에 사는 아이들의 소행이라고 몰아붙이며 떠들어대곤 했다.

공터는 동네 아이들의 놀이터였다. 아이들은 술래잡기, 땅따먹기, 말뚝박기(말타기), 자치기, 비석치기, 구슬치기, 바람개비, 오재미, 무궁화꽃이피었습니다 등을 하고 놀았다. 공기놀이는 여자아이들이 주로 했지만 남자아이들도 많이 했다. 그래서 새끼손가락이 까지기도 했다.

당시 남자아이들에게 인기가 있었던 놀이는 말뚝박기였다. 가위바위보를 해서 진 편의 아이 중 하나가 벽에 등을 대고 기대어 서면 다른 아이가 그 아이의 사타구니에 머리를 박고, 이어서 다른 아이들이 앞사람 엉덩이에 잇달아 머리를 박는다. 그러면 이긴 편 아이들이 멀리서부터 차례차례 달려가서 그들의 등에 뛰어오른 다음 엉덩이를 올렸다가 내리며 힘차게 구르면서 벽에 등을 대고 있는 아이에게 접근해 가는 것이다. 도중에 무너지면 처음부터 다시 시작하고, 무너지지 않고 버티면 가위바위보로 승부를 갈랐다.

무허가 판자촌에 살던 사람들은 부부 싸움을 많이 했다. 동네에 술주정뱅이 아저씨가 몇 명 있었다. 아저씨들이 술을 마시고 집에 돌아오면서 시끄러워지기 시작했다. 집 안의 초라한 살림들이 부서지고 밖으로 마구 내동댕이쳐졌다. 고함과 욕설로 시끌벅적해지면 동네 사람들이 몰려가서 말렸다. 그러고 나서도 한참이 지나서야 싸움이 끝나곤 했다. 싸우는 이유는 대부분 돈이었다. 돈도 못 벌어 오는 주제에 술에 취해 다닌다고 아줌마들이 타박을 하면 그게 싸움으로 번졌다. 세상살이가 어려울수록 피를 나눈 가족끼리라도 더 화목하게 살아야 하는데, 그것이 잘 안되는 모양이었다.

어느 날 어머니는 강아지 한 마리를 얻었다며 내게 선물로 주셨다.

털이 검고 두 귀가 쫑긋하며 코와 입으로 이어지는 얼굴선이 갸름한, 한마디로 잘생긴 미남 강아지였다. 거저 얻어 왔다는 어머니 말에도 불구하고 나는 강아지 주인의 꼬임에 넘어가 사온 것이 틀림없다고 짐작했다. 어머니는 아버지에게 혼날까 봐 둘러대는 일이 다반사였기 때문이다. 어머니는 강아지를 길러 보면 재미있을 거라는 말도 덧붙였다. 내가 밖에 잘 안 나가고 방 안에서 혼자 놀고 있으니 하는 말이었다. 나는 강아지에게 이름을 지어주려고 고민했지만 적당한 이름이 얼른 떠오르지 않았다.

며칠이 지난 어느 날 강아지와 놀고 있는 내게 고등학교에 다니는 집주인의 큰아들이 말을 걸어 왔다. 그 형은 강아지를 쓰다듬으며 이름이 뭐냐고 물었다. 아직 이름을 짓지 못했다고 대답했더니 그는 '캐리'라는 이름이 어떻겠느냐고 물었다. 그러면서 그 이름의 내력에 대해서 설명해줬다. 얼마 전 자기가 재미있게 본 전쟁 만화가 있는데 주인공이 데리고 다니는 용감하고 충성스러운 개의 이름이 캐리였다고. 그래서 그 시절 캐리는 내 유일한 벗이 됐다.

캐리는 무럭무럭 자랐다. 이 동네로 이사를 와서도 나는 또래 아이들과 잘 어울리지 못했다. 어쩌다가 캐리를 데리고 공터에 나가면 동네 아이들이 내 근처로 몰려들었다. 아이들의 관심은 캐리가 똥개냐 아니냐에 쏠려 있었다. 똥개는 사람의 똥을 먹는다면서….

"야, 이 개 똥개지? 맞지?"

한 놈이 캐리가 똥개인지 아닌지를 확인해보자고 시비를 걸어왔다.

"아니야!"

"그럼 똥을 한 번 먹여 보자. 똥을 먹으면 똥개고, 안 먹으면 똥개가 아닐 테니까."

옆에 있던 다른 아이들도 거들고 나섰다. 아이들이 지껄여대는 소리가 딴에는 맞는 방법이라는 생각이 들었지만 나는 캐리가 똥개라고 밝혀지는 것이 싫었다.

"똥개 새끼라도 강아지 때부터 똥을 못 먹게 하면 커서도 똥을 안 먹을 거야. 그럼 똥개가 아니잖아. 안 그러냐?"

주위에 몰려 있던 아이들은 나의 주장에 아무도 선뜻 반박하지 못했다. 나는 혹시나 캐리가 똥을 먹을 수 있는 궁색한 상황을 모면하려고 대강 둘러댔던 것인데, 가만히 생각해보니 내 말이 맞는 것처럼 여겨졌다. 태어날 때부터 운명처럼 결정된 똥개가 어디 있겠냐 싶었다.

이 동네에는 내 또래 아이들이 여러 명 살았다. 그중에서 대장은 집주인네 둘째 아들 동철이었다. 이 자식은 자기네가 집을 세 채씩이나 가지고 있는 것을 대단한 자랑거리로 여기면서 또래들에게 위세를 부렸다. 또 자기네 집에 세 들어 사는 아이들을 마치 제 '꼬붕' 부리는 듯했다.

외톨이였던 나는 방과 후에 혼자 집으로 돌아오는 때가 많았다. 같은 동네 사는 아이들을 우연히 만나 어쩔 수 없이 같이 오지 않는 한 그랬다. 그런데 어느 날 방과 후 집으로 오는 길에 같은 동네에 사는 춘길을 우연히 만났다. 나는 평소 춘길이가 별로 마음에 들지 않았지만 방향이 같아서 하는 수 없이 같이 걷게 됐다.

춘길은 얼굴이 떡판같이 생긴 아이였다. 얼굴이 너무 넓죽해서 운동장이나 벌판에 그림을 그려 놓은 것 같았다. 키는 나보다 훨씬 컸다. 동네에서 싸움질은 동철이 다음으로 잘했다. 춘길네도 동철이네 집에 세 들어 살았고, 녀석은 동철이의 심복 노릇을 하고 있었다. 학교 오가는 길에 동철이 가방을 들어다 주는 일을 도맡아 했다. 그날도 춘길의 한 팔에는 동철의 가방을 들려 있었다. 동철이는 아직 학교 운동장에서 다른 아이들과 놀고 있는 모양이었다. 멀쩡하게 생긴 자식이 하는 짓은 참 한심하다고 생각하고 있는데 갑자기 내 등을 툭 쳤다.

"야, 네가 이 가방 좀 들고 가."

춘길은 눈을 치켜뜨고 고약한 인상으로 바꾸며 내게 명령했다. 나는 아니꼬웠지만 못 들은 척하며 녀석의 얼굴을 빤히 올려다봤다.

"이 가방 들고 가라니까."

"왜 내가 동철이 가방을 들고 가냐?"

"야, 인마. 너 죽을래?"

"…."

"가방 들고 가라니까?"

나는 아무런 대꾸도 하지 않고 가던 길을 재촉하기 위해 발걸음을 뗐다.

"야, 너 당장 거기 안 서?"

나는 멈추거나 뒤를 돌아다보지 않고 묵묵히 앞만 보고 걸었다. 춘길이가 뛰어오더니 내 뒤 목을 꽉 움켜쥐었다.

"야, 사람 말이 말 같지 않아, 응? 내 주먹맛 좀 한번 볼래?"

나는 춘길의 손아귀에서 벗어나기 위해 안간힘을 썼다. 그러나 춘길은 바둥거리는 나를 손쉽게 자기 앞으로 돌려 세우더니 왼손으로 내 멱살을 잡고 한 대 때릴 기세로 오른쪽 주먹을 치켜들었다.

"야, 너 진짜 내 주먹맛 좀 볼래. 응?"

"…."

"이 새끼 대꾸도 안 하네. 야, 너 내 말이 말 같지 않아?"

"마음대로 해봐. 어디 쳐봐. 이 새끼야."

춘길은 자신을 알아주지 않는 내 태도를 보고 무진장 독이 오르는 모양이었지만 내가 알 바 아니었다. 나는 춘길의 눈을 노려봤다. 춘길의 주먹이 내 왼쪽 볼때기로 날아왔다. 순간 눈앞에 번쩍 별이 보였다. 악이 받칠 대로 받친 나는 고래고래 소리를 질러댔다.

"그래, 이 새끼야. 어디 한번 죽여 봐라!"

그러면서 나는 마침 옆에 놓여 있던 돌멩이를 집어 들었다. 그 순간 춘길은 흠칫 놀라는 표정을 지었다. 내가 마치 돌로 제 머리를 찍을지도 모른다고 생각한 모양이었다. 하지만 나는 진짜 춘길의 머리를 돌로 내려칠 용기는 없었다. 춘길이가 내게 또 주먹을 날린다면 몰라도….

"너 개새끼, 나를 한 번만 더 때리면 돌로 머리를 쳐 죽여 버릴 거야."

나는 내팽개쳐져 있는 책가방을 들어 올리며 춘길을 노려봤다. 춘길과의 첫 대결은 이렇게 시시하게 막을 내렸다.

그날 내가 분을 삭이지 못해 계속 씩씩거리며 우리 집이 보이는 동네 공터 입구에 이르렀을 때 캐리가 나를 반기며 뛰어왔다. 나는 집 옆 큰 나무 아래 땅바닥에 쇠꼬챙이를 박고 캐리의 목줄을 묶어 뒀었다.

캐리가 그 쇠꼬챙이를 질질 끌면서 내게 달려왔다. 내 유일한 친구는 캐리였다. 나는 달려드는 캐리를 힘껏 껴안았다. 캐리는 꼬리와 엉덩이를 마구 흔들며 내 손등과 볼을 혀로 핥아댔다.

학교에서 돌아오면 나를 반기는 것은 어머니가 아니라 언제나 캐리였다. 캐리는 하루 종일 나를 기다리고 있다가, 내게 달려들면서 반갑다고 요란법석을 떨어댔다. 물론 어머니는 철이를 업고 돈을 벌러 나가는 때가 많아서 거의 집에 없었다. 나는 어머니가 아랫목 이불 속에 묻어 둔 밥을 꺼내 먹고, 캐리 밥도 만들어줬다.

밥을 먹은 후에는 훈련에 들어갔다. 캐리는 내 말을 잘 알아들었다. 조그만 나무토막을 던지고 "캐리, 물어 와!" 하면 알아차리고 입으로 물어 왔다. 나는 먹을 것을 공중 높이 던지고 점프해서 받아먹을 수 있도록 연습시켰다. 캐리를 훈련시켜 용감하게 만들 작정이었다.

춘길과의 일전이 불발로 끝난 지 며칠 지난 뒤였다. 그날도 역시 혼자 집에 가고 있는데 뒤에서 춘길이가 나를 불렀다. "야, 칠복아" 하고 부르는 소리가 심술이 잔뜩 실린 시비조로 들렸다. 나는 뒤를 돌아봤다. 동철과 춘길이 불량배처럼 껌을 쩍쩍 씹으며 나를 보고 실실 웃으면서 다가왔다.

"야, 네가 춘길이 말을 듣지 않았다면서? 내 가방 좀 우리 집으로 가져가라고 했는데, 네가 돌로 찍으려고 했다면서?"

동철이 대장처럼 제법 의젓하게 폼을 잡으면서 주둥이를 놀렸다. 옆에는 심복인 춘길이가 어정쩡한 자세로 가방 두 개를 들고 서 있었다.

동철은 나를 혼내주려고 마음을 벼른 듯 잔뜩 인상을 찌푸리고 서 있었다. 자기네 집에 세를 살고 있는 아이들 중 나만 제 말을 듣지 않았으니까. 녀석들의 기세에 눌려 나는 약간 겁이 나기도 했지만, 한편으로는 오기도 뻗쳐오르고 있었다.

'새끼, 죽일 테면 죽여 보라지. 내가 죽으면 우리 아버지와 어머니 소원도 해결될 거다.'

누이동생들이 죽은 후로 툭하면 "그때 죽었어야 하는데, 죽었어야 하는데"라는 푸념을 입에 달고 사는 게 아버지와 어머니였다. 그렇게 죽고 싶어도 못 죽는 부모님이 내가 죽었다는 소식을 들으면 아마 진짜로 죽을 수도 있을 것이다.

동철은 내게 다가오더니 짝다리를 짚은 채 다른 쪽 다리를 떨면서 다짜고짜 내 멱살을 꽉 움켜쥐었다.

"야, 너 앞으로 춘길이 말 잘 들어. 알았어?"

"…."

"말 안 해?"

"…."

"어, 이 새끼 진짜 말 안 하네. 말 안 해?"

동철은 내가 반응을 보이지 않자 화가 더욱 치미는 것 같았다.

"내가 왜 춘길이 말을 들어야 하냐?"

"춘길이는 내 말을 잘 들으니까, 너는 춘길이가 시키는 대로 해야 된단 말이야. 인마."

"그렇게 못 해. 나는 너희들과 어울리고 싶지 않으니까 혼자 있게 내버려두란 말이야. 네가 집주인 아들이라고 해서 내 주인인 줄 알아? 이 새끼야."

나는 두려움을 숨기려고 애써 입가에 냉소를 띠며 경멸감 섞인 어조로 말했다. 어떡하든 오만방자한 녀석을 한 번 깔아뭉개고 싶은 오기도 있었다. 나는 절대로 동철이 꼬붕 노릇을 할 수는 없었다. 아버지와 어머니를 봐서라도 말이다.

아버지와 어머니는 동철이네 눈치를 무진장 보며 살았다. 동철이 어머니는 집주인이 아니라 우리 어머니 몸뚱이의 주인이었다. 나는 어머니가 동철이 어머니의 하녀처럼 행동하는 게 보기 싫었다. 야채 장사를 하는 아버지가 남겨 온 배추나 무로 김치를 담거나 부침개를 부치면 늘 동철네로 가져갔다. 나는 뭐든지 새로 만들면 동철이 어머니에게 갖다 바치는 어머니의 그 꼴이 정말 보기 싫어 미칠 지경이었다.

아버지도 마찬가지였다. 동철이 아버지만 보면 괜히 굽실굽실했다. 또 남자의 체통을 잊고 동철이 어머니를 보아도 "예, 예" 하면서 굽실거렸다. 왜 그리 굽실대는지 도대체가 알 수 없었다. 그런 아버지와 어머니를 보면서 '그럼 나도 동철에게 굽실거려야 마땅한가?' 라는 물음을 스스로에게 던지기도 했다. 하지만 나는 그러는 것이 죽기보다 싫었다.

툭하면 살기가 싫다는 아버지였다. 굽실대면서 살지 말고 차라리 죽으면 될 텐데, 왜 그렇게 사느냐고 묻고 싶었다. 또 내게 너 때문에 산다는 말도 자주 했다. 왜 나 때문에 사는지 나는 이해가 안 됐다. 자기 자신 때문에 사는 거지….

동철이가 씩씩거리는 소리가 점차 커졌다. 내가 꼴같잖게 대드는 것이 아니꼬운 모양이었다. 녀석은 나를 치려는지 오른쪽 주먹을 들었다. 순간 선수를 쳐야겠다는 생각이 퍼뜩 떠올랐다. 며칠 전 춘길에게 먼저 한 방 먹었더니 얼굴이 얼얼하고 매우 아팠기 때문이다. 나는 온 힘을 모아 녀석의 왼쪽 정강이를 냅다 걷어찼다. 순간 방심하고 있던 동철은 "아얏!" 소리를 지르면서 땅바닥에 나동그라졌다. 나는 일어나려고 버둥거리는 녀석에게 재빨리 다가가 얼굴을 발로 사정없이 걷어찼다.

"너 이 새끼. 한 번 더 까불면 죽여 버릴 거야!"

동철은 코피를 흘리면서 죽는다고 소리를 질러댔다. 나는 엎어져 있는 동철이 등을 다시 한 번 발로 힘껏 내리찍었다. 동철은 내 상대가 결코 못 됨을 확인하는 순간이었다. 그때 어머니와 아버지의 주인처럼 행세하는 집주인 여자의 얼굴이 떠올랐다. 평소 위세가 하늘을 찌르는 그 여자의 아들을 무지하게 두들겨 패주고 있으니 가슴이 통쾌하고도 후련했다.

"춘길아, 저 새끼 좀 어떻게 해봐!"

동철은 아프다고 비명을 지르면서 춘길을 불렀다. 하지만 춘길은 감히 다가오지 못했다. 나는 춘길을 노려보며 내게 덤비면 동철이처럼 가만두지 않겠다고 엄포를 놓았다. 나는 동철이를 흠씬 두들겨 패고 나서 땅바닥에 내동댕이쳐져 있던 책가방을 들고 집으로 향했다.

그러나 후련함도 잠시뿐, 나중에 당할 일을 생각하니 태산만 한 걱정이 밀려들었다. 집주인 아들을 그렇게 두들겨 패 놓았으니 평소에 그 집 사람들을 대하는 아버지와 어머니의 태도를 봐서는 틀림없이 나를 죽이려고 들 게 뻔했기 때문이다.

우선은 피하고 볼 일이었다. 집에 가방을 내던지고 캐리와 함께 무작정 집을 나섰다. 나는 개천을 건너 산으로 갔다. 그 산 중턱에는 순이의 아기 무덤이 있다. 산에서 한참 동안 캐리와 뒹굴고 뛰어다니면서 놀았다. 몇 시간이 지났는지 몰랐다. 캐리는 누워 있는 나의 얼굴을 혀로 핥기도 하고, 내 가슴에 앞다리를 올려놓기도 했다. 비록 똥개였지만 내 얼굴을 핥는 캐리를 밀어내지 않았다. 누가 뭐래도 나는 캐리가 무진장 좋았다.

사실, 캐리는 똥이라면 환장하는 똥개였다. 어느 날 변소 옆에서 동생 철이의 똥을 누이고 있을 때였다. 냄새를 맡고 옆에서 낑낑거리며 입맛을 다시던 캐리가 어느 순간 달려들어 똥을 덥석 물더니 꼬리를 살살 치면서 맛있게 핥아 먹었다. 캐리가 똥개라는 명백한 증거였다. 나는 화가 치밀어 똥에 머리를 처박고 있는 캐리의 옆구리를 발로 세게 차 버렸다. 그리고 똥개라고 비웃는 동네 아이들의 얼굴이 떠올라 캐리를 당장 콱 죽여 버리고 싶었다.

늦가을이라 해는 일찍 지고, 사방이 어둑어둑해지기 시작했다. 어둠이 밀려오자 차츰 두려워졌다. 하는 수없이 산에서 내려왔지만 집으로 들어갈 용기는 나지 않았다. 산 아래의 밭둑을 걸었다. 마침 홍당무 밭이었다. 홍당무 이파리가 제법 컸다. 나는 밭고랑을 따라 걸으면서 홍당무 몇 개를 뽑았다. 이파리를 꺾어 내던지고 뿌리만 주머니에 넣고 밭을 빠져나왔다. 충실한 캐리는 한 번도 짖지 않고 내내 잘 따라왔다.

개천으로 내려와 흐르는 물에 홍당무를 씻어 먹었다. 점심을 걸러 배가 무지무지 고팠던 터라 금방 세 개를 먹어 치웠다. 맛이 달짝지근

했다. 평소에는 먹어본 적이 없던 홍당무가 맛있다는 사실을 처음 알았다. 캐리도 배가 고픈지 홍당무를 먹는 나를 보더니 낑낑거렸다. 캐리에게 홍당무를 줬지만 먹지 않았다. 개는 홍당무를 먹지 않는다는 것을 그때는 모르고 있었다.

그러고 나서도 집에 들어갈 엄두가 나질 않아 캐리와 오랫동안 개천 둑에 앉아 있었다. 하늘에 둥근 달이 떠올랐고 별들도 총총히 빛나고 있었다. 나는 별을 세고 또 셌다. 아버지나 어머니가 찾으러 와주면 좋으련만, 나를 부르는 소리는 들리지 않았다.

밤이 깊어지자 집에서 멀리 떨어진 둑에 홀로 앉아 있는 것이 점점 더 무서워졌다. 기왕이면 집 근처 둑으로 옮기려고 밤이슬에 축축해진 엉덩이를 털며 일어섰다. 막 몇 걸음을 떼는 중인데 캐리가 컹컹 하고 짖었다. 잠시 후 어둠 속에서 시커먼 사람의 형체가 희미하게 나타났다. 어른으로 보이는 사람이 다가오고 있었다. 나는 숨을 죽였다.

"야, 거기 칠복이 맞지?"

아버지는 나를 찾기 위해 사방으로 누비고 다닌 것이 틀림없었다. 나는 도망쳐봤자 달리 갈 곳도 마땅치 않아 백기를 들고 투항하기로 마음을 정했다. 내게 다가오던 아버지는 주인을 알아보고 반가워하는 캐리부터 발로 냉큼 걷어찼다. 아버지와 나의 닮은 점이었다. 느닷없이 봉변을 당한 캐리는 깨갱거리면서 아버지를 피해 얼른 달아났다.

나는 오도 가도 못하고 오들오들 떨기만 했다. 아버지는 내게 달려들어 다짜고짜 내 목덜미를 꽉 잡더니 마구 흔들면서 호통을 쳤다.

"이 자식아, 너 사람 죽일 일 있어. 응? 주인집 아들을 개 패듯 패서 이빨까지 부러뜨리면 어떻게 해."

개장수에게 끌려가는 개처럼 나는 아버지에게 질질 끌려서 집으로 돌아왔다. 머리로 아버지 배를 치받고 도망칠까 생각도 해봤지만 그래 봤자 깊은 밤에 마땅히 갈 곳이 떠오르지 않았다.

아버지의 손에 끌려 집으로 들어온 나는 방구석으로 내팽개쳐졌다. 아버지는 빗자루로 나를 두들겨 패기 시작했다. 나는 너무 아파서 이리 피하고 저리 피했다. 내가 몸을 피하는 바람에 방바닥에 빗맞은 빗자루가 부러지자 아버지는 몽둥이를 찾아올 테니 꼼짝 말고 있으라며 밖으로 나갔다. 몽둥이로 사정없이 맞으면 죽을지도 모른다는 두려움이 내 등을 밀어서, 방을 뛰쳐나가 도망치려고 부엌 쪽으로 살금살금 다가가다 들어오는 아버지에게 도로 잡혔다. 아버지는 더욱 화가 났는지 내 뺨을 후려갈겼다.

나는 제발 누군가가 나타나서 아버지 좀 말려달라고 빌고, 천사가 되어 하늘나라에 있다고 믿는 숙이에게 간절히 빌었다.

'숙아, 오빠 이러다가 죽겠다. 죽어도 할 수 없지만 아프지 않고 죽었으면 좋겠어.'

내가 몽둥이로 맞으면서 소리를 지르고 우는 바람에 동네 사람들이 하나둘 모여들었다. 집주인 여자와 남자, 아니 전 가족이 우리 집으로 떼를 지어 몰려왔다. 또 춘길이네 식구들과 다른 이들의 얼굴도 눈에 들어왔다. 그러거나 말거나 내 몸 여기저기를 가리지 않고 몽둥이로 사정없이 후려치는 아버지에게, 우동이 아버지가 달려들었다.

"야, 이 양반아. 당신 아이를 아주 죽여 버릴 거요, 엉?"

"당신이 뭔데 참견이야. 내 새끼 내가 마음대로 하는데."

아버지는 목쉰 소리로 울부짖었다. 우리 아버지보다 덩치가 훨씬 더 컸던 우동이 아버지가 몽둥이를 억지로 빼앗았다. 그러는 와중에 주인집 여자의 앙칼진 목소리가 들렸다.

"어린놈이 깡패야, 깡패. 조용히 살 것처럼 보여서 세를 주었더니 안 되겠어."

어머니는 주인 여자에게 계속 굽실거리고 있었다.

"권사님, 죄송해요. 우리 아이가 원래 안 그랬는데, 미쳤나 봐요. 잘 가르칠게요" 하면서 어머니는 연신 두 손을 싹싹 비비댔다.

"엄마, 이사 가라고 해."

자기 식구가 두들겨 맞은 분풀이를 한답시고 주인집 자식들도 전부 한마디씩 거들며 나섰다. 더 가관인 것은 춘길이 어머니마저 주인 여자를 거들고 있었던 것이다.

"글쎄, 얘가 깡패래요, 깡패. 학교에서 돌아오다가 춘길이에게 돌을 던졌대요."

한밤중에 한바탕 소란을 치른 뒤 동네 사람들이 돌아갔다. 이제 남은 사람은 우리 식구뿐이었다.

"앞으로는 제발 사람 때리지 말아라. 맞은 놈은 다리 뻗고 자도 때린 놈은 다리를 오그리고 잔다. 이놈아, 니 애비 혀 깨물고 죽는 꼴 볼래?"

아직 분을 삭이지 못한 아버지는 연거푸 담배를 빨아대면서 호통을 쳤다. 아버지가 따뜻한 시선으로 지켜준다면 나는 얼마든지 착하게 행동할 수 있다. 그러나 아버지는 그럴 마음이 전혀 없는 것 같았다. 그에게 본보기를 보여주기 위해서라도 나는 무슨 일이고 저질러놓고야 말 테다. 너무나도 억울하고 분했던 나는 속으로 결코 아버지가 들어줄리 만무한 억지를 부리고 있었다.

그날 나는 동철이와 싸우면서 굳게 결심했었다.

'나에게 이유 없이 시비를 걸면 어느 누구라도 가만두지 않겠다. 나를 죽이겠다고 달려드는 놈이 있으면 기꺼이 죽어 주겠다.'

똥배짱을 부리는 것이 아니라 주인에게 굽실거리기만 하는 아버지가 보기 싫었고 미웠기 때문이다. 더 싫고 미웠던 쪽은 어머니였다. 어머니는 완전히 주인 여자의 하녀였다. 만약 내가 죽으면 굽신거리는 부모님을 보지 않아도 되고, 또 평소 크게 나쁜 짓도 안 했으니 숙이처럼 하늘나라에 가서 천사가 될지도 모른다고 여겼다.

아버지에게 맞은 곳이 너무 아파 누웠지만 잠을 잘 수가 없었다. 돌아눕기조차 괴로웠다. 자식을 그렇게 패놓고도 아버지는 드르렁 코를 골며 완전히 곯아떨어졌고, 어머니도 조용히 잠이 들었다. 나는 살짝 이불을 걷어 젖히고 빠져나왔다. 소리 안 나게 문을 열고 조용히 밖으로 나가 변소 옆으로 갔다. 변소 옆에 캐리가 있었기 때문이다. 내가 다가가자 캐리는 꼬리를 흔들며 나를 반겼다.

"이 자식은 이상한 놈이야. 아까 너 우리 아버지에게 발로 그렇게 채이고도 나를 보고 반기냐? 이 바보야" 하며 나는 캐리를 꼭 껴안았다. 캐리는 자신을 아프게 찬 사람의 아들인 나를 여전히 반겨줬다. 내가 자기 아들을 때렸다고 벌 떼처럼 달려드는 집주인의 식구들보다 성품이 훨씬 더 훌륭했다. 잊어야 할 것은 빨리 잊어버리는….

그날 밤하늘은 너무나 밝았다. 둥그렇고 큰 보름달은 착잡한 내 기분과는 어울리지 않았다. 세상에서 유일하게 나를 좋아하는 캐리 옆에 앉아 있는데 배가 너무 고팠다. 점심과 저녁을 모두 걸렀지만 그렇게 죽도록 매를 맞았는데도 그랬다.

그렇다. 나는 결코 나를 가엾게 내버려둘 수는 없다. 나는 자신이 조금씩 소중해지며 가슴속에서 뜨거운 무언가가 솟구침을 느꼈다. 소중한 나를 배고프게 내버려둘 수는 없는 일이다. 나는 떨어지기 싫어하는 캐리를 뒤로하고 벌떡 일어났다. 그리고 살그머니 부엌으로 갔다. 아버지와 어머니가 눈치 채지 않게 소리를 죽여 가면서 밥을 먹었다.

의형제를 맺다

해가 바뀌어 1972년, 나는 열두 살이 됐다. 설날 아침에도 어머니는 비지찌개와 김치 한 접시로 아침상을 차렸다. 나는 며칠 전부터 설에 흰 가래떡을 해 달라고 어머니를 졸랐다. 그럴 때마다 어머니는 시들한 대답을 했는데, 어머니는 기어이 내 기대를 저버리고 말았다. 쉽사리 달래지지 않을 울적함이 목구멍 근처에 묵직하게 걸렸다.

"그래도 설날인데 가래떡이라도 좀 하고 만두라도 좀 빚지…."

아버지도 어머니에게 싫은 기색을 보였다.

"설은 무슨 놈의 설이야. 돈도 못 벌어오면서, 언제 설 준비하라고 돈 줬어요?"

얼음장처럼 차가운 말로 어머니는 아버지의 잔소리를 무시해버렸다. 나는 목구멍 근처에 걸려 있던 덩어리가 뜨겁게 콱 치미는 걸 애써 누르면서 막 상을 들고 나가려고 일어난 어머니의 치맛자락을 잡았다.

"엄마, 오늘 설날인데 옷은 사주지 않아도 가래떡은 해준다고 그랬잖아."

"조금 있다가 권사님네 일 도와주러 가면 떡국을 얻어 올 수 있다. 조금 기다려 봐라."

어머니는 주인집 여자를 우리 식구만 있는 자리에서도 꼭 권사님이라고 불렀다. 주인집에 손님이 많이 오면 설거지를 해주기로 되어 있단다. 설거지 해주는 대가로 떡국과 가래떡을 좀 얻어 온다는 것이었다. 내가 그리도 싫어하는 주인집에 하녀가 따로 없었다.

아버지는 어머니의 무시에 화가 났는지 돌아앉아 애꿎은 담배 연기만 연거푸 내뿜었다. 세배하고 싶은 생각이 나지 않았다. 내 마음은 밖을 향해 있었다. 나는 집 밖으로 나서면서 치밀어 오르는 분노를 식히려고 자꾸자꾸 찬 바람을 들이 마셨다.

동네 공터에 몇몇 아이들이 모여 있었다. 햇빛이 그리운 한겨울이라서 그런지, 해바라기를 하며 노닥거리던 아이들 중 하나가 나를 불렀다. 우동이었다. 내가 주인집 둘째 아들을 두들겨 팼다고 돼지게 얻어터지고 있을 때 아버지한테서 몽둥이를 빼앗아 나를 구출해준 사람은 바로 우동이 아버지였다. 그 일 이후 나는 우동이에게 호감을 갖게 됐다. 사실 그 전에는 얼굴만 알고 지내는 사이였다. 우동은 키가 매우 작았다. 세수를 거의 안 하는지 얼굴은 언제나 지저분했다. 손톱에는 시커먼 때가 끼어 있고, 손등에도 더덕더덕 때가 붙어 한눈에 봐도 정이 떨어지는 놈이었다.

나와 친한 놈들은 언제나 왜 이리 지저분한지. 그런데 눈은 항상 반짝반짝 거리는 것이 꽤 똘똘해 보였다.

우동이가 사는 집은 자기네 소유였다. 둑 맨 끝에 위치하고 있고, 낡아 거의 쓰러져 가고 있는 듯이 위태롭게 서 있었지만 자기네 집이라서 남의 눈치를 보지 않아도 됐다. 우동이 위로는 누나가 하나, 아래로는 누이가 넷이나 있었다.

"칠복아, 우리하고 같이 놀자."

우동은 웃으면서 내게 손짓을 하고 있었다. 마치 나하고 굉장히 친하다는 사실을 일부러 내세우기라도 하려는 듯 친밀감이 듬뿍 담긴 목소리였다.

한 아이가 묵찌빠 놀이를 하자고 제안했다. 가위바위보에서 가위는 찌, 바위는 묵, 보는 빠를 가리키는데, 가위바위보를 해서 이긴 애가 먼저 공격하는 놀이였다. 나와 우동이 그리고 춘길, 민호 네 명이 가위바위보를 해서 순서를 정했다. 내 순위가 마지막이 됐다. 내 앞에 있는 셋을 이겨야 왕이 될 수 있었다. 묵찌빠 놀이를 막 시작했을 때, 주인집 아들 동철이가 나타났다.

"야, 세배 다니지 않을래? 세배하면 세뱃돈을 받을 수 있거든."

아이들은 놀이를 멈췄다. 세뱃돈이라는 말에 우리는 마음이 흔들렸다. 하지만 이 동네에서 세뱃돈을 줄 만한 집이 있는지가 문제였다.

"나는 우리 집에서 세뱃돈을 받았는데 아버지가 10원, 엄마가 10원을 줬어. 자, 봐. 여기 20원 있잖아."

우리 모두는 동철을 부러워했다. 녀석은 구실만 생기면 제 자랑을 하는 놈이었다. 나는 세뱃돈 좀 받았다고 티를 내는 꼴이 아니꼽지만 참았다.

그 말에 현혹된 우리는 동철이가 점찍은 집을 돌며 세배를 다녔다.

여러 집을 갔지만 간혹 떡국을 먹고 가라는 집을 제외하곤 대부분 그냥 과자만 내놓을 뿐이었다. 세배를 해서 돈을 모아 보려 했던 우리의 기대는 여지없이 무너졌다. 세뱃돈을 받으려면 부자 동네에 살 필요가 있었다.

겨울방학이 끝나고 4학년이 됐다. 나는 우동이와 한 반이 됐다. 담임은 미혼의 키가 큰 여선생이었다. 나는 받아쓰기를 하면 반쯤 맞고 반은 틀렸다. 수학시간이 제일 싫었다. 어느 날 수학 시간이었다.

"칠복이 너, 1미터가 몇 센티미터야, 말해 봐."

평소에 눈길 한 번 주지 않던 담임 선생이 갑자기 내게 질문했다.

"1,000센티미터입니다."

내 대답이 끝나자마자 여기저기서 아이들이 키득댔다.

"수업 시간 내내 앉아 멍하게 딴 생각만 하니까 아는 게 없잖아."

깍쟁이처럼 생긴 여선생은 그까짓 거 좀 틀렸다고 나를 너무 호되게 나무랐다. 너무나 창피했다. 나는 수학이 재미있는 과목이라고 말하는 녀석들을 이해할 수 없었다. 그놈들이 거짓말을 하는 거라고 생각했다. 나는 수학이 너무 어려워서 골치가 아팠다. 3학년 때도 영 학교에 재미를 붙이지 못했는데 4학년이 되어서도 마찬가지였다.

학교에 가기가 싫었다. 다행히도 우동이와 학교를 오갈 때 같이 다닐 수 있어서 좀 나았다. 차츰 동네의 같은 또래들과 가까워졌다. 동철과 춘길이가 다른 아이들에게는 거들먹거리며 똥폼을 잡고 설치기도 했지만 내게는 그리하지 못했다. 작년에 있었던 사건 때문이었다. 동네 아이들은 나를 주먹깨나 쓰는 놈으로 여기고 있었다. 대드는 놈이 없어서 나는 편했다.

어느 날 영범이네가 우리 동네로 이사를 왔다. 영범이는 나와 같은 반에 속했지만 얼굴만 알고 있을 뿐 말 한마디도 붙여 본 사이가 아니었다. 영범은 얼굴 표정이 늘 어둡고 무뚝뚝한 아이였다. 좀처럼 웃는 모습을 보이지 않았고 말수도 적었다. 예전의 나처럼 마음을 꽉 걸어 잠그고 어느 누구하고도 쉽게 친해지려고 하지 않았다. 그러면서도 선생님에게 야단을 자주 맞는 걸 보니 문제가 많은 아이 같았다. 키는 나보다 조금 더 컸고 체구가 다부졌다. 팔뚝과 다리도 나보다 훨씬 굵었다. 얼굴도 둥글넓적하게 생긴 게 고집스러워 보였다.

아이들은 영범이가 불쌍한 아이라고 했다. 원래는 아버지, 어머니, 영범이와 형, 이렇게 네 식구가 살았었다. 그런데 아버지와 어머니가 이혼해서 갈라서는 바람에 영범이는 아버지와 살고, 형은 어머니와 살게 됐다고 했다. 영범은 전에 살았던 동네에서 싸움 잘하기로 유명했다는 소문도 들렸다. 녀석의 거친 용모와 소문에 지레 겁을 먹은 나는 가급적 부딪치지 않기로 했다.

동네 아이들은 거의 매일같이 방과 후 동네 앞 공터에 모여 편을 갈라 축구시합을 했다. 여는 날과 마찬가지로 축구시합을 하고 있었다. 아이들은 편을 가를 때 공을 잘 차는 아이들과 한편이 되기를 원하기 마련이다. 그때만은 영범이의 인기도 좋았다. 영범이는 드리블을 잘했다. 발힘이 세서 공을 차면 멀리까지 날아갔다. 그날 영범과 나는 다른 편이 됐다. 시합 중에 영범이가 공을 몰며 우리 편 골대를 향해 돌진했다. 마침 하프에 서 있던 나는 영범을 향해 강하게 태클을 걸었다. 우리 편이 지고 있어 내 마음이 다급해 있었다.

"아얏!"

내 태클에 걸린 영범이는 비명을 지르며 땅바닥에 나뒹굴었다. 나는 속으로 겁이 났다.

'이러다가 저 새끼하고 한판 붙게 되는 거 아니야.'

"영범아, 미안 해. 많이 아프니?"

평소에 사이좋게 지내는 처지가 아니었지만 내가 잘못했다는 생각이 들어 '미안해'를 연발했다.

"너 죽었어, 이 새끼. 일부러 그런 거지?"

내 예감이 맞아떨어졌다. 얼굴을 잔뜩 찡그리며 일어나더니 나를 원수 대하듯이 노려봤다. 여간 부담 가는 눈빛이 아니었다. 같이 놀다가 보면 그럴 수도 있는 거지, 내가 무슨 큰 잘못을 했다고 잡아먹을 듯한 표정으로 노려본단 말인가? 하지만 나는 더럭 겁이 나기 시작했다. 아이들 소문처럼 천하무적이라면 내가 박살날 게 틀림없었기 때문이다. 과연 이런 식으로 찍자부터 붙는 꼬락서니를 보니 소문이 사실일 거라는 생각도 들었다. 나는 가까이 서 있다가 몇 걸음 뒤로 물러났다.

일단 현재 위기를 모면하기 위해 도망칠 생각도 해봤지만 그럴 수는 없었다. 다른 아이들이 보고 있었기 때문이다. 내가 꼬리를 내리고 비겁하게 꽁무니를 뺀다면 나는 이 동네에서 등신, 머저리로 낙인찍힐 것이다.

‘동철과 춘길도 다시 발호하리라.’

아이들이 말려도 영범은 막무가내였다. 말리는 아이들을 밀치고 달려오더니 다짜고짜 내게 주먹을 날렸다. 미리 방비하며 기다리던 나는 용케 영범의 주먹을 피할 수 있었다. 이어 우리는 함께 땅으로 나뒹굴어 서로 뒤엉키며 치고받았다. 한참 엎치락뒤치락하다 보니 영범이의 코에서 피가 흘러내렸다. 나는 기세를 몰아 팔을 꺾은 다음 영범을 엎어 놓고 등 뒤에 올라탔다. 그리고 온 힘을 다해 팔을 더 꺾었다.

“아, 아!”

녀석은 아프다고 연거푸 소리를 질러댔다.

“야, 내가 일부러 그러지도 않았는데 왜 날 때리려고 하냐?”

나는 생각보다 가볍게 이긴 것에 기분이 좋아서 영범을 타이르듯 말했다. 아이들 싸움은 항상 먼저 코피가 나는 쪽이 지기 마련이다. 나는 어찌어찌하다 보니 운 좋게 영범이의 코피를 먼저 터뜨렸다. 그런데 동철과 싸웠을 때와 달리 영범이 아버지는 우리 집에 와서 따지지 않았다. 나는 이게 좋았다. 내게 맞았다고 집에 가서 이르지 않았던 영범은 진짜 사나이였다. 우리는 곧 화해했고 친해지기 시작했다.

영범이가 하는 짓을 보면 어른 같았다. 하루는 자기 집에 가서 놀자고 했다. 영범은 방에 놓여 있는 담뱃갑에서 한 개비를 꺼내면서 나를 보고 씩 웃었다. 바로 입으로 가져가 물더니 불을 붙이고 연기를 빨아들였다. 제 아버지의 담배였다.

“야, 너 이럼 안 돼. 담배는 어른들이 피는 거야.”

영범은 내 말에 아랑곳하지 않고 담배를 한 번 더 빨더니 코로 연기를 내뿜었다.

"칠복아, 너도 한번 피워 볼래?"

나는 조심스럽게 영범의 얼굴 표정을 살폈다.

"걱정 마, 보는 사람도 없잖아. 나는 아버지가 없으면 집에서 가끔 이래."

아무 일도 아니라는 식으로 뇌까렸다. 자식의 대담성에 나는 놀랐다.

"야, 네 아버지가 알면 어떻게 하려고 그래?"

혹시나 들킬까 봐 걱정이 됐던 나는 영범을 한 번 더 떠봤다.

"우리 아버지는 내게 관심 없어. 엄마하고 헤어지고는 거의 매일 술이야. 지난번에는 어떤 여자하고 우리 집에 와서 같이 잤어."

영범은 스스로 망가지기로 작심한 놈이라는 생각이 들었다. 자기 아버지에 대한 화풀이로 이러는지도 몰랐다.

"너도 한 번 피워 봐."

영범은 집요하게 나를 유혹했다. 나는 아이들이 담배를 피우면 안 된다고 생각하고 있었다. 하지만 싸움으로 한 번 꺾은 적이 있었기 때문에 영범이보다 더 용기가 있는 놈으로 보이고 싶었다.

"그래, 이리 줘 봐."

나는 영범이 빨던 담배를 받아서 입에 물고 담배를 피우는 흉내를 냈다. 연거푸 재채기를 하면서 코와 입으로 담배 연기를 내보냈다. 머리가 멍해지면서 어지러웠다. 이것은 영범과 나만의 비밀이었다. 아무도 없는 영범이네 집에 놀러 가면 담배 피우기는 계속됐다. 나는 아버지에 대한 영범의 원망이 옳다고 생각했다. 그리고 아버지와 어머니는 함께 살고 있으면서도 내게 눈곱만큼도 관심이 없었다.

나는 영범과 어울려 담배를 피우며 함께 망가지면서도 조금도 걱정하거나 두려워하지 않았다. 내가 엄청나게 망가져도 내 탓이 아니라고 생각했다. 다만 망가질 대로 망가져 버린 나를 보면 우리 아버지와 어머니가 어떻게 나올지 궁금할 뿐이었다.

영범과 나는 물과 물고기처럼 항상 붙어 다녔다.

영범은 학교 가자며 아침마다 우리 집 창문에 대고 나를 불렀다. 나는 밥을 먹다가도 얼른 수저를 놓고, 밥을 다 먹고 가라는 어머니의 성화를 뒤로한 채 가방을 허리춤에 끼고 신발을 질질 끌면서 달려 나갔다.

어느 날 영범이가 나를 부르러 오지 않았다. 어머니는 영범이가 학교에 혼자 갔을 거라며, 기다리지 말고 빨리 학교에 가라고 소리를 질렀다. 나는 궁금해서 더 이상 앉아서 기다릴 수가 없었다. 그래서 영범이네 집으로 달려갔다.

영범이네 집은 아주 작았다. 영범이 말에 의하면 집주인하고 자기 아버지가 잘 알던 사이였기 때문에 그곳으로 이사를 왔다고 했다. 어머니와 헤어지고 갈 곳이 없던 그들에게 집주인이 그냥 와서 살라고 했다는 것이었다. 방이 너무 작고 부엌도 없었다. 밥도 주인네 부엌에 빌붙어서 해 먹어야 했다. 그래서 한꺼번에 밥을 왕창 해놓고 쉬어서 버릴 때까지 먹는다고 했다. 나는 항상 찬밥을 먹는 영범이가 불쌍하다고 생각했다. 그래서 우리 집에서 놀다가 함께 밥을 먹는 경우도 많았다.

"영범아, 영범아."

나는 영범이를 연거푸 부르면서 방문을 확 잡아 당겼다. 영범은 아직도 이불 속에 엎드려 있었다. 이불 속에서 머리를 들더니 졸린 눈으로 나를 바라봤다. 마치 등껍질 속에서 서서히 머리를 빼 드는 거북이 대가리 같았다.

"학교 안 가냐고, 지각할지 몰라. 빨리 일어나. 너 늦잠 자고 있구나."

"오늘 학교 안 갈래, 너 혼자 가."

이불 속에서 나오지도 않은 채 기어들어가는 목소리로 대답했다. 어디가 아프냐고 물었지만 대꾸도 없었다.

"야, 혹시 선생님이 물으면 뭐라고 대답해줄까?"

"네가 알아서 해."

영범은 손등으로 눈을 비비대며 눈곱을 떼어 냈다. 나는 이러다가 지각할지도 모른다는 생각이 들었다. 영범이는 지각은 자주 해도 결석은 하지 않았었기 때문에 잠에서 완전히 깨면 늦게라도 학교에 오리라 여기고 나는 학교를 향해 달렸다.

담임은 지각하는 아이들에게 늘 벌을 줬다. 그럴 때마다 담임은 눈을 작게 뜨고 째려보며 앙칼진 목소리로 명령했었다.

"야, 너 복도에 나가서 무릎 꿇고 손들고 있어. 또 지각하면 걸상 들고 있게 한다. 빨리 안 나가!"

나는 전에 벌을 받은 적이 몇 번 있었다. 걸상을 머리 위로 든 채 무릎을 꿇고 앉아 있으면 1분도 채 지나지 않아 다리에 피가 통하지 않아 저리고, 학교 전체라도 쳐들고 있는 듯이 팔이 무지무지하게 아팠다. 그래서 나는 총알처럼 학교로 달려갔고, 간신히 지각을 면할 수 있었다. 내가 교실로 들어서자마자 검고 딱딱한 출석부를 든 담임이 들어왔다.

"자기 짝 중에 안 온 사람 있어?"

영범의 짝이 손을 들고 영범이가 아직 안 왔다고 대답했다. 영범이 자식은 수업이 한창 진행 중일 때 들어온 일도 여러 번 있었다. 첫째 시간이 끝나도록 영범이는 나타나지 않았다. 왠지 오늘은 기어이 나타나지 않을지도 모른다는 예감이 들었다. 집에 무슨 일이 난 것이 틀림없었다. 수업 중 내 고개는 자꾸 교실 문 쪽을 향해 돌아갔다. 혹시 영범이가 교실 문을 드르륵 열면서 고개를 푹 숙인 채 들어올지 몰랐기 때문이다. 수학 시간이 끝나고 점심시간이 되었건만 영범은 나타나지 않았다. 나의 궁금증은 시간이 흐를수록 점점 더 커졌다.

마침내 그날 수업이 모두 끝났다. 담임이 종례를 했다. 육성회비가 밀린 아이들의 이름을 부르고 내일까지 내라고 했다. 육성회비가 준비되지 않으면 아예 학교에 오지도 말라고 했다. 그러면서 내일은 공부시간에 집으로 돌려보내겠다는 엄포까지 놓았다. 늘 반복되는 이야기였다.

"이칠복, 너 영범이하고 친하지? 방과 후 영범이네 집에 가서 전해. 내일 어머니 모시고 나오라고. 알았어?"

"…."

나는 대답 대신 고개를 가만히 끄덕거렸다.

'영범이는 아버지하고만 사는데 어떻게 어머니를 데려오지.'

"야, 이칠복! 알아들었냐고?"

"예."

종례를 하고 담임이 교실 문을 나서자 우동은 나비처럼 내 자리로 날아왔다. 우동이도 역시 영범이가 걱정되는 모양이었다.

"영범이는 아버지와 단둘이 사는데 없는 엄마를 어디서 데려오냐?"

나는 네 말이 맞다는 표정으로 우동을 쳐다봤다. 내 은인의 아들인 우동은 얌전한 아이였다. 자기 집에서는 귀한 3대 독자였다. 우동이 아버지는 딸을 자식 취급도 하지 않았다. '오직 아들만이 살길이다'라는 것이 우동 아버지의 인생철학이요, 가치관이라고 했다.

우동이 어머니가 불공을 드려서 우동이를 낳았다고 했다. 우동이를 낳은 후 아들 하나를 더 낳기 위해 여러 번 불공을 드렸지만 여동생만 내리 넷을 낳았다고 했다. 자기 아래로 두 번째 동생을 낳았을 때 아버지는 그렇게 기대하던 아들이 아니자 며칠 동안 집을 나갔었다는 것이다.

그러다 보니 앉으나 서나 우동, 자나 깨나 우동, 들어가나 나가나 우동이었다. 밥상도 따로 받았다. 아버지와 우동이만 밥상에서 밥을 먹고, 어머니와 여동생들은 방바닥에 밥과 반찬을 따로 놓고서 먹었다. 우동이 아버지의 남아 선호 사상은 하나님과 부처님도 놀라 자빠질 정도였다.

우동과 나는 교문을 나섰다. 마침 여름이 시작되는 때라 날씨가 더웠다. 교문 앞에서는 "아이스케키~ 아이스케키" 하면서 우리 또래의 아이가 아이스케키를 팔고 있었다. 그 소리가 정말 처량하게 들렸고, 표정은 슬프디슬퍼 보였다.

'제발 아이스케키 좀 사주라, 사주라' 하고 애걸하는 듯한 목소리와 표정에 이끌려 우동과 나는 아이스케키를 하나씩 사서 호로록호로록 소리 내어 빨면서 걸었다.

"칠복아, 너는 영범이가 학교 안 온 이유를 알지? 너는 영범이하고 제일 친하잖아."

우동이는 툭하면 '나는 모르는데, 너는 알지?' 하는 식으로 내게 물었다. 오늘도 마찬가지였다.

"몰라, 아침에 집에 갔더니 이불을 뒤집어쓰고 엎드려 있더라. 학교 가자고 했는데 그냥 안 간대."

나는 우동이와 빠른 걸음으로 영범이네 집을 향해 걸었다. 무슨 일인지 궁금해서 뛰어가고 싶었지만 고무신을 신고 뛰어가기가 힘들었다. 한 켤레 있었던 운동화는 축구할 때 신기 위해 고이 모셔 두고 있었다. 그래서 주로 검정 고무신을 신고 다녔다. 아버지는 검정 고무신만, 그것도 경동시장에서 아주 싼값에 두 켤레씩 사다 줬다. 한 번 크게 선심을 써서 운동화를 사다 주면서 아껴 신으라고 했다. 나는 운동화를 또 얻어 신을 욕심으로 "예!" 하고 크게 대답했었다. 대부분의 아이들이 나와 같은 검정고무신을 신었다. 고무신의 뒷부분을 바깥으로 뒤집어 까면 슬리퍼처럼 신을 수도 있었다. 마침 그날도 고무신 슬리퍼를 신고 있던 참이었다.

어느덧 동네 입구에 이르렀다. 여느 때와 마찬가지로 캐리가 나를 반기며 뛰어왔다. 쇠꼬챙이를 아무리 땅 깊숙이 박아 놓아도 덩치가 커지고 힘이 세지다 보니 꼬챙이를 홀랑 빼서 질질 끌고 다니기 일쑤였다. 캐리는 내 얼굴을 핥으며 엉덩이와 꼬리를 흔들어댔다. 나는 캐리의 등을 쓰다듬어 주면서 끈을 잡아 들었다. 우동이는 내가 부러워 죽겠다는 표정을 하고 쳐다봤다.

"칠복아, 캐리 똥개 맞지?"

질투심에 저도 모르게 그러는 건지 자식은 내 아픈 곳을 건드렸다. 아무리 똥을 못 먹게 야단을 쳐도 철이 똥만 보면 환장하는 캐리였다. 내 발길에 여러 번 걷어차였어도 얼마나 똥이 좋은지 똥을 먹지 말라는 내 명령만큼은 따르지 않았다. 나는 일부러 못 들은 척했다.

"우동아, 너 먼저 영범이네 가 있어. 캐리를 묶어 두고 곧 뒤쫓아 갈게."

나는 캐리가 길거리를 싸돌아다니면서 똥이나 주워 먹다가 동네 또래들에게 들키는 것이 염려되어 꼬챙이를 꽂았던 자국이 없는 맨땅을 골라서 꼬챙이를 땅에 깊숙이 박았다.

"야, 돌아다니지 마. 나 올 때까지. 알았어?"

내 말을 알아들었는지 캐리는 꼬리를 살래살래 흔들었다.

가방을 놓고 영범이네 집에 갔더니 방문이 열려 있고, 방에는 술 냄새가 진동하고 있었다. 우동이는 방바닥에 누워 있는 영범이를 깨우고 있었다.

"야, 야, 영범아, 일어나. 일어나 봐."

영범이를 흔들어대는 우동이를 보며 나는 문지방에 걸터앉았다.

"칠복아, 이 새끼 술 마셨나 봐. 이 새끼는 하는 짓이 전부 어른 같아. 안 그러냐? 나는 술 마시는 사람이 싫어. 우리 아버지는 밖에서 술을 마시고 집에 오면 내게 알아듣지 못할 소리만 하거든. 어떨 때는 졸려 죽겠는데도 잠도 못 자게 해."

"잠도 못 자게 하냐?"

"한 소리 또 하고, 또 하고 그러거든."

아마도 그럴 것이다. 우동 아버지가 술에 많이 취한 날에는 동네에서 꼭 '우동 아버지 리사이틀'이 열렸다. 우동 어머니가 무엇을 그리 잘못했는지는 모르지만 "야, 이 썅년아!"로 시작되는 술주정은 부엌의 밥그릇이며 냄비, 심지어는 숟가락까지도 전부 바깥으로 던지는 순서로 이어졌다. 동네 조무래기들이 구경하러 우동이네 앞으로 우르르 모여들었다. 보다 못한 동네 어른들이 나와서 달래야만 겨우 조용해졌다.

또 어떤 날은 니나놋집에서 우동이 아버지를 데려온 적도 있었다. 그때 마침 우동이네서 놀고 있던 나는 우동이 어머니가 우동이를 데리고 시장통에 있는 단골 술집으로 간다기에 따라갔었다. 우동 아버지는 니나놋집에서 부침개와 나물을 안주로 막걸리 주전자를 기울이고 있었다. 우동이와 나는 밖에서 기다리고, 우동이 어머니만 술집으로 들어가 우동 아버지를 데리고 나오려고 했다. 그런데 우동 아버지는 어머니 말을 들을 생각은 하지 않고 젓가락 장단에 맞춰 신나게 노래를 불렀다. 한복을 입고 있던 누나들도 보기가 딱했는지 우동 아버지에게 "아주머니가 오셨는데 빨리 집으로 들어가세요"라는 말을 하며 거들었다.

"야! 내가 이 집에서 시름과 피곤을 달래는데 왜 그래? 내가 바람이라도 피웠냐? 툭하면 여기까지 찾아오고 난리야!"

"여보, 고단하시더라도 집에 아이들이 기다리고 있으니 집으로 가세요. 저기 우동이하고 칠복이도 같이 왔잖아요."

이 말을 듣자마자 우동 아버지는 자리에서 벌떡 일어나더니 우동이에게 다가와 볼에 자신의 볼을 비비댔다. 또 덤으로 내 머리도 쓰다듬었다. 우동에게는 한없이 약한 아버지였다.

"야, 한영범, 좀 일어나봐. 선생님이 내일 엄마 데리고 오래!"

내가 버럭 소리를 지르자 영범은 겨우 눈을 게슴츠레하게 떴다. 나와 우동은 방으로 들어가 영범을 일으켜 앉혔다. 어른도 아닌 자식이 술을 처먹고 잔뜩 취해 있었다.

"야, 인마. 너 술 마시면 어떡해. 우리는 어려서 술 먹으면 안 돼."

술을 원수처럼 여기는 우동이 타이르듯 한마디 했다.

"야, 너 술 어디서 났냐?"

"집에 있었어. 아버지가 마시던 술이야. 저기 봐라. 술병이 많잖아."

"그래도, 그 술이 네 거 아니잖아."

술에 덜 깨어 떠듬떠듬 지껄이는 영범의 말이 걸작이었다. 속이 상해서 술을 마셨다는 것이다. 자기 아버지는 속이 상하니까 술 한 병 사오라는 심부름을 자주 시켰다고 했다. 술을 마시면 속상한 것이 풀어진다고 생각한 영범은 아버지가 남긴 술을 몽땅 마신 것이었다.

"그런데 너 왜 오늘 학교 안 왔냐?"

내가 걱정스럽게 물었다.

“어젯밤에 아버지에게 뒈지게 맞았어. 여기 좀 봐라. 어떠냐?”

영범은 옷을 벗고 자신의 등을 보여줬다. 등에는 시퍼렇고 벌건 멍이 가로세로 여러 줄 나 있었다. 그뿐만 아니라 아침에는 엉겁결이라 못 봤던 눈두덩이에도 퍼렇게 멍이 들어 있었다.

“야, 내가 아침에 왔을 때 아버지는 없었잖아?”

“어젯밤에 나를 두들겨 패고 집을 나가서 안 들어왔어. 나는 아버지를 기다리느라 잠도 제대로 못 잤어. 자다 깨고 자다 깨고 그랬거든. 정말 무섭더라.”

영범이 아버지는 사람도 아니라는 생각이 들었다. 영범이는 맞을 짓을 자주 저지르는 놈이니 두들겨 팬 일은 접어 두더라도 집을 나가서 들어오지 않은 것은 인간으로 할 짓이 아니라는 생각이 들었다.

‘영범이 자식 밤새 얼마나 무서웠을까.’

“야, 그런데 왜 맞았냐? 너 할머니 가게에 가서 물건 훔치다 걸린 거 아냐? 할머니가 네 아버지에게 일러바친 거 맞지?”

영범을 고개를 좌우로 흔들었다. 늘 무표정하게 굳어 있던 영범의 얼굴 저편에서 진한 슬픔의 그림자가 배어 나오고 있었다. 나는 매 맞은 이유가 더 궁금해졌다.

“솔직하게 말해 봐. 너하고 나하고 어떤 사이냐? 우리 의형제 맺었잖아.”

영범과 나는 의형제를 맺은 사이였다. 전에 우리는 대동극장으로 액션영화를 보러 갔었다. 그 영화에서 주인공인 장동휘와 박노식이 의형제를 맺었다. 영화를 보고 나오면서 우리는 그 영화의 주인공들처럼 의형제가 됐다.

"엄마 때문에 맞았어."

"엄마? 네 엄마?"

영범은 그저께 엄마를 만났다고 했다. 녀석은 예전에 살던 동네를 찾아가서 엄마를 만나고 형과 놀다가 집으로 돌아왔다. 어제 영범은 자기 아버지에게 이 사실을 전부 말하고 자신도 어머니와 함께 살고 싶다고 말했다. 그랬더니 눈에 쌍심지를 켜고 아버지가 자신을 몽둥이로 사정없이 늘씬하게 두드려 팼단다. 나도 아버지에 몽둥이로 얻어터져 본 적이 있어 영범의 고통을 이해할 수 있었다.

"그럼 네 엄마하고 살아! 네 엄마한테로 가란 말이야. 이 자식아!"라며 고래고래 소리를 지르다가다 또 "그 쌍년이 아이에게 무슨 말을 했길래 이 새끼가 이런 말을 해"라는 상소리도 했다고 했다. 그런 영범이가 너무 불쌍했다. 아버지면 아버지 역할을 해야 아버지지, 밥도 안 챙겨줘서 쫄쫄 굶기고 육성회비 한 번도 안 내주면서 뒈지게 패기만 하는 게 무슨 아버지란 말인가. 아버지 자격이 전혀 없는 영범이의 아버지가 더 밉고 싫어졌다.

우동이는 분위기를 몰라도 너무 몰랐다. 그런 와중에도 영범과 내가 의형제를 맺는 데 저를 왜 안 끼워 줬냐고 투덜거렸다. 그렇게 침울한 상황에서도 천진난만한 우동이의 항변은 영범과 내 입가에 작은 미소를 띠게 만들었다.

"야, 그럼 너도 같이 의형제 하면 되잖아."

영범은 내 동의도 구하지 않고 우동이를 우리 멤버로 당장 받아들였다. 그러자마자 우동은 좋아서 입이 헤벌어졌다.

"칠복아, 오늘 하루 종일 영범이가 밥을 못 먹었잖아. 어떻게 하지?"

우동이는 벌써부터 형제애를 발휘하기 시작했다.

"야, 너 너희 집에 가서 밥 좀 갖고 와라. 나는 반찬 갖고 올게. 아침에 우리 엄마가 맛있는 반찬을 했어. 저녁 때 먹으려고 남겨뒀거든."

나는 태연하게 주인집에서 얻어 온 반찬을 어머니가 만든 걸로 살짝 둔갑시켰다.

선생님 팬티는 빨간색

"칠복아, 칠복아, 학교 가자."

언제나처럼 영범이가 부르는 소리에 나는 밥을 먹다 말고 숟가락을 던지고 밖으로 뛰어나갔다. 꼬리를 치며 컹컹거리는 캐리의 옆구리를 발로 가볍게 한 대 차 주는 것도 잊지 않았다.

"야, 너 아침밥은 먹었니?"

"응."

"정말?"

영범이는 아침밥을 거의 거르는 편이었기에 나는 아침마다 습관처럼 물었다. 요새는 아버지가 자기에게 신경을 많이 쓴다고 대답했다. 지난번에 무지하게 두들겨 팬 이후로 미안했는지 전에 없이 잘해준다고 덧붙였다. 우리는 우동이네 집으로 갔다.

"우동아, 우동아, 학교 가자."

영범과 나는 우동이 집 앞까지 가지 않고 멀리 서서 악악거리며 이중창을 해댔다. 우동이는 항상 행동이 느렸다. 곧 나오겠다는 대답도 잘 하지 않았다. 세수도 하지 않아 눈에 눈꼽을 달고 학교에 가는 일이 많았다. 아주 가끔 세수를 할 때도 자식은 옷소매도 걷지 않은 채 물에 담갔던 손을 꺼내 얼굴에 물을 두어 번 바르는 게 고작이었다. 목에는 물 한 방울 묻히지 않았다. 물을 아끼는 녀석의 절약정신은 알아줘야 했다. 우동의 목 색깔은 역시 자주 씻지 않는 우리들의 그것과 비교해도 언제나 확연히 구별됐다.

"안 나오면 우리 먼저 간다."

기다리다 못한 우리가 그렇게 으름장을 놓아야 녀석은 허겁지겁 뛰어 나오기 일쑤였다. 이날도 다른 날과 다르지 않았다. 학교에 오갈 때 우리는 튼튼한 각목 하나를 가지고 다녔다. 그 내막을 모르는 아이들은 이 각목으로 치근거리는 아이들을 후려치려고 그러는 줄 알았다. 그러나 이 각목은 다른 용도로 쓰였다.

"가위바위보! 가위바위보!"

셋이서 가위바위보를 해서 이기는 놈, 한 놈만 살아남았다. 우리는 가방을 모아 각목에 줄줄이 끼고 나머지 둘이 양 끝을 맞잡고 미리 정한 목적지까지 메고 갔다. 목적지에 도착하면 다시 가위바위보를 하고 또 하고, 이렇게 하며 우리는 매일 학교에 갔다.

이 방법은 공정했다. 동철이나 춘길이 같은 자식들은 꼬붕인 아이들에게 가방을 들고 가라고 시켰는데 그것은 나쁜 방법이다. 우리 셋은 공정한 게임의 법칙, 즉 가위바위보라는 천하 불변의 게임 법칙에 따라 가방을 드는 당번을 정했다.

학교 정문 근처에 도착해서야 각자 가방을 들고 교실로 들어갔다.

우리 교실은 충무공 이순신 장군 동상이 서 있는 자리 뒤에 있었다.

지겨운 수학 시간이 끝났음을 알리는 종이 울리고 있었다. 수학 시간에 담임은 가끔 나를 "야, 1미터"라고 불렀다. 지난번에 틀린 대답을 했다고 계속 약을 올리는 거였다. 그래서 수학 시간은 노이로제에 걸려 있었다. 한 번 틀리고 나서 '1미터는 100센티미터'라고 확실히 알고 있었지만 같은 질문을 더 이상 하지 않았다.

다음 시간은 체육이었다. 체육복으로 갈아입고 운동장으로 집합해야 했다. 여자아이들과 한 교실에서 생활하다 보니 옷을 갈아입을 때 약간 문제가 있었다. 남자들이야 누가 보든 말든 아무렇지 않은 듯이 옷을 갈아입었지만 여자애들은 '어머머!' 하며 엄살을 부렸기 때문이다. 그래서 여자애들은 주로 더럽고 냄새 나는 화장실에 몰려가서 옷을 갈아입었다.

"빨리 체육복으로 갈아입고 운동장으로 집합해. 알았지!"

담임 선생님 특유의 앙칼진 목소리가 낡고 더러운 속옷을 다른 아이들에게 보이기 창피해 선뜻 옷을 갈아입지 못하고 머뭇거리고 있는 아이들의 머리 위로 쏟아졌다.

"예!"

거역했다가는 한 치의 용납도 없는 담임의 성격을 익히 아는지라, 우리는 병아리처럼 입이 찢어져라 대답했다. 행동이야 굼떴지만 어쨌든 대답부터 크게 하고 볼 일이었기 때문이다. 먼저 옷을 갈아입은 아이들은 하나둘 교실 문을 빠져나갔다. 내가 막 체육복으로 갈아입고 운동장으로 나가려고 할 때였다.

"칠복아, 칠복아, 이리와 봐."

영범이가 주위를 두리번거리면서 조그마한 목소리로 나를 불렀다.

"왜 그래?"

나도 영범을 흉내 내어 조그마한 소리로 되물으며 발뒤꿈치를 들고 복도를 향해 살살 걸어갔다.

"너, 선생님 팬티 색깔이 무슨 색깔인지 알아?"

영범은 난데없이 귀신 씻나락 까먹는 소리를 했다. 평소 영범이가 하는 짓은 나보다 한 수 위, 아니 몇 수 위였다. 영범은 주위를 살피더니 내 귀를 잡아 당겼다.

"빨간색이야. 빨간색."

"네가 어떻게 알아?"

"지난번에 봤어. 지금이 기회야, 기회."

영범이는 지난 체육 시간 전에 선생님이 체육복으로 갈아입을 때, 팬티 색깔을 훔쳐봤다는 것이다. 그러면서 나를 잡아끌고 교실 쪽으로 살금살금 다가갔다. 교실은 앞뒤로는 출입문이 있고, 그 사이에 벽이 있었다. 교실 벽 아래쪽에는 약간 튀어나온 부분이 있었다. 그래서 발가락 부분을 살짝 걸치면 교실 안쪽을 들여다볼 수 있었다. 창문이 우리 키보다 약간 높았기 때문이다.

영범은 교실 벽으로 재빨리 다가가 아래쪽 돌출부에 발가락을 걸치고 고개를 살짝 들어 안쪽을 들여다봤다. 그러다가 내려오더니 손짓으로 나도 한 번 그렇게 해보라는 시늉을 했다. 나는 떨리는 마음으로 영범이가 했던 대로 하고서 고개를 살짝 들었다. 영범의 말이 맞았다. 선생님의 팬티 색깔은 빨간색이었다. 아이들이 다 나가고 난 뒤 선생님은 교실 구석에서 교탁으로 몸을 가리고 체육복으로 갈아입고 있었다. 나는 눈을 동그랗게 뜨고 영범을 쳐다봤다. 영범은 씩 웃었다. '내 말이 맞지?' 라는 표정이었다. 나와 영범이가 다시 한번 확인해보기 위해 교실 벽에 발을 걸치고 막 고개를 들려고 할 때였다.

"너희들, 거기서 뭐 해?"

갑작스러운 큰소리에 놀라 우리 둘은 동시에 고개를 돌렸다. 4학년 10반 담임 여선생이었다. 연한 주황색의 '사랑의 매'를 들고 우리 쪽을 향해 걸어오고 있었다.

'앗! 큰일 났구나!'

신음 소리가 저절로 나왔다. 바로 그때 이상한 낌새를 눈치 챈 담임이 밖으로 뛰어나왔다. 10반 담임은 체육복을 입은 우리 담임을 보더니 우리가 한 짓을 짐작했는지 당장 일러바치기 시작했다.

"정 선생님, 글쎄, 이놈들이 여기서…."

"야, 한영범, 그리고 너 1미터."

담임의 얼굴은 빨간색과 푸른색이 어우러져 붉으락푸르락했다. 10반 담임도 덩달아 얼굴이 빨갛게 변했다. 두 여선생은 화가 머리끝까지 오른 것 같았다. 영범과 나는 쥐구멍이라도 찾아봤지만 복도에 쥐구멍이 있을 리 없었다.

"야, 너희 둘, 복도에 꿇어 앉아 있어. 체육 시간 끝날 때까지."

그러나 그 정도로 만족할 담임이 아니었다. 우리가 앉자마자 바로 마음을 바꿔 자기 체면을 능멸한 죄에 대한 처벌을 다시 시작됐다.

"야, 안 되겠다. 일어서."

영범이와 내 귀를 양손으로 잡아 일으켜 운동장으로 끌고 나갔다. 영범과 나는 체육 시간 내내 운동장 한가운데 무릎을 꿇은 채 두 손을 들고 벌을 섰다. 그렇게 고통스러웠던 체육 시간이 끝나고 아이들이 교실로 몰려 들어갔다. 영문을 모르는 우동은 우리 쪽으로 다가오다가 담임의 호통을 듣고 깜짝 놀라며 교실 쪽으로 방향을 돌렸다.

"일어서! 들어가서 수업 끝날 때까지 복도에 무릎 꿇고 손들고 있어. 알았어?"

나와 영범이는 이승에서는 결코 용서받을 수 없는 큰 죄를 진 죄인처럼 고개를 숙인 채 담임 뒤를 졸졸 따라서 교실로 갔다. 그날 점심도 굶고 수업이 모두 끝날 때까지 벌을 섰다. 담임은 종례 시간이 돼서야 우리를 교실로 불러들였다. 우리 둘은 종례 시간 동안에도 반 아이들의 의혹에 찬 시선을 등 뒤로 느끼며 교탁 앞에 고개를 숙인 채 서 있었다. 담임은 다른 날과 마찬가지로 내일까지 밀린 육성회비를 내라고 했고, 수업 시간에 집으로 돌려보내겠다는 협박도 했다. 종례를 마치고 아이들이 우르르 몰려 나가자, 하루 종일 벌을 주고도 화가 덜 풀린 담임은 두터운 출석부로 영범과 나의 머리를 번갈아 때리며 눈을 부릅뜨고 쏘아봤다.

"너희 둘은 옷으로 갈아입고 교무실로 와."

영범과 나는 교무실로 가서 또 두 손으로 만세를 부르며 무릎 꿇고 앉았다. 오가는 선생님들이 "이놈들 또 말썽을 부렸구나" 하며 한마디씩 내뱉었다. 어떤 선생님은 머리를 쥐어박기도 했다.

"야, 너희 둘 이리 와. 여기 꿇어 앉아"

교무실 출입구에 있던 우리에게 담임이 옆으로 오라고 손짓했다.

"한영범이 너는 엄마 학교에 들르라고 했는데 왜 안 오는 거야, 응? 엄마 없니?"

"예."

영범은 마치 기다렸다는 재빠르게 대답을 했다. 담임은 책상 속에서 무언가를 꺼내 뒤적였다.

"여기는 엄마가 있다고 되어 있잖아, 이놈아!" 하면서 출석부로 영범의 머리를 후려갈겼다.

"너, 거짓말이지?"

영범은 아무 말도 하지 않았다. 그런 영범이에게 담임 선생님은 더 화를 냈다.

"한영범, 너 바른 대로 말해. 어서!"

"엄마가…."

그러나 그때 머리 위로 떨어진 검정색의 출석부 때문에 그의 말은 입속으로 도로 기어들어갔고, 다시 입 밖으로 나오는 것을 잊어버렸다. 영범은 손등으로 눈물을 훔쳤다.

"선생님, 저 있잖아요."

"뭐야, 이칠복! 이놈의 새끼, 너 그렇게 안 봤더니 아주 망나니 새끼구나. 이놈하고 한 달 동안 화장실 청소해. 알았어!"

나는 '영범이는 아버지하고 엄마하고 헤어졌기 때문에 아버지하고

만 살고 있어요. 그래서 엄마가 학교에 올 수 없어요'라고 영범이 대신 말하려고 했는데 담임의 호통에 놀라 말문이 열리지 않았다.

담임이 영범에게 어머니를 모시고 오라는 이유를 나는 알고 있었다. 영범이는 나보다 더 개망나니였기 때문이다. 우리 반에서 사고가 나면 영범이가 안 끼는 적이 없었다. 대형 사고에는 꼭 끼어 있었다. 영범은 운도 따르지 않았다. 사고를 칠 때마다 잘도 걸렸다. 나는 어쩌다 걸리는데 영범은 그게 잘 안됐던 모양이다. 그래서 담임이 어머니를 모시고 오라는 것이었다. 육성회비도 한 번을 안 냈다. 아니 못 냈다. 살림은 항상 빠듯했고 먹고사는 데 돈이 전부 들어가 육성회비를 낼 돈이 없었기 때문이다.

나는 그래도 사고를 쳐도 걸린 적이 별로 없었고, 미꾸라지처럼 요리조리 잘 빠져 다니다 보니 어머니를 데려오라는 말은 듣지 않았다. 물론 나도 육성회비를 내지 못했다. 한번은 육성회비를 달라고 졸랐더니 아버지가 학교를 그만두라고 했다. 그래서 그 뒤로 나는 담임이 밀린 육성회비를 내라고 아무리 다그쳐도 집에 가서는 단 한 번도 입을 벙긋하지 않았다. 담임 선생님이 수업 시간에 집으로 돌려보내면 집에 갔다 온 것처럼 학교 근처에서 적당히 시간을 때우다가 다시 교실로 돌아갔다.

그 일이 있은 후 우리는 한동안 얌전해졌다. 반 아이들은 영범과 내가 그토록 심한 벌을 받은 것에 그치지 않고 한 달 동안이나 화장실 청소를 하는 이유를 내내 궁금해했다. 하지만 우리와 제일 친한 우동이마저도 그 이유를 몰랐다. 우동이가 내게 와서 그 이유를 말해 달라고 살살 꼬셔댔지만 나는 입을 굳게 다물었다. '선생님 팬티 색깔을 훔쳐보다가 걸렸다'고 하면 아마 영범과 나는 개망나니로 취급되어 반 아이들한테서 완전히 따돌림을 당할지도 모른다는 생각 때문이었다. 선생님도 아이들에게 그 이유를 밝히지 않았다. 그래서 담임의 팬티가 빨간색이라는 사실은 영범과 나, 그리고 선생님 세 사람만이 아는 비밀이 됐다. 그렇게 근신하는 우리에게 가끔 우동이가 장난치자는 제안을 했다.

"점심시간에 여자아이들이 고무줄 놀이할 때 칼로 줄을 자르고 도망가지 않을래? 저기 봐, 저기…."

여자아이들이 노래에 맞춰 고무줄 놀이를 하는 것을 보자 당장 구미가 당겼다. 그러나 마음속에서는 '그래, 가서 고무줄을 자르고 도망가자. 아니야, 그럼 이제는 끝장이 될지도 몰라. 안 돼' 하는 두 가지 마음이 서로 충돌하고 있었다. 나는 애써 고무줄을 자르고 싶은 마음을 눌러가며 자신을 단속했다.

영범이도 같은 생각인 듯 우동이가 아무리 꼬드겨도 나와 같이 행동을 하겠다며 의연한 자세를 잃지 않고 있었다. 이렇게 우리는 절대로 다시는 학교에서 사고 치지 않기로 마음을 먹었다. 학교에서 사고를 치면 금방 소문이 나서 다른 선생님으로부터 불이익을 당하기가 쉽다는 게 내 생각이었다. 나는 수업 시간에 선생님과 눈을 마주치지 않기 위해 애썼다. 어쩌다 눈을 마주치기라도 하면 재빨리 눈을 내리깔았다.

'얼마나 나를 까진 놈으로 보고 있을까.'

그리고 선생님도 어쩌다가 내 눈과 마주칠라치면 냉정하게 고개를 돌렸다. 그 사건은 선생님과 내 사이를 영원히 갈라놓았던 것이다.

어느 날 종례 시간에 담임은 가을 소풍에 대해서 이야기했다. 환호성을 지르며 반기는 아이들도 있었고, 그냥 배시시 웃는 아이들도 있었다. 또 나와 같이 소풍을 별로 달갑지 않게 받아들이는 아이들도 있었다.

나는 '소풍이 무슨 대수야' 하는 생각이 들었다. 그러면서도 마음속에서 '땡땡이치자. 안 돼, 가기 싫어도 가야 돼. 결석을 또 하면 안 돼' 하는 고민이 계속됐다.

"내일은 소풍 날이다. 소풍 장소로 모이는 것 다 알지? 소풍 장소를 잘 모르는 사람은 친구들하고 같이 오도록 한다. 알았지? 내일 못 오는 사람 손 들어봐?"

담임은 우리를 둘러보며 마지막까지 확인했다. 나는 차마 손을 들지 못했다. 교실 문을 나선 아이들은 조잘거리면서 집으로 가고 있었다. 소풍이 그리 신나는 일인지 들떠서 소리를 질러대는 놈도 있었다.

나와 영범, 우동은 함께 집으로 향했다. 집으로 돌아가던 중 34번 시내버스 종점 근처에 왔을 때였다.

"너희들 먼저 가. 나는 엄마한테 들렀다 갈게."

우동이는 입에 어색한 웃음을 띠며 영범과 나를 바라봤다. 우동 어머니는 장석시장 근처에서 좌판을 벌여 놓고 생선 장사를 했다. 나는 전에 몇 번 우동을 따라 시장에 갔었다. 우동 어머니는 우동이 막냇동생을 업은 채 생선을 팔고 있었다. 우동 어머니는 항상 웃는 얼굴을 했다. 그래서 그런지 사람들이 생선을 사기 위해 좌판으로 몰려들었다.

우동이 몸에서는 항상 생선 비린내가 났다. 매일 제 엄마가 우동을 위해 남겨 온 생선으로 포식을 했기 때문이다. 나는 우동이가 부러운 적도 많았다. 장사하려면 생선 장사를 해야지, 우리 아버지는 야채 장사를 했기 때문에 나는 생선 구경하기가 하늘에 별 따기만큼 어려웠다.

"우리도 같이 가면 안 되냐?"

우동이를 따라가면 혹시 과자 부스러기라도 얻어먹을 수 있지 않을까 해서 내가 해본 말이었다. 평소에는 쉽게 함께 가자고 대답하던 놈이 그날따라 다른 말을 내뱉는 꼴이 좀 의심스러웠다.

"엄마한테 들렀다가 어디 좀 같이 가야 하거든."

우동은 약간 미안해하는 얼굴로 말했다.

"칠복아, 그냥 가자. 어디 간다잖아."

그래서 영범과 나는 하는 수 없이 우동과 헤어졌다. 우동은 저만큼 가다가 뒤를 돌아보고 손을 흔들어댔다.

'저 자식 틀림없이 우리에게 숨기는 게 있어.'

"영범아, 있잖아. 너 내일 소풍 가냐?"

"너는?"

"글쎄 가기는 싫지만… 어쩔 수 없잖아."

"땡땡이치지 않을래?"

"땡땡이?"

"응, 땡땡이."

나도 그때까지 소풍을 갈 것이냐 아니면 땡땡이를 칠 것이냐를 놓고 머릿속이 복잡하던 차에 영범이가 땡땡이를 치자는 말을 하자마자 얼른 그렇게 하기로 마음을 굳혀 버렸다.

"좋아, 좋아."

나는 씩 웃으면서 선뜻 동의했다. 영범이 먼저 꺼내지 않았어도 내가 땡땡이치자는 말을 했을 것이다. 그런 내 마음을 알았는지 영범이가 먼저 제안을 했다. 그렇게 정하고 나니 답답하던 속이 확 풀리고, 나는 천군만마를 얻은 것처럼 마음도 뿌듯했다.

나는 소풍 가는 날 김밥을 싸가는 것이 소원이었다. 지난번 봄 소풍 때도 평소와 같이 노오란 단무지(다꾸앙)와 돌나물을 무쳐서 싸 갔다. 김밥을 싸 와서 으스대면서 먹어대는 새끼들이 부러웠다. "야, 하나 먹어봐" 하는 폼이 마치 내게 대단한 자선을 베푸는 것처럼 느껴졌었다. 영범이도 아버지가 소풍 준비물을 챙겨주는 것이 어려웠다. 그래서 지난 봄 소풍 때도 가지 않았었다.

"칠복아, 우동이에게도 말해서 셋이 땡땡이치자. 우리끼리 땡땡이치면 우동이가 알 테고 그러면 담임도 짐작하게 될지도 모르잖아."

영범의 말은 일리가 있었다. 그런 쪽으로는 녀석의 머리 회전이 진짜 빨랐다.

"그래, 그러지 뭐. 이따가 동네에서 내가 말할게."

그날 오후 늦게까지 동네 공터에서 영범과 나는 공을 차고 놀았다. 학교에서 돌아온 아이들이 하나둘씩 모여들었다. 그날의 화제는 온통 소풍에 대한 거였다. 동철은 소풍에 대한 기대가 남달랐다. 동철은 내일 장기자랑 시간에 선생님과 아이들 앞에 나가 노래를 부를 거라고 했다. 그러면서 인기 가수 남진을 흉내 내며 몸을 요란하게 흔들어댔다.

> 저 푸른 초원 위에 그림 같은 집을 짓고
> 사랑하는 우리 님과 한 백 년 살고 싶네
> 봄이면 씨앗 뿌려 여름이면 꽃이 피고
> 가을이면 풍년 되어 겨울이면 행복하네
> 멋쟁이 높은 빌딩 으스대지만
> 유행따라 사는 것도 제멋이지만
> 빈집도 초가집도 님과 함께면
> 나는 좋아 나는 좋아 님과 함께면
> 님과 함께 같이 산다면

"야, 그만해. 내일 소풍 가서나 해… 우리 공이나 차자."

퉁명스러운 영범의 말에 동철은 부르던 노래를 멈췄다. 나도 동철이가 부러운 것은 어찌할 수 없었다. 녀석은 노래도 잘하고 춤도 잘 췄다. 또 든든한 누나들과 형도 있었고, 아버지도 매일 양복만 입고 다니고, 어머니도 핸드백을 들고 좋은 옷에 굽이 뾰족한 구두를 신고 다녔다.

우리는 편을 나눠 축구를 했다. 저녁때가 되어 아이들은 하나둘씩 집으로 돌아가고 몇 명만 남아 있을 때였다.

"칠복아, 우동이다, 우동이."

영범은 '함께 땡땡이치자'는 말을 얼른 전하라는 듯이 큰 소리로 말했다. 내 눈에도 우동이가 자기 어머니와 함께 집으로 돌아오고 있는 것이 보였다. 우동이 어머니는 커다란 함지박을 머리에 이고, 등에는 우동이 막내 여동생을 업고 있었다. 그런데 우동이도 어깨에 빨간색의 무엇인가를 메고 있었다. 점점 가까이 다가오는 우동의 얼굴은 보름달 같이 환하고 밝았다. 우동이 가까이 왔을 때였다.

"야, 저거 소풍가방인데. 우동이가 등에 멘 거 말이야. 내 가방도 저런 건데."

동철이가 뭐 좀 안다는 듯이 나섰다. 우동이 어머니는 집으로 들어가고 우동이는 우리에게로 왔다.

"야, 우동아. 너 그 가방 산 거냐? 그거 되게 비싼 건데."

우동은 실실 웃기만 하고 얼른 대답을 하지 않았다. 동철이는 집이 가난한 우동이가 빨간색 소풍가방을 메고 있는 것이 의아스럽고 못마땅한 모양이었다. 자식은 자기만이 무슨 특권 귀족이라도 되는 척하기를 좋아했다. 자식은 늘 자기가 좋은 걸 가지면 당연시했고 남들이 가지면 좀 이상하게 여겼던 것이다.

전에 한번은 연필을 내세우며 잘난 척을 한 적이 있었다. 동네 아이들은 대부분 몽당연필을 썼다. 볼펜 대에 몽당연필을 끼워 쓰기도 했다. 다른 아이들은 칼로 연필을 깎아서 썼지만 동철이만 연필깎이를 사용하고 있었다. 연필깎이를 한 번쯤 빌려줘도 닳지 않을 텐데, 녀석은 잘 빌려주려고 하지 않았다. 동철은 몽당연필을 가지고 다니지 않았다. 항상 기다란 문화연필만 가지고 다녔다. 당시 문화연필은 연필 중에 최고였고, 그중에서도 특히 고동색과 회색의 '흑진주'가 좋았다. '건설'이라는 빨간색의 연필은 그다음이었다.

그날 동철이가 연필 자랑을 하기에 나는 연필 따먹기를 하자고 꼬셔 봤다. 그래서 내 필통을 가지고 동철이네 집으로 원정을 갔다. 밥상을 펴놓고 연필 따먹기를 하기 위해 마주앉았다. 나는 문화연필을 따먹을 욕심이었다. 내 것은 전부 몽당연필뿐이었다. 동철이는 아직 깍지도 않은 새 연필도 있었고, 쓰던 것도 있었지만 다들 전부 닳으려면 아직 먼 것들이었다. 내 필통을 보고 녀석은 억울했는지 긴 연필을 반씩 부러뜨렸다. 왜 부러뜨리느냐고 따지고 싶었지만 가만히 생각해보니 녀석의 생각이 맞았다. 그렇게 돼서 그날 새 연필을 따먹으려던 내 생각은 차질을 빚어서 별반 소득이 없었다.

"다 글렀어."

나지막하게 내가 뱉은 말이었다. '우동이가 자기 어머니에게 얼마나 떼를 썼으면 저 가방을 사 줬을까' 하는 생각이 들었다. 나와 영범이는 부러워서 죽을 지경이었다.

"야, 나 먼저 들어간다. 내일 보자."

우동이에게 우리 계획을 말하는 것을 포기하고 약간 화가 치민 나는 몸을 확 돌려 집으로 뛰었다.

"칠복아, 칠복아."

영범이 급하게 나를 불러 세웠다.

"알았어, 내일 일찍 너희 집으로 갈게. 내일 얘기 해."

다음 날 아침 어머니가 싸준 도시락과 과자 부스러기를 갖고 영범이 집으로 갔다.

영범이 아버지가 도시락을 준비하고 있었다. 영범 아버지는 영범에게 100원을 주면서 나하고 과자를 사 먹으라고도 했다.

'저렇게 큰돈을 주다니.'

이러는 중에 우동이 자식이 갑자기 나타나면 안 되는데 하는 생각이 들어 마음이 급했다. 나는 영범을 재촉했고, 우리는 서둘러 집을 나섰다.

"야, 너 어디로 가?"

내가 학교와는 다른 길로 방향을 잡자 영범은 그 작은 눈을 최대한 동그랗게 뜨면서 물었다.

"저쪽으로 가야 돼. 학교 가는 쪽으로 가다가는 다른 아이들을 만날 거 아니야. 그럼 중간에 새는 게 어려워. 우리가 새는 걸 아이들이 보면 어떻게 해."

내 말에 수긍이 가는지 영범은 고개를 끄덕였다.

"그럼 어디로 갈 건데."

"만화방 알지? 10원에 하루 종일 보는 만화가게 말이야."

영범은 입을 귀 밑까지 찢으며 웃었다. 내 생각이 기가 막힌 모양이었다.

"그런데 이렇게 빠른 시간에 만화방을 열까?"

"걱정도 팔자다, 인마. 그러니까 이 길로 가잖아. 38번 버스 종점에서 버스를 타고 가다가 이문동에서 내리면 돼. 거기는 우리를 알아보는 사람이 없잖아. 거기서 조금 놀다가 적당한 시간이 되면 근처에 있는 만화방에 가면 돼."

영범은 박수를 치며 죽어라 웃어 댔다.

영범과 나는 10원을 내고 하루 종일 만화를 볼 수 있는 가게를 찾아 들어갔다. 우리는 한참 정신없이 이 만화 저 만화를 봤다. 처음 들어갈 때는 아무 말도 안던 주인아저씨가 우리를 쳐다봤다.

"너희는 학교 안 다니냐?"

그 시간에 학교에 가지 않고 무얼 하는 놈들이냐는 말투였다.

"우리는 오후반이거든요."

나는 재빨리 둘러댔다. 우리 학교에 2학년은 오전반과 오후반으로 나뉘어 있었기 때문에 갑자기 그 생각이 떠올라서 한 말이었다. 그렇게 위기를 모면하고 우리는 만화가게에서 도시락을 까먹었다.

"영범아, 나가자. 어서 빨리."

"어디 가려고?"

나는 만화책 속에 코를 박은 채 정신없이 몰두하고 있던 영범이 팔을 툭 쳤다. 그가 고개를 들어 쳐다보자 나는 다시 눈짓으로 빨리 나가자는 사인을 보내며 힘을 주어 잡아 일으켰다.

"만화 다 못 보았는데, 왜 그래?"

"이제 그만 가야 돼."

"어디를 가? 땡땡이치고 있는데…."

나는 집게손가락을 입술에 가져다 대고 '쉬잇' 하면서 주인아저씨의 동태를 살폈다.

"소풍 장소로 빨리 가자. 어서 빨리."

아주 작은 목소리로 나가자고 하면서 밖을 향해 발을 움직였다. 밖으로 나와 나는 영범이에게 서두르자고 말했다. 지금 출발하면 된다고 말했다. 소풍 장소로 오다가 길을 잃어 다른 곳에서 헤매다가 늦게 왔다고 둘러댈 참이라고 내가 설명했다.

"와아, 너 끝내준다. 어떻게 그런 생각을 했냐?"

영범이가 치켜세우는 바람에 나는 어깨를 으쓱거렸다.

우리는 소풍이 거의 끝날 시간쯤에 소풍 장소에 도착했다. 여러 학교가 한꺼번에 소풍을 와서 와글와글 시끌벅적했다. 영범과 나는 우리 학교 아이들을 찾아다녔다. 두리번거리면서 한참을 찾고 나서야 한곳에 모여 있는 우리 학교 선생님들과 아이들이 보였다. 영범과 나는 서로 눈을 마주 보며 미리 입을 맞춘 대로 연극을 하자는 의미의 눈빛을 교환했다. 우리 반을 찾아갔을 때 담임 선생님이 반 아이들을 줄 세운 채 '앉아번호'를 시키고 있었다.

"하나, 둘, 셋…."

아이들은 맨 앞줄부터 차례로 앉으면서 입을 맞춰 소리치고 있었다. 영범과 나는 선생님 쪽으로 걸어갔다.

"너희 둘! 어디 갔다 지금 왔어?"

우리를 본 선생님은 예상대로 눈에 쌍심지를 켜고 노려봤다. 우리는 선생님 앞에 가서 고개를 푹 숙이고 두 손을 모은 채 섰다.

"어디 갔다 지금 왔냐고?"

"버스를 잘못 타서 다른 곳으로 갔다가 지금에야 겨우 왔거든요."

"이 바보들. 내가 어제 뭐라고 그랬어. 미리 확인하고 같이 다니라고 그랬지?"

나는 얼굴색을 조금도 붉히지 않고 미리 짠 대로 거짓말을 했다.

"맨 뒤에 가서 서!"

그렇게 해서 영범과 나는 아이들과 함께 줄을 맞춰 소풍 장소 입구까지 내려왔다. 우리 반은 버스 종점에서 선생님께 작별을 하고 각자 갈 길로 흩어졌다. 우동이 자식은 빨간색 가방을 메고 나 보라는 듯이 으스대면서 영범과 내가 있는 쪽으로 왔다.

"너희, 다른 곳에 갔다가 지금 왔지?"

녀석은 용케 영범과 내 마음을 꿰뚫었다.

"아니야, 정말 길을 잃은 거야."

나는 거짓말에도 일관성이 있어야 한다는 생각을 했다. 우동은 믿지 못하겠다는 표정으로 나와 영범을 번갈아 쳐다봤다. 영범은 옆에서 낄낄대고 있었다.

젊었을 때 고생은 사서도 한다

아침부터 장대비가 쏟아지고 있었다. 빗소리와 바람소리가 창문을 흔들어 댔다. 이런 날은 학교 가기가 정말 싫었다. 어머니는 부엌에서 일을 하면서, 빨리 일어나서 밥 먹고 학교 가라고 소리를 지르며 나를 깨웠다. 어머니의 거듭되는 닦달에 못 이겨 꿈지럭거리면서 겨우 일어나 세수도 하지 않고 밥상 앞에 앉았다. 밥을 채 몇 숟가락 뜨지도 않았는데 여느 때처럼 영범이가 학교에 가자고 불러댔다. 나는 가방을 주섬주섬 챙겨 방에서 기어 나왔다.

"엄마, 우산 없어?"

"거기 있잖아."

"이거 찢어진 거란 말이야."

"아무거나 쓰고 가면 안 되니?"

가뜩이나 학교에 가기 싫은데 우산까지 마음에 안 들어 어머니에게 괜한 까탈을 부렸다.

"야, 빨리 나와."

꾸물거리는 나를 보고 영범이가 재촉했다. 영범이만 아니었으면 나는 어머니에게 새 우산을 사게 돈을 달라고 졸랐을 것이다. 지난번에 학교에 갈 때는 우산이 없어 영범이와 함께 우산을 쓰고 간 적이 있다. 우산이 없으니 친구 걸 같이 쓰고 가라는 어머니의 말에 나는 신경질이 나서 방바닥에 놓여 있는 것을 아무거나 손에 잡히는 대로 집어던지고 나갔었다.

아침부터 내리던 비는 그치지 않았다. 다만 아침에는 장대비였다가 지금은 빗줄기가 가늘어져 부슬부슬 내리고 있었다. 이런 날은 다른 아이들도 공부하기가 싫은 것 같았다. 비 오는 날 아이들은 선생님에게 꼭 귀신 이야기를 해 달라고 졸랐다. 선생님도 공부를 가르치는 것이 싫은지 꼭 귀신 이야기를 해줬다. 하지만 내게는 시시한 이야기였기 때문에 별로 무섭지 않았다.

선생님이 분위기를 잡고 "누가 복도로 뚜벅뚜벅 오고 있는데, 그게 있잖아…" 하는 부분에 가면 여자아이들은 언제나 엄살을 부렸다.

"아이, 무서워."

'저것들은 항상 무서운 척한단 말이야.'

나는 창밖에 내리는 빗소리를 듣고 있었다. 나는 비가 올 때마다 어김없이 찾아오는 걱정거리가 하나 있었다. 사람들 몰래 묻어 둔 숙이와 순이의 아기 무덤이 비에 씻겨 내려가면 어떻게 하지 하는 걱정이었다. 나는 숙이와 순이 무덤이 어디 있는지 알고 있었다. 아버지가 가르쳐 주었다. 이전에 비가 많이 내리고 천둥 번개가 친 다음 날 비가 개었을 때 거기에 혼자 다녀오기도 했다. 나는 이정표를 기억하고 있었기 때문에 쉽게 찾았다. 숙이 무덤은 많이 무너져 내려 거의 평평했다. 내가 커서 돈을 많이 벌면 무덤을 어른들 것처럼 크게 만들어 주겠다고 하늘에 있는 숙이에게 약속하고 돌아왔다. 순이 무덤 옆에는 큰 나무가 있어서 비가 내려도 어지간해서 씻겨 내려가지 않을 것 같았다.

한참 딴 생각에 빠져 있던 나는 선생님의 귀신 이야기가 어떻게 끝났는지 몰랐다. 아이들이 "선생님, 하나 더 해 주세요" 하고 소리를 질렀을 때 정신이 돌아왔다. 아이들은 귀신을 무서워하면서도 귀신 이야기를 좋아했다.

종례를 마치고 그날도 나는 영범, 우동이와 함께 집으로 돌아오고 있었다. 나는 비가 그치지 않고 계속 내리는 것이 걱정됐다. 우동이가 영범에게 무슨 이야기를 하고 있는지 둘은 한참 낄낄거리고 있었다.

"칠복아, 너 무슨 일 있니?"

눈치 빠른 우동이가 물었다. 우동이는 내가 자기들 이야기를 귀담아 듣지 않고 있다는 사실을 알아차렸다.

"아니, 그냥 슬퍼서."

"엉?"

내가 슬퍼하는 이유를 말하기가 싫었다. 그러고 나서도 둘이 여러 번 말을 걸었지만 나는 귀찮아서 대답을 안 했다. 어느 새 동네 입구에 도착했다. 비가 내리지 않는 날은 캐리라도 달려들어 내 마음을 누그러뜨려 줄 텐데 오늘은 재수 없이 비가 내려 캐리의 마중을 받을 수도 없었다. 우리는 각자 흩어져 집으로 갔다.

방문을 열었더니 어머니가 철이와 은이를 돌보고 있었다. 내게는 여동생이 하나 새로 생겼다. 올봄에 학교에 갔다가 집에 돌아왔더니 어머니 옆에 갓난애가 응애응애 울고 있었다. 아버지는 얼굴이 찌그러진 아기가 내 동생이라고 했다. 어디서 났느냐고 물었더니 다리 밑에서 주워 왔다고 대답했다.

아버지는 집 앞에 아기가 생긴 것을 알리는 솔가지와 숯을 새끼줄에 묶어서 내걸었다. 여자아이를 낳으면 그렇게 하는 것이라고 설명해줬다. 또 새끼줄에 빨간 고추와 숯과 솔가지가 매달렸으면 아들을 낳은 것이며, 이 금줄은 부잣집이나 가난한 집이나 모두 똑같이 내건다는 말도 했다. 새끼줄과 그 장식품들은 '아기를 낳은 곳이니 출입을 삼가 달라'는 의미이며, 금줄이 내걸린 집에는 아무리 가까운 친척이나 이웃들도 삼칠일 동안 출입을 삼가한다고 아버지는 덧붙였다.

새로 생긴 여동생 때문에 방 안에는 이상한 냄새가 났는데 그 냄새가 너무 싫었다. 하지만 갓난애 덕분에 맛이 좋은 미역국도 얻어먹었다.

어머니는 은이가 생긴 이후 철이가 더 심술을 부린다고 걱정했다. 은이에게 젖을 물리면 자기 젖이라고 울며 떼를 쓴다는 것이었다. 나는 '철이는 자기 여동생을 아끼는 놈이 아니야, 저 밖에 모르는 놈이야' 하고 속으로 생각하곤 했다. 철이가 네 살이나 됐다. 나는 열두 살인데 철이는 겨우 네 살이니 같이 놀 수는 없었다.

방구석에 가방을 던지고 철이 옆으로 다가앉아 철이를 무릎 위에 앉혔다.

"철이는 누구 동생?"

"형아 동생."

"저 아기는 누구 동생?"

"철이 동생."

"동생에게 잘해줘야지, 그치?"

대답하지 않았다. 어머니 젖을 빼앗긴 철이에겐 은이가 못내 못마땅해 보였다. 철이는 내가 무얼 물으면 언제나 같은 소리로 지껄이는 앵무새였다. 나도 마찬가지로 묻는 것이 정해져 있었다. 어머니는 내가 철이와 노는 것을 보고 흐뭇한 모양이었다.

오늘은 비가 내려서 아버지가 장사를 늦게 나갔고 또 일찍 들어온다고 했단다. 아버지께서 오시면 오랜만에 온 가족이 모여 저녁을 먹을 테니 어디 나가지 말고 집에 있으라고 했다.

"칠복아, 노올자. 칠복아, 노올자."

어머니의 말이 떨어지기를 기다렸다는 듯이 영범과 우동이가 나를 불러냈다. 나는 별로 내키지 않았지만 도리상 그럴 수가 없었다. 학교에서 집에 오면서 녀석들과 같이 어울리지 않고 우울해하고 있던 것이 마음에 걸렸기 때문이다.

"엄마, 나 조금만 놀다 와도 돼?"

눈치를 살짝 보면서 아양을 떨듯이 말했다. 나가지 말고 철이나 보라고 할 것 같아서였다. 일찍 들어온다는 다짐을 받고 밖으로 나갔다. 밖에는 비도 그치고 하늘에는 근사한 무지개가 펼쳐져 있었다.

"젠장, 더러워서. 무슨 변덕이 이렇게 심해. 비가 장대같이 올 때는 언제고."

나는 아버지를 흉내 내면서 중얼거렸다.

"야, 비도 왔는데 지난번에 한 거 한 번 더 할래?"

우동은 그 일이 꽤 재미있었던 모양이다. 여름에 장맛비로 날씨가 들쑥날쑥할 때였다. 비가 그치고 나서 우리는 사람들이 다니는 길이기도 한 동네 공터에 웅덩이를 깊게 팠다. 그곳에다가 흙탕물을 붓고 마당 빗자루에서 싸리 가지를 여러 개 빼다가 웅덩이 위에 가로세로로 엇갈리게 걸고 나서 라면 박스를 얇게 찢어서 살짝 올려놓았다. 겉으로 봐서는 그곳에 웅덩이가 있는지 알 수 없었다. 우리는 골목에 숨어서 지나가는 사람이 우리가 쳐놓은 덫에 걸려들기를 기다렸다. 어떤 아가씨가 바보 같이 웅덩이에 빠지는 꼴을 보고 우리는 모두 입을 막고 킬킬거렸다. 웅덩이 덫은 우동이가 먼저 제안했었다. 그래서 우동은 그걸 한 번 더 하자고 하는 것이었다.

"야, 그건 시시해. 그게 뭐냐?"

영범은 우동이와 달리 대범한 놈이었다. 그래서 툭하면 우동이 말에 핀잔을 주는 일이 잦았다.

"그럼 뭐 하냐?"

나는 영범의 말을 거들고 나섰다.

"저기 할머니 혼자 하는 가게 있잖아. 거기 가서 먹는 거 슬쩍 하자."

"야, 그건 안 돼. 들키면 어떡해?"

"걱정 마, 안 들켜. 그치? 칠복아."

"나는 몰라, 내가 어떻게 그것을 아냐?"

영범은 나의 얼굴을 뚫어지게 쳐다봤다. 자식은 나에게 자백을 강요하고 있었다. 나는 한 번 전과가 있는 몸이었다. 전에 할머니 가게에서 풍선껌을 슬쩍한 적이 있었다. 어머니가 두부를 사 오라고 심부름을 시켰던 날이었다. 가게에 가서 "할머니, 두부 주세요" 했더니 할머니는 두부를 담아 놓은 함지박 쪽으로 갔다. 할머니가 두부를 꺼낼 때 우연히 기회가 왔다. 사실 처음부터 물건을 슬쩍할 생각은 없었다. 갑자기 내 눈에 할머니 등이 커다랗게 들어왔던 것이 문제였다.

나는 순간적으로 앞에 놓여 있던 풍선껌 두 개를 슬쩍 집어 호주머니에 넣었다. 좀 떨리기도 했지만 들키지는 않았다. 할머니는 우리 어머니를 잘 알고 있었고, 할머니 딸인 누나도 어머니를 잘 알고 있었다. 한마디로 할머니는 믿는 도끼에 발등을 찍힌 꼴이 되고 말았다.

내가 풍선껌을 슬쩍하다가 들켰더라면 할머니는 틀림없이 "얌전한 고양이가 부뚜막에 먼저 올라간다더니 이놈이 그 꼴이여"라고 했을 것이다. 나는 이것을 영범에게 자랑하고 껌을 나눠 씹은 적이 있었는데, 녀석은 이제 와서 과거를 들먹여 가며 나를 압박하고 있는 것이었다. 아이들에게 풍선껌은 인기가 있었다. 그래서 이가 아프고 지칠 때까지 씹고 씹다가 방 벽에 붙여 놓았다가 다시 씹기를 반복했다.

"어제 씹던 풍선껌 어느 벽에 붙였니. 찾을 길은 있어도 있을 길은 없어라" 하는 노래도 불렀다.

"칠복아, 너 그럴 수 있어?"

그때는 자랑하더니 지금은 자기 뜻을 따라 주지 않느냐며 용범은 푸념을 했다.

"그래, 알았어. 걸려도 나는 몰라."

"안 돼, 나는 안 갈래. 너희들이나 가."

우동이는 얼굴을 붉히며 발을 빼려고 했다.

"우동아, 걱정 마. 안 걸려. 걸리면 내가 책임질게. 걸리면 잘못했다고 하고 돈 내면 돼. 야! 5원짜리 하나 슬쩍하는데 뭐 어때."

영범은 호주머니에서 빛이 바랜 보라색의 10원짜리 종이돈을 한 장 꺼내 우동의 눈앞에 대고 흔들어 보였다.

"그래, 우동아. 영범이 말대로 하자. 지난번에 내가 슬쩍한 적이 있는데 할머니는 둔해서 잘 모르더라."

나는 영범이를 거들기 위해 과거에 한 짓을 자백했다. 그러자 우동은 내 말에 겨우 안심하는 것 같았다.

"야, 그런데 셋이 들어가서 그냥 집어 가지고 나오면 안 되고, 영범이 너는 돈을 내고 물건을 사는 척하고, 할머니가 거스름돈을 주려고 한눈을 팔 때 우동과 내가 슬쩍해야 돼."

영범과 우동은 내 말에 찬성했다. 그래서 우리 셋은 할머니 가게에 가서 영범이가 바람을 잡으면서 과자를 들었다 놓았다 하는 사이에 풍선껌을 하나씩 슬쩍했다. 그러고는 능청스럽게 "안녕히 계세요"라고 인사도 하고 나왔다. 할머니는 나를 아는지라 "그래, 그놈 인사성도 밝지" 하고 말했다. 나는 믿는 발등에 두 번이나 도끼를 찍었고, 할머니의 바짝 마른 발등에서 또 한번 피가 철철 흘러내렸다.

우리는 풍선껌을 씹고 또 씹으면서 풍선을 만들고 있었지만 내 마음 한구석에는 내가 나쁜 놈이라는 생각이 떠나지 않고 메아리쳐 댔다. 이상하게 마음이 개운치 않고 마구마구 소리를 지르며 뛰어다니고 싶었다. 그때는 정말이지 미친 듯 소리를 지르고 싶었다. 이미 나는 어머니

돈을 슬쩍해서 군것질을 하는 게 습관이 되었다. 이제는 남의 물건을 슬쩍하는 기술자가 되어 가고 있었다.

어머니는 부지런한 살림꾼이었으나 빈틈도 많았다. 가끔 자기가 둔 물건의 행방도 몰라 아버지에게 핀잔을 들어가며 장롱 서랍을 들쑤시기가 일쑤였다. 서랍 속은 늘 뒤범벅이 되어 있어 어떤 물건이고 어머니 아니면 찾을 수 없었다. 나는 어머니의 이러한 성격을 이용했다.

어머니가 몰래 돈을 보관하는 곳을 알고 있었다. 돈푼이 필요하면 그곳으로 손을 뻗쳤다. 그곳에 항상 돈이 숨겨져 있었다. 10원짜리 몇 개, 50원짜리 몇 개, 심지어 100원짜리 몇 개가 있을 때도 있었다. 그중 한두 개를 슬쩍 빼내도 어머니는 알아차리지 못했다. 한 번도 들킨 적이 없었다. 어쩌다가 어머니가 "돈 못 봤니? 틀림없이 여기다 뒀는데" 하면 모른다는 말이나 되풀이하며 시치미를 떼면 그만이었다.

4학년 겨울방학이 끝나고 5학년으로 올라갔다. 나와 영범, 우동은 각각 다른 반으로 갈라졌다. 나는 5학년 1반이었다. 담임은 남자 선생님이었다. 1학년 때부터 줄곧 담임은 여선생님이었는데 남자 선생님을 만난 것은 처음이었다. 새 담임은 확실하게 군기를 잡기 위해서인지 첫 시간부터 엄포를 놓았다.

"수업 시간에 말하는 놈은 절대 용서하지 않겠다. 알았나?"

"예."

"결석하거나 지각하는 놈도 가만두지 않겠다. 알았나? 죽을 지경이 되더라도 학교 와서 죽어라 알겠나?"

"예."

"숙제를 안 해오는 놈은 화장실 청소를 하고, 다음 날까지 빼먹은 숙제를 다 해야 한다. 알았나?"

개구쟁이 손에 잡힌 병아리처럼 겁을 잔뜩 먹은 우리는 '예, 예'를 연발했다. 담임은 외모나 말하는 폼이 마치 군대 장교 같았다.

개학 첫날이라서 선생님은 온통 설교만 늘어놓고 수업을 마쳤다. 우리 반 아이들은 뿔뿔이 흩어졌다. 아직은 우리들끼리도 서먹서먹한지라 흩어지는 것도 마치 고양이에게 쫓기는 병아리 같았다. 교문을 나서는데 영범과 우동이가 기다리고 있었다. 우리 반이 제일 늦게 끝난 것이었다. 학년 주임 선생이라고 유난히 말을 많이 한 모양이었다.

"야, 너희 담임은 어떠냐? 깐깐하냐?"

나는 다른 선생님들의 스타일이 궁금했다.

"아이들이 그러는데 마음씨가 좋대. 내가 보기에도 물렁한 것 같아."

영범이는 살판난 것 같았다. 작년에 대형 사고를 친 후로는 두더지처럼 납작 엎드려 있었던 영범이었다.

"우동아, 너희 담임은 어떠냐?"

영범은 담임을 제대로 만났다고 득의양양하여 싱글거리며 물었다.

"나는 아직 잘 모르겠어. 칠복아, 너는 어때?"

"말도 못하게 깐깐할 것 같아. 무슨 장군 아저씨 같아. 말끝마다 알았나, 알았나를 붙이더라고."

"야, 떡볶이나 먹고 가자."

마침 우동이 수중에 20원이 있었다. 우리는 학교 앞 떡볶이 집에 들어가서 떡볶이 3개를 시켰다. 한 개에 5원이었다. 네 개를 시켜서 한 개 더 먹을 줄 알았는데 우동이는 공평한 놈이었다. 하기야 한 개를 더 시키면 나눠 먹기가 골치 아플 테니까…. 떡볶이를 한 개씩만 먹는 놈들이 오뎅 국물은 계속 달라고 했다. 아줌마가 노골적으로 싫어하는 눈치를 보일 때까지 세 번이나 오뎅 국물을 마시고 나서 우리는 물러났다.

5학년에 올라와 새로 만난 짝의 이름은 주용이었다. 이마가 넓고, 쌍꺼풀 진 눈과 오뚝한 코에 얇은 입술, 크지도 작지도 않은 귓밥을 한, 한마디로 잘생긴 아이였다. 주용의 매력은 계집애처럼 입을 조금만 벌리고 웃는 모습과 그때마다 생기는 예쁜 보조개였다. 생긴 모습을 보니 계집아이들이 좋아할 타입이었다.

나는 방금 울음을 그친 놈처럼 눈두덩이가 퉁퉁 부어 있고 코도 납작했으며 입술이 두터운 편이어서 주용이처럼 잘생긴 놈을 보면 부럽기도 했고 한편으로는 기분이 나빴다. 주용이는 언제나 깔끔하고 좋은 옷을 입었다. 검은색 보온 도시락에 싸 오는 반찬만 봐도 출신 성분이 나와는 생판 다른 애구나 여기며 거의 한 달 동안이나 말을 걸지 않았다.

그러던 어느 날 자식이 먼저 말을 걸었다.

"야, 너 우리 집에 놀러 오지 않을래?"

볼에 쏙 들어가는 보조개를 가진 놈이 배시시 웃는 폼이 영락없는 계집아이였다.

"뭐라고?"

"우리 집에 놀러 오라고."

"너희 집이 어딘데?"

"학교에서 안 멀어."

느닷없이 제 집에 함께 가자는 녀석의 말에 나는 잠시 당황했다. 그러나 잠시 후 잘사는 놈들은 어떻게 사는지 한번 보고 싶은 호기심이 발동해서 나는 고개를 끄덕였다. 제가 먼저 초대해 놓고도 같이 걸어가는 동안 자식은 내게 말을 붙이지 않았다. 나도 아직은 서먹한지라 그냥 걸었다.

"저기 보이는 게 우리 집이야."

주용이가 걸음을 멈추면서 손가락으로 가리켰다. 겉보기부터 으리으리한 2층 양옥집이었다. 그리고 나서도 조용히 걷기만 했다. 이럴 거면 왜 나를 초대했나 의아할 지경이었다. 주용은 계단을 올라가 초인종을 눌렀다. 나는 이런 집은 처음이라서 계단 아래에 서 있었다. 주눅이 팍 들었다. 나하고 출신 성분이 완전히 다르다는 내 예감이 적중했다. 벨 소리를 듣고 안에서 "누구세요?" 하는 소리가 흘러나왔다.

"나예요, 할머니."

안에서 무슨 신호를 보냈는지 대문 옆에 있는 쪽문이 '찌잉' 하고 소리를 내면서 저절로 열렸다.

"칠복아, 뭐 해. 안 들어오고?"

나는 낯선 광경에 괜히 머뭇거리고 있었다.

"응? 알았어."

대문 안에 들어서니 매우 넓은 정원이 잘 꾸며져 있었다. 연못도 보였다. 나는 태어나서 이렇게 근사한 집에는 처음 들어와 봤다. 나는 놀란 가슴을 애써 진정시키며 주용이 뒤를 따라 들어갔다.

"할머니, 다녀왔습니다."

고개를 숙이며 인사를 했다. 정말 예의 바른 녀석이었다. 나는 집에 가면 보통 어머니가 먼저 "학교 갔다 왔니" 물으면 "응" 하고 말했다. 대개는 집에 아무도 없어 그런 인사마저도 할 필요가 없지만….

"할머니, 제 짝꿍이에요."

나를 소개시키는 것도 깍듯했다. 나는 고개를 숙여서 인사했다.

"응, 그래 친구 데리고 왔구나. 어서 옷 갈아입고 씻거라. 너도 어서 씻고."

주용이는 옷을 갈아입고 내게 씻으라는 말했다. 나는 옷을 한 번 갈아입으면 시커멓게 때가 묻을 때까지 벗지 않았다. 학교에 갈 때도, 방과 후에 아이들과 놀 때도, 심지어 잠잘 때도 그대로 입고 잘 때가 많았다. 정말 우리 집하고 분위기가 달라도 너무나 달라 어색했다.

"칠복아, 나 먼저 씻고 나올 테니까 조금 기다려. 그동안 이것 보고 있어."

주용이 내게 집어 준 것은 〈소년중앙〉이라는 잡지였다. 잡지에 실려 있는 만화를 보고 있는 사이에 주용이가 씻고 나왔다. 나보고 씻으라고 했다.

"조금 있다가 집에 가봐야 돼. 엄마랑 어디 가야 되거든."

나는 씻는 것은 관두더라도 괜히 불안하고 불편해서 오래 있을 수가 없었다. 그래서 마음에도 없는 엉뚱한 말을 했다.

"그래, 그럼 그렇게 해. 내 방으로 가자."

녀석은 2층 계단 앞으로 가면서 소파에 앉아 있는 내게 빨리 오라고 손짓을 했다. 나는 대답도 없이 주용을 따라갔다. 주용이 방에 들어갔더니 정말 눈이 부셨다. 그 많은 책들, 잡지들, 바이올린, 옷가지들, 나도 모르게 입이 떡 벌어졌다.

'세상에 이렇게 사는 아이도 있구나.'

주용이는 책장에 꽂혀 있는 두꺼운 책을 꺼냈다. 거기에는 사진이 들어 있었다. 사진을 보면서 자기 가족을 설명했다. 주용이네 가족은 할머니, 아버지, 어머니와 누나, 다섯 식구였다. 누나는 중학생이라고 했다.

나는 이 자식이 왜 나를 자기 집에 데리고 왔는지 이해가 되지 않았다. 표정을 보니 내게 잘난 척하려는 것 같지는 않았다. 나는 동철이가 잘난 척하는 것을 여러 번 봤기 때문에 잘난 척하는 놈들은 표정만 봐도 금방 알 수 있었다. 그래도 나는 더 이상 있기가 싫었다.

"주용아, 다음에 또 놀러 올게. 오늘은 그만 집에 가 봐야 하거든."

"참 아까 그랬지."

나는 1층으로 내려와 현관에서 가서 신발을 신었다.

"칠복아, 우리 할머니에게 인사드리고 가야지."

"응? 그래, 내가 깜박했어."

깜박한 게 아니라 인사를 하지 않고 다니는 게 나였다. 나는 녀석에게 그런 나를 완전히 들켜버렸다. 나는 신발을 신다 말고 마루로 다시 올라가 할머니에게 인사를 하고 현관을 나섰다.

대문까지 따라 나온 주용은 내게 손을 흔들면서 잘 가라고 했다. 나는 급한 척하면서 막 뛰었다. 뛰다가 뒤를 돌아봤다. 주용이가 제 집으로 들어가서 보이지 않았다. 나는 안도의 숨을 쉬며 걷기 시작했다. 주용이가 살고 있는 동네는 2층 양옥집이 많았다.

다음 날이었다. 수업 중에도 선생님 말씀이 귀에 들어오지 않았다. 주용이 생각이 자꾸 들었다. 옆에 앉아 있는 주용을 슬쩍 쳐다보면 자식은 배시시 웃었다. 나는 주눅이 들어서 그런지 주용이를 보고 마주 웃어 주지 못했다. 자식이 동철이처럼 잘난 척이라도 한다면 실컷 패주기라도 할 텐데, 이놈은 잘난 척도 하지 않으니 내 방식으로는 어찌할 수 없는 놈이었다. 아무리 눈을 씻고 보아도 흠 잡을 구석이 한 군데도 없는 놈이었다. 잘생겼지, 착하지, 공부 잘하지, 집도 잘 살지, 내게 호의적이지, 도대체 이런 놈이 내 짝이 된 것이 다행인지 불행인지 알 수 없는 노릇이었다.

장군 선생님, 아니 호랑이 선생님은 우리 반을 확실히 장악해 나갔다. 어떤 아이든 수업 중에 떠들다가 걸리면 '뺑뺑이'를 돌렸다. 뺑뺑이 돌리기란 이렇다. 선생님이 왼손으로 잘못한 아이의 바지춤을 꽉 잡고 오른손으로는 사랑의 매를 들고 엉덩이를 후려치면 매를 맞는 아이는 너무 아파서 자꾸 앞으로 발을 내딛기 때문에 몇 대 맞다 보면 뺑뺑 돌 수밖에 없었다. 아이들은 이것을 '뺑뺑이 돌리기'라고 불렀다.

빵빵이 돌리기의 위력은 정말 대단했다. 그날도 두 놈이나 돌았는데, 악악 소리를 치르면서 아파 죽는다는 시늉을 했다. 엉덩이 양쪽을 두 손으로 번갈아 비비대면서 울상을 짓기도 하고, 맞은 자리에서 폴짝폴짝 뛰는 놈도 있었다.

'얼마나 아프면 저럴까.'

맞는 아이를 구경하던 우리들의 얼굴은 딱딱하게 굳어졌다. 우리 반 아이들은 모두 한 번 걸리면 죽겠구나, 여기고 있었다.

선생님은 사랑의 매를 회초리라고 불렀다. 내 생각에는 회초리가 아니라 몽둥이라고 해야 옳았다.

"매를 아끼면 아이들을 그르친다는 영국 속담이 있다."

선생님은 아는 것도 많았다. 멀리 영국에서나 통하는 속담에 아이들을 매로 다스리라고 해서 우리를 때린다는 거였다. 가끔 회초리에 대해 장황하게 설명하면서 자신을 합리화하기도 했다.

"회초리를 들어야 한다. 부모는 자식에게, 선생님은 학생에게 사랑의 매를 들어야 한다. 옛날 옛적에 삼 형제가 있었다. 이들 형제는 여러분처럼 어린 나이였다. 어느 겨울 아침에 서당에 가다가 개천가를 지나게 됐다. 그런데 개천은 얼어 있었다. 얼음 위에서 놀던 형제들은 살얼음이 깨지면서 물속에 빠졌다. 허리 깊이까지 오는 물속에서 허우적대던 삼 형제는 젖 먹던 힘까지 다해 연못에서 빠져나왔다. 용감한 형제들은 옷을 갈아입고 다시 서당에 가기 위해 집으로 돌아갔다. 그런데 삼 형제의 아버지는 부지깽이로 종아리를 때렸다. 학교로 바로 가지 않고 연못에서 얼음을 지쳤다는 것이 그 이유였다. 막내를 구해 낼 생각을 하지 않고 자신들이 먼저 살겠다고 연못에서 나왔던 첫째 아들과 둘째 아들은 매를 더 맞았다. 삼 형제는 인생을 살아가면서 어려움을 당할 때마다 아버지의 매를 잊지 않았다. 종아리에 멍이 들도록 맞았던 어릴 적 추억은 자라면서 삼 형제에게 더없이 끈끈한 우애를 되새기게 했다. 나는 여러분이 미워서 때리는 것이 아니다. 여러분이 잘되라고 사랑의 매를 드는 것이다. 여러분을 때리면 나는 마음이 아프고 괴롭다. 결국 내가 여러분을 때리는 것은 잘 가르치지 못한 나 자신에 대한 질책이나 다름없다."

선생님은 말을 너무나 잘했다. 그래서 그 누구도 이의를 제기할 사람은 없었다. 나도 선생님 말이 맞을 거라고 생각했다. 하지만 선생님은 때리는 입장에 있다 보니 맞는 우리의 사정을 전혀 이해하지는 못하는 것 같았다.

점심시간이 끝나고 오후 수업이 시작됐다. 선생님은 가끔 수업 시간에 진도를 멈추고 일장 훈시로 때우기도 했다. 그날도 녹색 칠판에 백묵으로 '젊었을 때 고생은 사서도 한다'라고 쓰더니 이야기보따리를 풀어놓았다.

"인생이라는 것은 길다. 우리가 한평생을 살아가는 것은 마라톤과 같다. 처음에 앞섰다고 끝까지 잘 달리는 것은 아니다. 처음에는 중간에서 달리거나 뒤에서 뛰더라도 마지막에 잘 달려서 승리하는 자가 영광의 월계관을 쓰는 것이다. 우리의 인생도 이와 같다. 인생은 생존게임이라고도 할 수 있다. 최후에 웃는 자가 되기 위해서는 강해져야 한다. 여러분은 어린 시절부터 강하게 자라야 한다. 연약해서는 안 된다. 강해지려면 고생도 해봐야 한다. 그래서 젊었을 고생은 돈 주고 사서라도 하라는 말이 있다. 나는 이 말을 믿는다. 선생님은 젊었을 때 참 고생을 많이 했다. 식민지 일제강점기에는 일본인들한테 극심한 차별을 받기도 했다. 여러분이 강해져야 우리나라가 강해질 수 있다. 그래야 다시는 다른 나라의 지배를 받지 않을 것이다. 내 말을 꼭 기억하고 노력해주기 바란다."

선생님은 근엄한 표정으로 진지하게 말을 마쳤고, 우리는 자세한 뜻을 몰랐지만 덩달아 심각한 표정으로 듣고 있었다. 무슨 뜻인지는 정확히 몰라도 뭔가를 열심히 하고 고생하는 것도 필요하다는 말 같았다.

방과 후 교문까지는 주용이와 같이 나왔다. 막 교문을 나서는데 영범이가 나를 불렀다. 나를 기다리고 있었다. 영범은 나의 구세주였다. 주용이가 또 자기 집에 가자고 하지 않을까 은근히 걱정하고 있었기 때문이다. 주용이네 집에 또 놀러 가고는 싶었지만 이전처럼 '꿔다놓은 보릿자루'가 되기 싫어서 주저하고 있는 것이 속마음이었다.

"주용아, 우리 동네 사는 친구야. 같이 가기로 했거든. 잘 가."

나는 마치 영범과 미리 약속한 것처럼 둘러댔다. 주용을 밝게 웃으면서 손을 흔들었다. 오랜만에 영범을 만나서 집으로 갔다. 영범이는 아직도 나하고 같이 보냈던 4학년 때가 좋았다고 했다. 자기 반에는 마음에 드는 놈이 한 놈도 없다고도 했다. 나는 걸으면서 오늘 담임이 한 말이 자꾸 생각났다. '젊었을 때 고생은 사서도 한다'는 게 뭘까.

'아버지가 가난해서 내가 고생을 하는데 그럼 아버지는 고생을 사서

하는 것일까. 아니, 아버지는 어른이니까 젊지는 않아. 그건 아닐 거야. 가난해서 고생한다. 고생을 사서한다. 젊었을 때는 고생을 해야 된다. 나는 지금 고생을 하는데 아버지 때문에…. 맞아! 젊었을 때 자청해서 고생해야 된다는 말일 거야. 나중에 어른이 되어서 고생하지 않으려면 젊을 때 미리 고생하라는 뜻일 거야.'

꼬리에 꼬리를 물고 의문은 계속 이어졌지만, 머릿속이 복잡해져서 더 이상 생각하는 것이 싫었다.

"칠복아, 칠복아. 너 무슨 생각을 그리 하냐?"

"아니야, 아무 생각도 안 해."

나는 오랜만에 교문에서 기다려 준 영범에게 미안한 마음이 들었다. 우리는 동네 어귀에 도착했다.

"영범아, 집에 가서 공 가지고 나올 테니까 축구시합하자. 조금만 기다려."

나는 집으로 들어가서 검은 운동화 끈을 꽉 동여매고 축구공을 들고 밖으로 나왔다.

날아간 첫 월급

교과내용을 설명하기 전에 선생님은 칠판에 판서를 하고 있었다. 우리는 칠판에 있는 내용을 공책에 베끼고 있었다. 개미 새끼가 기어간다면 그 소리도 들릴 정도로 교실은 쥐 죽은 듯 조용했다. 다 그놈의 빽빽이 덕분이었다.

그런데 갑자기 킥킥대는 소리가 들렸다. 뒤를 돌아본 선생님의 얼굴이 일그러져 있었다.

"누구야?"

교실에는 조용하다 못해 적막감마저 감돌고 있었다.

"누구야, 빨리 안 나와!"

선생님의 표정에 압도된 우리는 서로 눈치를 보면서 '어떤 놈이야, 빨리 안 나가고' 하는 걱정을 하고 있었다. 그놈이 안 나가면 전체 기합을 받을 게 뻔하기 때문이었다. 범인은 춘길과 병태였다. 그들은 자리에서 일어나더니 교탁 앞으로 나갔다.

"이놈들, 수업 시간에 조용히 하라고 그랬어, 안 그랬어? 내가 절대로 장난을 치거나 쓸데없는 말을 해서는 안 된다고 그랬지!"

춘길이와 병태는 아무 대답도 못했다.

"야, 이 녀석들아. 너희는 지난번에도 한 번 걸렸지?"

춘길이와 병태는 지난번 방과 후 청소 시간에 책상 위를 뛰어다니면서 먼지를 터는 총채로 칼싸움을 하다 걸려서 한 번 얻어터진 적이 있었다. 선생님은 그것은 총채에 대한 모독이라고 해서 우리들은 낄낄거리고 웃었었다. 자식들은 저학년 때 하던 버릇을 못 버리고 있었다. 두 번이나 걸리다니 멍청하거나, 아니면 선생님을 만만하게 본 것이 틀림없었다.

춘길이와 병태는 빵빵이를 돌아야 했다. 얼마나 아픈지 맞고 나서 눈물을 흘리고 엉덩이를 어기적거리며 겨우 제자리로 돌아갔다.

5학년이 되면서 춘길이는 나와 한 반이 됐다. 나와 춘길이는 별로 좋지 않은 추억을 갖고 있었다. 하지만 그 추억에 연연하지 않고 잘 지냈다. 양춘길은 형과 누나가 한 명씩 있었다. 형 이름은 춘식, 누나는 춘자였는데, 정말 순박한 이름이었다. 순박한 이름에 걸맞게 생김새와 성품도 온순했다. 춘길하고 한판 붙은 후 어느 날이었다. 공터에서 캐리를 훈련시키고 있는데 춘자 누나가 지나다가 말을 붙였다.

"칠복이구나."

웃으면서 나에게 아는 척했다. 나는 춘길에게 한 짓이 있어 계면쩍은 얼굴을 하고 누나를 흘끗 쳐다봤다.

"우리 춘길이하고 사이좋게 지내라."

누나는 그 일을 마치 모르기라도 한다는 듯한 표정이었다.

나는 아무 대답도 하지는 않았지만 누나 말이 맞을 거라고 생각했다. 따지고 보면 춘길이도 불쌍한 놈이었다. 오죽했으면 춘식이 형과 춘자 누나가 초등학교만 졸업하고 돈을 벌러 다니고 있겠는가? 또 제 어머니가 집주인 여자에게 살살거리고, 녀석은 동철이 꼬붕 노릇을 하며 지내는 이유도 나는 잘 알고 있었다.

선생님은 오늘도 기분이 잡친 모양이었다. 창밖을 잠시 바라보더니 칠판에 '박춘삼 전설 이야기'라고 크게 썼다. 오늘도 무슨 훈시를 하려나 보다.

"옛날이야기를 하나 해주겠다. 여러분이 수업 시간에 너무 산만하고 말을 많이 한다. 그래서야 수업이 제대로 되겠나?"

선생님이라서 그런지 항상 옳은 말만 했다. 그래도 아이들은 아이들이라 또 옆에 앉은 짝하고 시시덕거렸다. 아마도 춘삼이라는 이름 때문일 것이다. 금방 뺑뺑이를 돌고 들어간 춘길이도 제 이름 생각은 안 하고 낄낄거리고 있었다.

'자기 이름이나 춘삼이 이름이나 거기서 거긴데 자식은 순진해 가지고.'

또 세균이라는 놈도 킥킥거리고 있었다. 정말 더 웃기는 놈이었다.

5학년에 올라온 첫날 선생님이 출석을 부를 때의 일이다. "변세균" 하며 이름을 부르자 아이들의 웃음소리로 교실은 폭발 지경이었다. 어떤 놈은 이마로 책상을 연거푸 찧어 댔고, 어떤 놈은 두 발로 바닥을 쿵쿵 굴렀다. 이름이 웃겨서 그런 것이었는데 이때 선생님도 웃었다. 아마 선생님이 웃지 않았더라면 틀림없이 이마로 책상을 찧어 댄 놈들과 발로 바닥을 쿵쿵거린 놈들은 뺑뺑이 돌리기의 첫 번째 희생자가 되었을 것이다.

옛날에 박춘삼이란 사람이 옥황상제와 내기를 해서 어떠한 상황이 되어도 말을 하지 않으면 신선이 될 수 있었는데 어찌어찌하다 보니 말을 해서 내기에 졌다는 내용이었다. 이야기를 듣는 동안 우리 반 아이들은 한 치도 움직이지 않고 정말 조용했다.

"춘삼은 절대 말을 하지 않겠다는 옥황상제와의 약속을 지키지 못했다. 그래서 신선이 될 수 없었다. 내가 강조하는 것은 말을 삼가 조심하고 아끼라는 것이다. 나는 여러분이 수업에 집중할 것을 원한다. 그러기 위해서는 말을 많이 아껴야 한다. 수업 시간에도 마찬가지고 평소에도 마찬가지다. 말을 많이 하기보다는 많이 생각하고 많이 느끼도록 해라."

아이들은 쥐 죽은 듯 조용했다. 선생님은 우리를 확실히 제압하기 위해 별의별 수단을 다 동원했다.

"다음 주부터 매일 일기를 써서 매주 월요일에 제출하도록 해라. 월요일에 내가 검사하고 화요일에 일기장을 돌려주겠다. 일기장 옆 빈 공간에 '말'이라고 쓰고 그 옆에 그날그날 나와의 약속을 지켰는지를 표시해야 한다. 나는 여러분 한 사람 한 사람을 믿는다. 약속을 지켜서 쓸데없는 말을 거의 안 했으면 동그라미를 하고, 보통이면 세모를 하고, 말을 많이 했으면 가위표를 해야 한다. 알았나?"

"예."

병아리들의 복창 소리가 막 입소한 훈련병들처럼 우렁찼다. 우리는 항상 대답만은 시원하게 잘했다. 나는 선생님의 이야기를 감명 깊게 들었다. '맞아! 말을 많이 하는 새끼들치고 제대로 된 새끼가 별로 없어'라는 게 내 생각이었다. 나는 말을 많이 하는 놈으로 춘길과 병태를 염두에 두고 있었다. 주용이는 말이 별로 없고 실속은 있는 놈이라고 생각했다. 수업을 끝내는 종이 울리고 있었다. 곧바로 종례 시간으로 이어졌다.

종례를 마친 선생님은 교무실로 향했고, 아이들은 가방을 챙겨 삼삼오오 교실 밖으로 나가고 있었다.

"춘길아, 좀 기다려. 같이 가자."

나는 가방을 주섬주섬 챙겨 아직도 자기 자리에 앉아 있는 춘길에게로 갔다. 춘길이 짝인 병태도 그대로 앉아 있었다.

"야, 어떻디?"

"뭐가?"

춘길은 시무룩한 얼굴로 나를 쳐다봤다. 녀석은 내가 무얼 묻는지 알고 있으면서도 일부러 모르는 척했다.

"빵빵이 말이야. 많이 아프냐?"

내 말을 듣자마자 녀석의 얼굴은 맞은 것도 억울하고 기분 나빠 죽겠는데 왜 물어보냐는 표정으로 일그러졌다.

"직접 맞아보면 알 것 아니야!"

녀석은 퉁명스럽게 내뱉었다.

"야, 어떻게 직접 맞아 보냐? 매 맞을 짓을 해야지 맞는 거지? 안 그러냐?"

"너 내가 맞는 것 보고 속으로 좋아했지? 그치?"

"아니야, 친구가 맞는 데 어떻게 좋아하겠냐? 그냥 궁금해서 그래."

"되게 아프더라. 지금 엉덩이 좀 봐 줘."

춘길은 자리에서 일어나서 양손으로 엉덩이를 비비댔다. 녀석이 하는 꼴을 보니 진짜 아팠나 보다. 바지를 내리고 엉덩이를 까면서도 내내 아파 죽겠다는 인상을 풀지 않았다. 엉덩이를 보니 쌍 바위에 여러 줄의 빨건 자국이 나 있었다.

병태와 춘길, 그리고 내가 교실을 나와 운동장을 가로지르며 걸어가는데, 마침 영범이가 앞서 가고 있었다.

"영범아, 영범아."

영범은 씩 웃으면서 우리에게로 다가왔다.

"너희 담임 끝내준다면서. 소문 다 났어. 빵빵인지 뭔지 그거 죽인다던데."

"오늘 춘길이가 걸렸어. 춘길이에게 물어봐."

춘길은 눈을 부릅뜨고 나를 노려봤다. 나는 추호도 약 올릴 생각 없이 그냥 입에서 나오는 대로 지껄였지만 녀석은 기분이 몹시 나쁜 것 같았다.

"정말 죽이더라. 똥까지 나오려고 하더라구."

춘길의 엄살에 옆에 있던 병태도 고개를 끄덕였다. 두 놈이 하는 꼴을 보니 앞으로 정말 조심해야 할 것 같다는 생각이 들었다. 한 편으로는 영범이가 부러웠고 다른 한편으로는 그 자식이 같은 반이 되지 않은

게 천만다행이고, 천우신조라고 여겨졌다.

"야, 우리 놀다 가지 않을래?"

춘길이는 숙제를 안 해서 거의 매일 선생님한테 걸리는 놈이 노는 데는 선수였다.

"그래, 놀다 가자. 그런데 뭐 하고 놀까?"

나는 약간 미안해서 춘길의 제안에 재빨리 장단을 맞춰 줬다.

"철봉 꽈배기 있잖아. 철봉 꽈배기 말이야."

춘길이는 이내 기분이 풀렸는지 큰 콧구멍을 벌름거리면서 말했다.

"그래, 그거 하자. 그거 되게 재미있어. 저기 봐, 재들도 그걸 하고 있잖아."

나와 영범이 거의 동시에 말했다. 운동장 한쪽에는 시소와 미끄럼틀과 철봉이 모여 있었다. 시소와 미끄럼틀은 저학년 후배들이 차지하고 있었다.

꽈배기 놀이 요령은 이렇다. 가위바위보를 해서 술래를 정한다. 술래는 철봉을 두 손으로 잡고 선다. 나머지 애들은 주위를 맴돌면서 틈을 엿보다가 한 아이가 재빨리 달려가면서 철봉을 손으로 잡는 것과 동시에 두 다리로 술래의 허리나 허벅지를 감싸며 꽉 조여 버린다. 그러면 다른 애들도 달려들어 똑같이 공격한다. 공격이 거듭될수록 술래에 매달리는 아이들의 무게는 늘어난다. 술래가 그 무게를 견디지 못해 철봉에서 손을 놓치면 처음부터 다시 시작한다. 술래를 벗어나기 위해서는 공격하러 달려드는 애를 발로 걷어차야 하고, 그러면 채인 놈이 술래가 된다. 한 번 술래가 되면 벗어나기 어려웠다. 나도 전에 걸려서 고생한 적이 있기 때문에 잘 알았다. 우리는 꽈배기 놀이를 했다.

"춘길아, 나 먼저 갈게. 나는 가봐야 하거든."

병태였다. 병태는 시무룩한 표정을 짓고 있었다.

"어디 가야 되는데, 조금만 더 같이 놀다 가."

춘길은 병태를 말렸다.

"지난번에 말했었잖아. 나는 방과 후에 신문을 돌려야 된단 말이야."

"맞아, 맞아. 내가 깜박 잊었어."

나이를 많이 먹지도 않은 춘길은 까마귀 고기를 얼마나 처먹었는지 금방 자기가 한 말도 잘 까먹었다. 병태는 신문을 돌리러 가고 춘길과 영범, 나 셋이서 꽈배기 놀이를 계속했지만, 공격조가 둘밖에 안 되어 별로 재미가 없었다. 공격조가 많아야 술래를 효과적으로 괴롭힐 수 있었기 때문이었다. 우리는 잠시 뒤 시들해져서 집으로 돌아가기 위해 교문을 나섰다.

아까 병태가 신문을 돌리러 가야 된다는 말을 했을 때 '바로 저거다'라는 생각이 내 머리를 스쳐 지나갔었다. '어릴 때 고생은 사서도 한다'는 선생님의 말씀을 실천해보려면 무엇을 어떻게 해야 하는가를 늘 생각하고 있었기 때문이다.

"야, 너희 먼저 가. 나 잠깐 들렀다 갈 데가 있거든."

나는 영범과 춘길을 먼저 보냈다. 며칠 전 학교 앞 문방구 근처를 지나가다가 본 광고 쪽지가 떠올랐기 때문이다. 나는 기억을 더듬어 광고 쪽지를 찾았다. 대부분의 건물 벽에는 광고 쪽지가 다닥다닥 붙어 있었다. 자꾸자꾸 덧붙여진 광고 쪽지로 인해 어떤 것들은 그 두께가 손바닥만큼 두텁기도 했다. 근방 집들의 담벼락 전부가 광고 쪽지를 붙이기 위해 만들어진 것처럼 보일 지경이었다.

여러 집의 담벼락을 두리번거리던 나는 마땅한 광고 쪽지를 찾아내고 '신문 배달 모집'이라는 쪽지가 붙어 있는 벽으로 다가갔다. 작은 쪽지에는 친절하게도 약도가 그려져 있었다. 초등학교 고학년이면 받아준다고 나와 있었다. 그 옆에는 길고 하얀 종이에 '성병, 임질, 조루증'이라는 광고 쪽지가 한 귀퉁이가 찢긴 채 바람에 스산하게 펄럭이고 있었다.

약도를 머릿속에 넣고 보급소를 찾아 나섰다. 학교에서 가까운 거리의 큰길가에 있어서 금방 찾았다. 2층짜리 낡은 건물이었는데 1층 입구에 'D신문 장위보급소'라는 간판이 붙어 있었다. 계단을 올라갔더니 반쯤 서진 문이 열려 있었다. 신문 배달부들이 복도에서 신문 사이에다가 열심히 무엇인가를 끼워 넣고 있었다. 문 입구를 기웃거려 보았지만 아무도 내게 말을 걸지 않고 흘깃흘깃 쳐다보기만 했다. 신문을 허리춤에 낀 아이들이 하나둘 밖으로 나갔다. 누가 말이라도 걸어주면 찾아온 용건을 밝히고 도움을 청하려고 했는데, 아무도 말을 걸어오지 않았다.

나는 약간 망설여졌다. '차라리 병태에게 미리 알아보래서 같이 갈 것을 그랬나 보다'라는 후회가 됐다. 그냥 돌아갔다가 내일 다시 들를까 생각하며 고민하고 있을 때 사무실 안에서 누군가가 나왔다.

"너, 뭐야?"

고개를 들고 올려다보았더니 아주 잘생긴 젊은 아저씨가 나를 빤히 쳐다보고 있었다.

"신문 배달 모집 광고를 보고 찾아 왔는데요."

긴장된 표정으로 아저씨의 눈치를 살피며 나는 또박또박 말했다.

"그으래? 들어와라."

나중에 알게 된 사실이지만 이 아저씨는 보급소의 총무였다. 바로 면접이 시작됐다.

"신문을 돌려 본 경험은 있니?"

"아니요, 없어요."

아저씨 표정을 보는 순간 괜히 솔직히 말했다는 생각이 들었다. 아저씨는 경험이 있는 아이를 원하고 있는 것 같았다.

"그래, 너무 어려 보이는데 몇 학년이지?"

체구가 작은 것을 보고 나를 어리게 본 모양이었다. 나는 가슴이 덜컹 내려앉았다. 신문 배달부로 채용을 안 해줄지도 모른다는 우려가 또 들었다.

"5학년입니다."

사무실 바닥을 내려다보면서 힘없이 대답했다.

"지금 빈 구역은 신문 부수가 많은데 네가 그 많은 신문을 들 수 있을지 모르겠다."

"할 수 있어요. 저 이래 봬도 힘이 세거든요."

총무는 웃었다. 채용하지 않을지도 모른다는 걱정이 앞서서 신문 부수가 어느 정도 되며, 그 무게가 어느 정도인지도 모르면서 나는 무조건 자신 있다는 말부터 했다. 총무는 나에게 몇 가지 다짐을 받았다.

"절대 결근을 해서는 안 된다. 독자의 집에 신문을 빼먹는 배달 사고를 내서도 안 된다. 신문 확장을 많이 하도록 노력해야 한다. 신문 대금을 잘 받아내야 한다."

불안한 예상과 달리 총무의 말투는 나를 채용해준다는 것 같아서 주의사항을 줄 때마다 나는 "예, 예"를 연발하면서 머리를 끄덕였다.

이래서 나는 신문 배달 소년의 길을 걷게 됐다. 드디어 내 인생에서 첫 직장 생활이 시작되는 순간이었다.

나는 이튿날 방과 후 바로 보급소로 향했다. 사무실 한편에 책가방을 던져 놓고 신문이 도착하기를 기다렸다. 잠시 후 총무는 용달차가 보급소 앞에 도착했으니 모두 내려가서 신문을 들고 올라오라고 지시했다. 배달 소년들은 새끼줄로 묶인 신문 뭉치를 낑낑거리면서 2층으로 날랐다. 혼자 들기에는 무거워서 한 뭉치에 두 명씩 붙어서 옮겼다. 그런 후 총무로부터 배부받은 신문지 사이에 광고지를 끼운 다음 배달에 나섰다.

처음 며칠 동안은 먼저 신문을 돌리던 아이로부터 구역의 배달 코스와 독자의 집을 인수받아야 했다. 먼저 돌리던 아이와 나는 신문을 절반씩 나눠 들고 보급소를 출발했다.

"이 집은 신문 대금을 잘 안 주는 집이야. 여러 번 달라고 해야 겨우 주거든."

"신문을 보고 왜 돈을 제때 안 내니?"

"낸들 아니? 이런 집들은 짜증 나."

이 아이는 그 집에 질렸는지 혀를 끌끌 찼다.

대문에 '개조심'이라는 글자를 종이에 써서 붙인 집에 이르렀을 때였다.

"이 집 개는 정말 사나워. 조심해야 돼. 지난번에 나는 하마터면 물릴 뻔했어. 주인이 개를 풀어 놓아서 그래."

"개? 그건 걱정 안 해도 돼."

캐리를 훈련시켰던 나는 속으로 아무 개든 잘 다룰 수 있다고 자신하고 있었다. 사흘간 인수를 받았지만 독자의 집이 너무 많아서 일일이 기억하기가 어려웠다. 내게 인수해주던 아이는 신문 배달에서 빨리 벗어나고 싶었는지 백묵으로 표시하자는 말을 했다. 그래서 독자 집 대문 벽에 동그라미 표시를 했다. 그래서 나는 구역을 완전히 인수받고 신문을 혼자 돌리게 됐다.

배달하는 신문이 100부가 넘다 보니 신문 뭉치를 드는 것조차 힘에 부쳤다. 총무는 새끼줄로 신문 뭉치를 들 수 있도록 도와줬다. 팔이 너무 짧았기 때문에 어깨를 가로질러 새끼줄을 대각선으로 매고 신문 뭉치를 허리에 차면 겨우 들어 올릴 수 있었다.

신문 배달 요령을 익혀 가면서 나는 월급날을 손꼽아 기다렸다. 월급을 타면 제일 먼저 하고 싶은 일이 있었다. 학교 근처에 만두 가게가 있었다. 그 만두 가게를 지나가면서 모락모락 김이 나는 만두를 꺼내는 주인아저씨를 본 적이 많았다. 그 아저씨는 늘 학교가 파하는 시간에 맞춰서 만두를 꺼내곤 해서 그 앞을 지나던 아이들을 침이 꼴깍꼴깍 넘어가게 만들었다. 그 만두를 간장에 찍어 먹는 상상을 하면 입에서 늘 군침이 돌았다. 또 몇 개 더 사서 집에 가져갈 계획이었다. 아직은 집에 신문을 돌린다는 말을 안 했는데 만두를 사 가는 날 밝힐 생각이었다. '월급을 받게 될 것이다' 하고 생각만 해도 웃음이 저절로 나왔다.

그렇게 오매불망 기다리던 월급날이 일주일 정도 남았을 때였다. 보급소에 가서 신문을 실은 용달차가 도착하기를 기다리고 있었다. 마침 그때 걸려온 전화를 받고 난 총무가 어두운 얼굴로 말했다.

"곧 보급소장님께서 오실 것이다. 무슨 말씀을 하신다고 하니 기다려보자."

신문 배달 소년들은 예정 시간을 훌쩍 넘기고도 신문을 실은 차가 도착되지 않는 까닭을 모른 채 웅성거리고 있었다.

"D신문이 폐간됐다. 이제부터 독자들 집에 S신문을 돌려야 한다. 나는 S신문 보급소장도 겸하고 있다. 여러분들은 내가 시키는 대로만 하면 된다."

보급소장은 굳은 표정으로 말하고 자리에 앉아 담배를 연신 피워댔다. 나는 D신문이고 S신문이고 뭐고 내 월급은 어찌 되느냐고 묻고 싶었다. 그러나 나보다 먼저 배달부가 된 애들이 가만히 있어서 나설 수가 없었다. 돌아가는 분위기가 심상치 않았으나 우리 배달 소년들은 보급소장이 시킨 대로 S신문을 들고 돌리러 나갔다.

대문이 잠겨있는 집은 신문을 던져 넣으면 되었지만, 가게와 같이 독자에게 직접 신문을 전해줘야 하는 곳에서는 S신문을 보지 않겠다고 거절했다. 그래서 그런 집은 신문을 넣을 수 없었다. 우리가 S신문을 돌리기 시작한 지 사나흘 후 보급소에 나갔다가 좀 더 확실한 이야기를 들을 수 있었다. 총무 말에 따르면 D신문을 찍어 내는 신문사가 망해서 자기는 물론 신문 배달부들도 월급을 받을 수 있을지 없을지 모른다고 했다. 보급소장도 마찬가지며 오히려 더 많은 피해를 입었다는 것이었다.

그러고 보니 S신문을 돌리라고 닦달을 하던 보급소장의 얼굴이 보이지 않았다. 나를 포함한 신문 배달 소년들의 마음은 초조해지기 시작했다. 며칠 나와서 S신문을 돌렸던 것은 다 월급 때문이었다.

"월급은 어떻게 되는 거지?"

나는 옆에 앉아 있던 배달부에게 물었지만 그 녀석은 인상만 찡그리고 있었다. 월급에 대해서는 아무 얘기도 들을 수 없었다. 다만 다른 신문사에서 나왔다는 어른들의 얼굴만 보였다. 남북적십자회담이 열리고 있던 1973년 5월이었다.

다음 날 학교에 갔지만 머릿속은 온통 못 받은 월급 생각으로 꽉 차 있었다. 며칠만 늦게 신문이 폐간되었어도 월급을 받을 수 있었을 텐데, 이제는 도로아미타불이 될지도 몰랐다. 수업 시간이 어떻게 지나갔는지도 몰랐다. 하루 수업이 끝나 종례를 하고 운동장으로 나가서 우리 패를 만났다. 내 타는 속을 모르는 춘길과 영범, 우동은 내 약속을 굴뚝처럼 믿고 있었다.

"칠복아, 월급날이 며칠 안 남았지? 네가 만두 사준다고 그랬잖아."

나는 할 말이 없어서 가만히 있었다.

"너 마음 변했구나, 그치?"

의심이 많은 우동이었다. 이 녀석은 넘겨짚는 데는 일가견이 있었다. 화가 났지만 우동을 탓할 수만은 없었다. 뭐라고 분명하고도 확실한 말을 해줘야 되는데 나도 알 수가 없으니 어쩔 도리가 없었다.

"아니야, 좀 기다려봐. 돌아가는 게 좀 이상해서 그래. 내가 돌리는 신문이 폐간되었대."

"야, 그래도 한 달 정도 일한 것은 돈을 받아야 될 거 아냐."

맞는 말이었다. 일한 만큼은 대가를 받아야 하는데 과연 줄지 안 줄지 알 수가 없었다. 나는 그들과 헤어져 보급소로 향했다. 보급소에는 배달 소년 몇 명만이 있었다. 거기서 우리는 월급을 줘야 하는 보급소장이 아예 나타나지 않기 때문에 월급을 받을 수 없을 거라는 이야기를 들었다. 갑자기 욕지거리가 나왔다.

'나쁜 새끼들.'

성질이 나서 나는 도저히 참을 수가 없었다.

"총무님, 월급을 줘야 될 것 아니에요. 저는 3일 후가 월급날인데요."

"소장님이 올지도 모르니까 기다려보자."

"기다리긴 뭘 기다려요. 지금 소장님 집으로 가서 월급 내놓으라고 그래요. 저는 폐간되기 전날까지 25일 일했으니까 25일 치는 받아야 돼요."

"어라, 이 자식 왜 나한테 그래!"

"그럼 누구한테 그래요. 나를 면접해서 뽑은 것은 총무님이니까 총무님이 책임지고 받아 줘야 할 거 아니에요."

"야, 이 새끼야, 너 불 난 집에 부채질하냐?"

인상을 찌푸리는 총무는 마치 나를 한 대 때릴 것 같았다. 나는 억울해서 죽을 지경이었다. 아무리 신문사가 망했어도 일한 대가를 받아야 마땅하지 않는가. 내 곁에 있던 다른 배달부들도 나와 같은 생각인 것 같았다.

"총무님이 소장네 집으로 전화 걸어서 월급 갖고 오라고 하란 말이에요."

급기야 총무는 내 머리를 한 대 후려갈겼다.

"왜 때려요? 내가 뭘 잘못했다고? 씨이발."

월급을 받지 못한 것도 억울한데 총무가 때리니 더 억울했다. 그렇게 한창 술렁거리고 있는데 지난번에 보았던 어른 세 명이 나타났다. H신문 장위보급소에서 왔다고 했다. D신문 독자를 H신문에서 인수하려고 한다는 것이었다. 자기들을 도와주면 H신문 배달 소년으로 채용하겠다고 했다. 못 받은 월급이 아쉬웠지만 새로운 직장을 제공하겠다는 말에 이끌려 그들의 말에 따르기로 했다.

나는 내 구역의 독자를 H신문에 인수시키기 위해 신 총무라는 사람과 함께 돌았다. 3일 동안 인계인수가 전부 끝났다. 신 총무는 약속을 지켰다. 그래서 나는 두 번째 직장인 H신문 장위보급소에서 일하게 됐다. 그런데 D신문과 달리 H신문은 조간이었다.

D신문에서 첫 월급을 받지 못했지만, 내일부터 새 직장에서 일해야 된다고 생각하니 가슴이 뿌듯해졌다. 새벽에 일찍 일어나야 했기 때문에 일찍 잠자리에 들 필요가 있었다.

"엄마, 저 새벽 4시에 깨워줘야 해요."

저녁밥을 먹고 아버지와 함께 라디오를 듣고 있는 어머니에게 목소리에 힘을 주면서 말했다.

"4시? 뭐 하려고. 숙제하려고 그러니?"

"내일부터 신문 돌린단 말이에요."

나를 알아주지 않는 어머니에게 투정 섞인 목소리로 말했다.

"무슨 신문을 새벽에 돌리니?"

"모르면 가만 있어요. 새벽에 나오는 신문도 있단 말이에요."

나는 대단한 벼슬이라도 얻은 것처럼 어머니를 무시하면서 잘난 척을 했다. 어머니는 아버지가 3시 반에 일어나니까 그 시간에 맞춰 나를 깨워주겠다고 했다.

초코우유의 유혹

새벽 4시에 일어나는 것은 내 인생에서 처음 있는 일이었다. 어머니가 깨워서 일어나는데 위 눈꺼풀과 아래 눈꺼풀이 꼭 붙어서 눈이 잘 떠지지 않았다. 자꾸자꾸 눈이 감겼다. 괜히 조간신문을 돌린다고 나선 건 아닌가 하는 후회가 들기도 했다.

내가 새로 맡은 구역은 월계동이었다. 전임 배달 소년으로부터 배달 코스와 독자 집을 인수받는 일부터 했다. 이 구역은 산을 끼고 있었다. 교육촌 뒷산을 넘으면 성북역이 나왔다. 산을 넘으면 시간을 단축할 수 있었지만 새벽에 산을 넘는 일이 무섭다고 했다. 그래서 광운공고 앞에서 교육촌까지 신문을 돌리고 난 후, 다시 광운공고 앞으로 되돌아와서 30번 시내버스 종점과 광운대학교를 넣고 성북역 근처의 동네를 돌린다고 했다. 그러다 보니 시간이 더 많이 걸린다는 것이었다.

며칠 동안 인수를 받았다. 한 번 경험이 있어서 그런지 독자 집을 금방 익힐 수 있었다. 전임 배달부인 중학생 형은 이 구역을 맡은 지 얼마 안되어 그만두는 것 같았다. 사정이 있어서 그만둔다고 말했지만 거짓말 같았다. 구역이 너무 넓어서 시간도 많이 걸리고 방과 후에 신문 대금을 받으러 다녀야 하니 하루에 두 번씩 나오는 것이 고생스러워 그만둔다는 의심이 들었다.

나는 초등학생인 나를 조간신문 보급소에서 채용해준 것만도 고마워하고 있었다. 나 외에 초등학생은 한 명도 없었기 때문이다. 새벽 4시에 일어나 보급소에 가서 신문을 배부받은 후 광고지를 끼우고 서둘러 나서면 5시쯤 됐다. 배달을 마치고 나면 7시가 됐다. 집으로 돌아와 세수를 하기 위해 대야를 들고 공동 우물가에 나가 펌프질을 하는데 기분이 상쾌했다. 평소에는 늦잠을 자면 세수를 거른 적이 많았지만 신문을 돌리고 나서는 세수를 하지 않을 수가 없었다. 손에 묻어 있는 신문지 잉크 기름을 빼야 했기 때문이다. 빨랫비누로 여러 번 헹궈도 잘 빠지지 않아 땅바닥에 손을 문지르며 비벼야 겨우 빠졌다.

"칠복아, 학교 가자."

오늘은 일찍 일어났기 때문에 영범이가 불러도 서두를 필요가 없었다. 늘 하던 대로 우리 패인 영범, 우동, 춘길이와 함께 학교로 가고 있었다.

"칠복아, 너 월급 못 받았다면서?"

만두를 못 얻어먹은 것이 내 탓이 아니라 신문사 탓이라는 투로 우동이가 물었다.

"응, 그렇게 됐어. 신문사가 망해 버렸어. 이번에 월급 타면 사줄게. 걱정하지 마. 다른 신문을 돌리기 시작했거든. 오늘부터는 새벽에 돌리기 때문에 너희들과 방과 후에 함께 놀 수도 있어. 수금은 월말부터 월

초까지 잠깐만 하면 되거든."

녀석들은 그동안 내 신상에 일어난 변화를 듣더니 놀라는 표정을 지어 보였다.

"새벽에 일어나려면 힘들지 않니?"

우동이 녀석이었다. 녀석은 귀하게 자라다 보니 언제나 힘든 일을 피하려고 했다. 공터에서 축구를 하다 개천에 공이 빠지기라도 하면 누군가가 신발을 벗고 개천에 들어가 떠내려가는 공을 건져 와야 했다. 우동이는 자기 공이 빠져도 영범이나 나보고 들어가서 건져 오라는 그런 놈이었다.

"오늘 하루 일찍 일어나 봤는데 어떻게 아니? 며칠 더 두고 봐야지."

"칠복아, 나도 신문을 돌리고 싶은데 네가 좀 말해줄 수 있니?"

잠자코 듣고 있던 영범이 말이었다.

"말해볼게, 그런데 초등학생들은 안 받는다고 하더라고. 나는 D신문의 독자들을 인수시켰기 때문에 특별 대우한다고 총무가 말했거든."

나는 신문 배달이 아무나 할 수 없는 대단한 것이라고 뽐냈다. 조잘거리는 사이에 우리는 학교에 도착해서 자기 교실로 뿔뿔이 흩어졌다.

나는 조간신문 배달에 빨리 적응해 갔다. 새벽에 신문 돌리기가 방과 후에 돌리기보다 더 좋았다. 매월 22일부터 다음 달 5일까지는 수금하기 위해 방과 후에 나가면 됐고, 5일 이후에는 밀린 수금을 하러 가끔씩 나가면 됐다. 그래서 동네 친구들과 편을 갈라 축구시합도 하고 자치기도 하고 놀 수 있어서 좋았다.

드디어 첫 월급을 받았다. 월급을 받아 들고 재빨리 보급소 계단으로 나와 세어보니 세종대왕 얼굴이 그려져 있는 100원짜리 15장이 노란 봉투에 들어 있었다. 한 달 치 신문 대금이 450원이었는데, 내 첫 월급은 무려 1,500원이었다. 이 중 1,000원을 떼어 집에 가져다 줬다. 아버지와 어머니는 무척 좋아했다. 내가 태어나 자라면서 부모님이 그렇게 좋아하는 모습을 본 것은 처음이었다. 돈을 벌어다 주니까 좋아하는 것이었다.

삥땅을 친 나머지 500원을 가지고 영범과 우동, 춘길이와 나는 만두가게에 가서 만두를 배가 터지도록 먹었다. 자식들은 속에 걸신이 들었는지, 물도 마시지 않고, 마치 빨리 먹기 시합을 하듯이 채 삼키지도 않은 입속으로 만두를 마구마구 구겨 넣었다. 만두 값을 내야 되는 나는 자식들이 좀 아껴서 먹기를 바랐지만 아무 소용이 없었다. 춘길이 녀석은 다음 달 월급을 받으면 또 사라는 말까지 했다. 자기가 돈 벌어서 사 먹을 것이지 빈대만 붙으려고 하는 춘길이가 얄미웠지만, 베풀어야 복을 받는다는 선생님 말씀이 생각나 꾹 참았다.

새벽에 일찍 일어나다 보니 잠이 부족했다. 처음에는 수업 시간에 졸기 일쑤였다. 졸지 않으려고 해도 눈이 저절로 감겼다. 선생님이 무슨 말을 하는지 전혀 귀에 들어오지 않고 윙윙하는 소리만 들렸다.

"이칠복, 앞으로 나와!"

누군가 나를 부른 것 같았다. 눈을 한 번 비비고 고개를 들었더니 선생님이 나를 노려보고 있었다.

"야, 너 앞으로 나오래."

짝꿍이 내 옆구리를 쿡 찔렀다. 나는 비몽사몽간 교탁 앞으로 나갔다. 정신이 하나도 없었다.

"야, 이 녀석아. 너 어젯밤에 뭐했어. 응? 복도에 나가서 잠 깰 때까지 무릎 꿇고 손들고 있어."

천만다행이었다. 나는 정말 운이 좋은 놈이었다. 이 정도면 빵빵이를 돌릴 만도 한데 돌지 않은 것이다. 선생님은 수업 시간에 말을 하거나 떠들어서 수업 분위기를 망치는 놈에게만 빵빵이 돌리기로 처벌하는 것 같았다. 나는 복도에 나가 벽에 등을 기대고 손을 들고 있었다. 그러면서도 마구 쏟아지는 잠을 참을 수가 없었다. 어느새 나도 모르게 잠들었다가 수업이 끝났음을 알리는 종소리를 듣고서야 잠에서 깨어났다.

점심시간이 되어 도시락을 먹고 있는데 주용이가 도시락을 들고 내게 다가왔다.

"칠복아, 너 집에 무슨 일 있구나."

언제 봐도 잘생긴 주용, 늘 내게 자상하고 따뜻하게 대해주는 주용이었다. 짝이 바뀌어 이야기 나눌 기회도 없었는데, 내게 오랜만에 말을 건 것이었다.

"아무 일도 없어. 소시지나 몇 개 주라."

"아니야, 있어. 내가 수업 시간에 자주 쳐다보는데 너는 볼 때마다 졸고 있던데. 또 얼굴 색깔도 전보다 안 좋아 보여. 내게 말해봐. 다른 아이들에게 말하지 않을게."

내게 늘 관심을 기울이던 주용이는 한마디로 귀신같이 내 갑작스러운 변화를 눈치 채고 있었다.

“새벽에 신문을 돌리거든. 그래서 너무 졸려서 그래.”

나는 사정을 말하고 싶지 않았지만 주용이가 걱정해주는 것이 고마웠기 때문에 사실대로 털어놓았다.

“그랬구나, 너 집이 어려워서 그러지?”

“아니야, 육성회비는 낼 수 있어. 지난번에 선생님이 그랬잖아. 젊었을 때 고생은 사서도 한다고. 그래서 실천하고 있는 거야.”

사실, 나는 4학년 때까지 육성회비를 전부 낸 적이 없었다. 특히 한 학년이 끝나는 학년 말에 담임 선생님이 육성회비를 내라고 더욱 닦달했지만 며칠만 버티면 새 학년이 시작되어 담임이 바뀌기 때문에 육성회비를 달라고 집에 가서 조를 이유가 없었다.

그리고 나는 학교에서 육성회비 봉투를 사용하는 것이 싫었다. 육성회비 봉투는 황토색을 띠고 있었다. 거기다 돈을 넣어 오라는 것이었다. 육성회비를 납부하면 그곳에다 도장을 찍어줬다. 한 번도 제때에 도장을 받지 못했던 나는 육성회비 때문에 학교에 가기 싫어한 적도 많았다. 5학년 때도 4학년 때와 사정은 별반 다르지 않았으나 지난번 월급 1,000원을 집에 가져다줬더니 밀린 육성회비를 내라고 해서 한꺼번에 두 달치를 냈었다.

주용이 얘기가 정답이었지만 나는 얕잡아 보일까 봐 똥구멍이 터지게 가난하다는 말을 하기 싫었다.

“오늘 방과 후에 우리 집에서 놀지 않을래?”

"오늘은 안 돼. 방과 후에 수금하러 가야 되거든."

나는 주용이네 집에 가는 것이 왠지 부담스러워서 핑계를 댔다.

"그럼 방학 때는 어떠니?"

얼마 남지 않은 여름방학을 염두에 두고 한 말이었다.

"방학 때?"

"그런데 방학 때 너한테 어떻게 연락해야 되니? 집에 전화 있어?"

정말 질긴 놈이었다. 나는 "야, 인마! 전화가 누구네 똥개 이름이냐!" 하고 한마디 쏘아 주고 싶었다. 이 자식은 모든 것을 자기를 기준으로 생각하다 보니 전화를 너무 쉽게 생각하는 것이었다. 우리 동네에서 전화가 있는 집은 한 집도 없었다.

"방학할 때 날짜를 정하면 되잖아. 약속한 날 내가 전화하고 너희 집에 갈게."

"그래, 그렇게 하자."

점심시간을 끝내는 종소리 때문에 훗날을 기약하고 녀석은 제자리로 돌아갔다. 주용이네 집에 가면 또 주눅이 들까 봐 가지 않으려고 둘러댔던 것인데, 엉뚱하게 녀석이 방학까지 들먹이는 바람에 제대로 걸려들고 말았다.

새벽을 여는 사람은 나 말고도 또 있었다. 한 사람은 다른 신문을 돌리는 신문 배달부였고, 또 한 사람은 우유 배달 아저씨였다. 신문을 돌리다가 우유 배달 아저씨나 다른 신문 배달부를 마주치기도 했지만 서로 무관심하게 지나쳤다. 그들도 나를 보고 알은체를 하지 않았다.

다른 신문 배달은 중학생 형이었고, 우유 배달은 나이가 든 아저씨였다. 나는 이 두 사람을 의심하고 있었다. 내가 조간신문을 돌리기 시작한 지 며칠 되지 않은 어느 날 독자 집에서 며칠 째 신문이 들어오지 않는다고 보급소에 항의를 했었다. 나는 분명히 신문을 넣었는데 이상한 일이었다. 보급소의 신 총무는 내게 "인마, 정신 차리고 신문 돌려." 하면서 나무랐다.

우유 배달 아저씨나 다른 신문 배달부가 신문을 빼간 것이 틀림없다는 의심이 들었다. 그러니 이들하고는 긴장 관계를 유지할 수밖에 없었다. 더욱이 다른 신문 배달부인 중학생 형과는 경쟁 관계에 있다는 생각을 하니 우호적일 수가 없었다. 마음속으로 '나쁜 사람들이야' 하고 경계심을 늦추지 않고 있다 보니 우유 배달 아저씨가 나를 보고 알은체를 했을 때 나는 아무 말도 하지 않았던 적도 있었다.

우유 배달 아저씨는 대문에 끈으로 매달린 주머니에 우유를 넣거나 대문 밑으로 밀어 넣기도 했다. 나는 대문 밑으로 보이는 우유를 볼 때마다 '손을 뻗기만 하면 저것을 빼먹을 수 있는데 한 번만 빼먹을까? 안 돼!' 하며 갈등을 되풀이했다. 그처럼 우우 배달 아저씨와의 관계와는 별도로 우유는 자꾸 나를 유혹했다.

유혹에 무너져서는 안 된다고 거듭 결심을 하면서 그럭저럭 며칠이 지나갔다. 그런데 자꾸만 초코우유가 눈에 아른거리며 내 결심을 흔들었다. 내가 미리 염두에 두고 있던 집 앞을 지날 때였다. 하필이면 그때 초코우유가 눈에 확 빨려 들어왔다. 나는 멈춰 서서 대문 밑으로 보이는 우유를 흘깃 쳐다보며 어찌할까 잠시 망설였다. 그 집은 골목길에서 좀 떨어진 외진 집이었다. 나는 이전부터 그 집을 안전한 범행 장소로 물색해놓고 있었던 것이다. 나는 우유를 훔치기로 작정하고 그 근처 독자 집에 먼저 신문을 전부 넣고 그 집으로 되돌아왔다.

'그래, 딱 한 번 만이다. 딱 한 번.'

마음을 독하게 먹고 벌렁거리는 가슴을 누르며 우유를 빼냈다. 그리고 그 근방을 빨리 벗어나기 위해 달렸다. 두리번거리면서 그 집에서 멀리 떨어진 적당한 곳을 찾았다. 180밀리리터 우유병의 비닐을 뜯어내고 종이 뚜껑 한쪽을 엄지손가락으로 쑥 밀었더니 그 위로 쵸코우유가 스며 나왔다. 나는 울렁거리는 가슴을 진정시키며 우유를 단번에 쉬지 않고 마셨다. 그러고 나서 우유병은 적당한 곳에 버렸다. 나는 아무 일도 없었던 것처럼 신문을 계속해서 돌렸다.

집으로 돌아와서 아침을 먹는 중에도 내가 새벽에 한 일이 머릿속을 떠나지 않았다. 학교에 갈 때 영범이가 무슨 말을 걸어도 건성으로 대답할 뿐이었고 머릿속에는 온통 우유 절도 행위만 떠올랐다. 수업 시간에도 마찬가지였다. 한편으로는 '누가 봤으면 어떡하지?' 라는 걱정과 우유 배달 아저씨에게 미안한 마음도 일고 있었다.

며칠이 지났다. 그 며칠 동안 별다른 일이 없어서 '내가 우유를 빼먹은 것을 아무도 모르는구나' 라고 안심을 했다. 정말 다행이라는 생각을 했다. 그런데 이 한 번의 성공은 이후 나를 더 대담하게 만들었다. 처음 각오와는 달리 한 번으로 멈추지 않고 그 후 한 번 빼먹고 두 번 빼먹고 하다 보니 셀 수 없을 만큼 여러 번으로 반복되고 말았다.

어느 날 새벽 신문을 대문 밑으로 밀어 넣으려고 몸을 굽혔는데 또 대문 밑으로 우유가 유혹했다. 나도 모르게 본능처럼 유혹에 이끌렸다. 보는 사람이 있나 주위를 두리번거리고 나서 우유를 잽싸게 빼내어 러닝 속으로 숨겼다. 나도 모르는 사이에 정말 순식간에 일어난 일이었다. 가슴이 콩콩 뛰기 시작했다. 그 근방을 벗어나기 위해 빨리 달리면서 신문을 돌렸다. 나는 혹시 보는 사람이 있을지도 모른다는 두려움에 그 지역을 멀리 벗어나 우유를 마신 후 빈 병은 어느 집 대문 옆에 있는 쓰레기통 속으로 던져 버렸다.

이제는 독자의 집 우유까지 손을 댔다. 어찌 보면 나는 독자 집 우유를 지켜줘야 할 입장에 있었다. 그 독자 집은 '믿는 도끼에 발등을 찍힌 꼴'이 되고 말았다. 다른 집 우유를 빼먹었을 때하고는 달랐다. 수금을 할 때마다 만나는 아줌마인데 그 아줌마 얼굴을 어떻게 쳐다볼까 하는 생각도 들었다.

며칠 후 수금을 나갔지만 그 집은 들르지 못했다. '혹시라도 아줌마가 나를 봤다면 어떻게 해야 할까' 하는 우려가 나를 옭아매고 있었다. 그러다가 신 총무와 함께 수금을 하러 나갔다. 수금 실적이 나쁜 경우는 총무가 자주 동행했다. 나는 수금 실적이 형편없었기 때문에 신 총무의 꾸지람을 받으면서 구역으로 향했다.

내 행실을 보면 수금 실적이 좋을 수가 없었다. 수금을 야무지게 하려면 독자 집 모두를 돌면서 수금하고, 다시 오라는 날짜를 영수증에 표시하고, 그 표시한 날에 독자 집을 방문해야 했다. 또 독자들이 집에서 쉬는 일요일에도 수금을 해야 실적이 좋을 수 있었다. 하지만 나는 몇 집만 들러 수금을 하고 동네에 가서 친구들과 놀다가 보급소로 가서 수금 실적을 보고하고 마는 경우가 허다했다. 한마디로 직무유기였다. 그러니 실적이 좋을 리가 만무했다. 내가 우유를 빼먹은 독자 집 근처에 이르렀을 때였다.

"파란 대문 집은 내일 오라고 표시되어 있는데, 오늘 한 번 들러볼까?"

신 총무가 같이 나간다고 해서 영수증에 날짜를 대충 적어 넣었는데 공교롭게 우유를 빼먹었던 집이 내일로 적혀 있었다.

"내일 제가 들를게요."

"아니야, 그 집은 원래 신문 대금을 일찍 주는 집인데 이번 달은 좀 이상해. 오늘 들르면 줄지도 몰라."

사실 나는 우유를 빼먹은 후 그 집을 한 번도 들르지 않았다. 들르고 싶은 마음은 굴뚝같았지만 며칠간 그 집 근처를 맴돌다 포기하고 말았었다. 정말 큰일이었다.

"띵동 띵동."

신 총무가 초인종을 눌렀다. 마치 그 작은 초인종 소리에 놀라기라도 한 듯 옆에 서 있던 내 가슴은 콩콩 뛰기 시작했다.

"누구세요?"

"신문 대금을 받으러 왔습니다."

"예, 잠시 기다리세요."

아줌마가 나왔다.

"안녕하세요."

신 총무는 소리 내어 인사했지만 나는 옆에서 고개만 숙여 인사를 했다. 말이 나오지 않았다.

"그런데 이상한 일이 있었어요. 며칠 전 우리 집에 들어온 우유가 없어졌어요. 제가 우유가 들어온 것을 분명히 봤거든요. 잠시 방에 들어갔다 나왔더니 신문은 배달돼 있었고 우유가 안 보였어요."

아줌마는 눈을 내리깔고 나를 뻔히 쳐다봤다. 눈앞이 아찔해지며 가슴 뛰는 소리가 내 귀에 들렸다. 혹시나 가슴 뛰는 소리가 아줌마와 신 총무의 귀에까지 들릴지도 모른다는 두려움마저 들어서 나는 억지로 숨도 천천히 쉬었다.

"아, 그래요?"

신 총무도 나를 쳐다봤다.

"얘, 혹시 네가 빼먹은 것 아니니?"

아줌마는 범인을 제대로 집어 내고 있었다.

"저는 몰라요."

나는 눈을 크게 뜨고 고개를 절레절레 흔들면서 말했다. 하지만 아줌마는 의심의 눈빛을 쉽게 거두지 않았다.

"아마 다른 신문을 돌리는 아이가 빼먹었을 겁니다. 얘는 어리고 착하거든요. 제 경험상 이렇게 생긴 아이들은 나쁜 짓을 하지 않더라고요."

신 총무도 나를 옹호하고 나서니 심증만 있는 아줌마도 어쩔 도리가 없는 것 같았다. 아줌마는 더 이상 나를 추궁하지 않았다. 그야말로 나는 간발의 차이로 들키지 않은 것이었다. 그때 아줌마가 방에서 조금만 더 빨리 나왔다면 나는 꼼짝없이 현행범으로 걸렸을 것이다. 나는 억세게 운이 좋았다고 생각했다. 나는 속으로 안도의 한숨을 내쉬었다.

한 번도 걸리지 않았기 때문에 내 배짱은 그 뒤로 더욱 두둑해졌다. 그야말로 이제는 우유를 빼먹어도 가슴이 뛰지도 않았다. 마치 제 것을 맡겨놓은 놈처럼 우유에 가끔씩 손을 댔다. 나는 여전히 초코우유만 보면 입에서 침에 돌고 정신이 없었다. 나는 우유를 빼먹다가 들킬 염려가 없는 집을 여럿 물색해 두고 있었다. 점찍어 둔 집 대문 앞으로 가면서 지나가는 사람이 있나 없나 미리 살피고, 신문을 접어 넣는 척하면서 혹시라도 집 안에서 사람이 나오는 인기척이 있나 없나 자세히 살폈다. 그러고는 대문 밑으로 길고 둥글게 접은 신문을 넣어 우유병을 살살 끌어당겼다. 상습범이 된 나는 별로 가슴이 두근거리지도 않게 됐다. 또 빼낸 우유병을 숨기기 위해 호주머니가 큰 반바지를 입고 다녔다.

그날도 우유를 빼내고 그 근처 독자 집에 신문을 넣고 있을 때였다.

"야, 인마. 너 이리 와봐."

고개를 돌려 보니 우유 배달 아저씨가 무서운 표정으로 나를 노려보고 있었다. 어찌나 놀랐는지 간이 떨어지는 줄 알았다. 나는 어찔할 줄 모르고 그냥 멍하니 서 있었다. 그 아저씨가 내게로 다가왔다.

"야, 이 자식아! 우유 이리 내 놔!"

내가 우유를 빼내는 것을 지켜보기라도 한 듯 내 호주머니를 가리키고 있었다. 우유 배달 아저씨의 무서운 소리에 나는 어찌할 엄두도 못

내고 고개를 떨어뜨렸다.

"우유가 자주 없어졌는데, 네 놈의 짓이었구나."

이렇게 나는 현행범으로 체포되고 말았다. 고개를 푹 숙이고 숨을 죽였지만 가슴이 온통 쿵쿵 뛰며 등에서는 식은땀이 홍건하게 흘러내렸다. 만약 내 옆에 누군가가 있었다면 심장 뛰는 소리를 들었으리라. 그 순간 도망치려고 좌우를 살폈지만 그 아저씨는 성큼 내게 다가와 내 오른손을 꽉 잡았다. 잡힌 손을 빼내려고 손을 움직여 보았지만 너무도 꽉 잡고 있어 저항할 수도 없었다. 아저씨가 확 끌어당기는 바람에 내가 왼손으로 받치고 있던 허리춤의 신문이 땅바닥에 떨어지면서 흩어져 버렸다.

나는 허둥지둥 발을 헛디디며 그에게 끌려갔다. 나도 모르게 고추가 간질간질하면서 오줌이 찔끔찔끔 새어 나왔다. 마구 뛰던 심장도 너무 놀라서 자신을 가두고 있는 늑골을 박차고 튀어나오려 벌렁거렸다. 나는 질질 끌려가면서 부들부들 떨었다. 윗니와 아랫니가 사정없이 부딪혀서 말도 할 수 없었다. 어디로 끌려가는지도 모르면서 나는 우유 배달 아저씨 손에서 벗어나 보려고 버둥거렸다.

'자식이 떨고 있군. 가엾게시리.'

내 귀에는 우유 배달 아저씨의 중얼거림이 들려오는 것 같았다. 만약 그때 악마가 그 위기에서 구해줄 테니 벌렁거리는 심장을 바치라면 당장 그러겠다고 나설 정도로 나는 엄청난 두려움에 떨었다. 거칠게 나를 끌고 가던 아저씨가 갑자기 멈춰섰다.

"야, 이 자식아. 그렇게 자주 빼먹으면 어떻게. 응?"

무슨 말을 해야 되는데 말이 나오지 않았다. 잘못했다고 용서를 빌려고 해도 내 혀는 꽁꽁 얼어붙었고, 내 의지와 상관없이 이빨만 요란하게 부딪히고 있었다. 갑자기 멍청이가 되어버린 것 같았다.

아저씨는 잡았던 내 손목을 풀어주고는 어느 집 대문 계단에 앉았다. 담배를 한 대 꺼내 물더니 불을 붙였다. 아저씨는 아무 말 없이 나를 물끄러미 쳐다보며 연달아 연기를 들이마시고 내뿜기만을 반복했다. 나는 그 앞에 고개를 푹 숙인 채 열중쉬어 자세를 취하고 서 있었다.

"꼬마야, 겁도 없이 그렇게 자주 왜 그런 짓을 했어. 응?"

어쩐 일인지 아저씨의 목소리는 한결 부드러워져 있었다.

"야, 꼬마야. 이제 그만 떨고 말을 해봐. 네가 넣은 신문을 내가 빼가면 좋겠니?"

난 속으로 '아니요'라고 했다. 아저씨 말이 옳았다. 내가 넣은 신문을 누가 빼가는 장면을 봤다면 나는 아마 돌멩이를 들고 달려 들었을지도 모른다.

"이제 그만 떨어라. 용서하마. 다음부터 절대 안 그런다고 약속한다면…."

나는 아저씨의 말을 믿지 못했다. 이 사람은 조금 쉬었다가 틀림없이 나를 파출소에 끌고 갈 것이다.

"꼬마야, 너 어디 사니?"

용서해주겠다는 아저씨의 말을 믿지 못하던 나는 여전히 열중쉬어 자세를 풀지 못했다.

"다음부터 안 빼먹으면 용서해준다고 했잖아. 너 내가 묻는 말에 얼른 대답하지 않으면 정말 용서하지 않는다. 알았어?"

아저씨의 목소리는 다시 커졌다. 나는 고개를 살짝 들어 그의 얼굴을 훔쳐봤다. 눈가에는 주름이 많았다. 주름으로 보아 내 아버지보다 나이가 더 많은 것 같았다. 둘째가라면 서러울 정도로 눈치 보기에 빨랐던 나는 그의 인상을 보고 마음이 조금 놓였다. 용서해주겠다는 말이 정말일지도 모른다고 여겨졌다.

"나는 너를 여러 번 봤다. 새벽에 신문을 돌리는 너를 보고 무척 대견스럽게 생각했다. 내게 너보다 더 큰 아들도 있어. 너를 볼 때마다 안쓰러웠다."

아저씨는 또 담배를 한 대 꺼내 물더니 불을 붙이고 연신 빨아댔다.

"부모님은 살아 계시니?"

나는 아저씨가 묻는 말에 대답해야 한다는 의무감을 느끼고 있었다. 아저씨가 순경에게 나를 데려가지 않을 거라는 확신이 섰기 때문이다.

"예, 하지만 없는 거나 마찬가지예요."

"뭐라고? 왜?"

아저씨는 눈을 크게 뜨고 나를 쳐다봤다.

"부모가 있으면 뭘 해요. 제게 해주는 게 없는 걸요."

나는 불만에 가득 찬 얼굴을 하고 야무지게 대답했다.

"부모가 꼭 무엇을 해줘야 되니?"

"꼭 그런 것은 아니지만… 해줘야 마땅한 것은 해줘야 하잖아요."

"해줘야 하는 것이 뭔데?"

"학교에 육성회비도 내 주고요. 같이 놀러 가 주고, 옷도 사 주고, 먹고 싶은 것도 사 주고, 또 용돈도 많이 주고요. 잘못해도 때리지 않고요."

나는 기렸다는 듯이 평소 내가 생각했던 것을 줄줄이 쏟아놓았다.

"너 아주 말을 잘하는구나. 부모가 잘해주려면 돈을 많이 벌어야 되잖아, 그렇지? 그런데 돈을 벌려고 아무리 열심히 노력해도 안 벌어지면 어떻게 해야 되니? 남의 물건이나 돈을 훔쳐서라도 잘해줘야 한다고 생각하니?"

그건 아니라고 생각됐다. 우유 배달 아저씨의 말이 맞았다. 나는 아버지와 어머니에게 불평과 불만이 많았다. 내가 신문을 돌려 돈을 벌기까지는 육성회비를 제때 내 본 적이 한 번도 없었다. 또 먹고 싶은 것, 입고 싶은 것, 사고 싶은 것도 사준 적이 없었다. 그래서 나는 아버지가 장사 밑천을 넣어 둔 돈주머니나 어머니가 장롱 속에 숨겨둔 돈을 몰래 훔쳐 내어 내가 사고 싶은 것을 사기도 했다. 그렇지만 아버지와 어머니가 남의 돈을 훔쳐서 나를 호강 시켜주는 것을 바라지는 않았다. 다만 집주인에게 그리 굽실거리는 게 싫고 미웠다. 또 새벽부터 장사를 나가면서도, 또 그렇게 남의 집에 가서 일을 해주면서도 돈을 많이 벌지 못하는 것이 싫고 미웠을 뿐이다.

"너도 크면 부모 마음을 이해할 거야. 아저씨도 너만큼 어릴 때는 부모들을 이해 못했거든."

아저씨는 갑자기 신세타령을 하는 것 같았다. 또 담배를 물었다.

"꼬마야, 우리 사이좋게 지내자. 응? 우유 먹고 싶으면 아무 때나 내게 말해. 내가 거저 줄게. 그 대신 어떤 놈이 내가 넣은 우유를 빼 가는지를 봐주면 돼. 꼬마야, 너는 초코우유를 좋아하지?"

나는 얼굴이 벌겋게 달아올랐다. 그동안 내가 주로 빼먹었던 것은 달짝지근한 초코우유였기 때문이다. 그렇게 우유 배달 아저씨는 나를 용서해줬다. 그 후로 아저씨는 나를 보면 초코우유를 공짜로 주기도 했다. 물론 나도 다시는 우유를 빼먹지 않았다.

〈미워도 다시 한번〉

나는 우유를 상습적으로 훔쳐 먹은 나쁜 아이였다. 아저씨가 용서해줬기에 망정이지 나를 경찰에게 넘겼으면 감옥에 갔을지도 모른다는 생각을 하며 몹시 떨었다. 초코우유 사건은 내게 많은 것을 생각하게 했다. 물론 마음속으로 늘 불안하던 것이 그렇게 들켜서 용서받고 보니 마음이 후련하기는 했다. 늘 켕기고 무거웠던 가슴이 홀가분해졌다.

그러나 처음 보는 사람 앞에서 아버지에 대한 불만을 말한 것이 후회됐다. 아버지가 미웠지만 다른 사람이 아버지를 한심하다고 생각하는 것은 싫었다.

방학하는 날이었다. 선생님은 방학은 마냥 놀라고 있는 것이 아니라 부족한 공부를 보충하는 시간을 주는 것이라고 근엄하게 말했다. 하지만 우리들 중 이 말을 믿는 사람은 아무도 없었다. 개학하는 날 방학숙제를 하나도 빼놓지 않고 제출하라는 명령도 덧붙였다. 그중에서 가장 강조한 것은 일기 쓰기였다.

나는 해방이라는 말이 생각났다. 일제강점기에 해방된 사람들이 거리로 왜 뛰쳐나왔는지 이해가 됐다. 나는 새벽에 일찍 일어나느라고 잠이 부족해 죽을 맛이었는데 잠을 실컷 보충할 생각을 하니 신이 났다.

"칠복아."

춘길과 막 교실 문을 나서는데 나를 부르는 소리가 들렸다. 뒤를 돌아다보았더니 주용이었다. 그 옆에는 주용이와 친하게 지내는 중표가 서 있었다.

"지난번에 한 약속 기억하지?"

주용이네 집에 놀러 가기로 약속한 것을 두고 하는 말이었다. 나는 그만 깜박 잊고 있었는데, 주용은 기억하고 있었다.

내 옆에 멍청히 서 있던 춘길은 '겉으로 보기에 잘 어울리지 않는 자식들이 무슨 이야기를 나누고 있냐' 라는 듯이 의아해하는 표정으로 주용과 나를 번갈아 쳐다봤다. 춘길은 주용에게 콤플렉스가 있었다. 그건 나도 마찬가지였다.

"언제 올래?"

확실하게 날짜를 정할 심산인 듯했다. 나는 광복절인 8월 15일에 주용이네 집에 전화를 걸고 찾아가기로 약속했다.

나는 주용이와 헤어져 춘길과 함께 운동장으로 나갔다. 운동장에서는 "야호" 하며 환호성을 지르는 놈들도 있었다. 방학이 아니라 아예 학교를 없애 버리면 더 좋을 텐데. 그러면 공부도 안 하고 숙제를 안 해도 될 텐데. 나와 춘길이는 철봉대 앞에서 영범과 우동을 기다렸다.

"칠복아, 너 주용이하고 친하니?"

"아니."

춘길이는 주용이가 저를 빼고 내게만 관심을 보이는 것이 기분 나쁜 모양이었다. 우리 반 아이들은 주용이네 집이 부자인 것을 다 알고 있었다. 주용 어머니는 가끔 학교에 오시기도 했다. 또 교문 앞에서 검은색 포드 자가용이 주용이를 태우고 가는것을 봤다는 놈도 여럿 있었다.

"방학 때 놀러 간다면서?"

춘길이한테 함께 오라고 하지 않은 것이 서운한 것 같았다.

"나 대신 너나 가라."

나는 지난번의 악몽이 되살아나 춘길이에게 엉뚱한 소리를 했다.

"정말?"

순진한 춘길은 내 말에 반색을 했다.

"야, 그런데 너한테는 어떻게 친하지도 않은데 놀러 오래?"

주용이 내 짝이었을 때 한 번 놀러 갔었다고 말했다. 그랬더니 춘길이는 주용이네 집에 대해 꼬치꼬치 캐물으면서 반 아이들이 하는 말이 사실인지를 확인하려고 했다. 나는 무슨 자랑거리라도 되는 양 본대로 떠들어 댔다. 그러는 사이에 영범과 우동이 나타났다. 영범이 얼굴은 제철을 만나 한창 활짝 핀 꽃송이었다. 방학이 시작되니 녀석도 기분이 찢어지는 듯했다. 우리는 동네로 향했다.

"야, 우리 방학 때 극장 가자. 극장."

나는 전에 극장에 가서 재미있는 영화를 봤다고 말했다.

"극장?"

우리 중에 제일 순진한 우동이었다. 아이들은 극장에 가서 영화를 보면 안 된다는 말도 덧붙였다. 자기 누나가 가지 말라고 했다면서. 우동이 누나인 옥자 누나는 우리보다 한 학년 위였다. 우동이네 집에서 맏이였는데 우동이는 누나 말이라면 팥으로 메주를 쑨다고 해도 곧이곧대로 믿었다. 우동은 가끔 누나 핑계를 대고 영범이와 내가 하는 일에서 빠지곤 했다.

"내가 초대권 구해 올 테니까 갈 사람은 여기 붙어."

나는 엄지손가락을 세웠다. 영범이는 내 엄지를 잡았고, 춘길이는 영범이 엄지를 잡았다.

나는 신문을 돌리면서 신문만 있으면 여러 가지를 할 수 있다는 사실을 알았다. 가게에서 과자나 아이스케키와 맞바꿀 수도 있었다. 대동극장에서 일하는 형이 자전거를 타고 다니면서 가게 앞에다 영화프로를 붙이고 다녔다. 그 대신 가게 주인에게 초대권을 두 장씩 주고 갔다. 가게 주인들은 이 초대권을 30원에 팔았다. 신문 한 부의 가격도 30원이었다. 그러니 극장표를 구하기는 식은 죽 먹기였다.

"아저씨, 신문하고 초대권 바꿀래요?"

"야, 이놈아. 어린놈이 극장 가려고 그러지?"

어른들은 독심술을 익혔는지 이상하게도 내 마음을 정확히 맞히는 경우가 많았다.

"아니에요. 보급소의 총무가 바꿔 오래요. 나중에 만나면 물어보세요."

나는 얼굴 색깔 하나 변하지 않고 거짓말로 둘러 댔다.

"그래?"

가게 아저씨들은 더 이상 나를 의심하지 않고 초대권을 신문과 바꿔 줬다. 나는 영화를 한 편 보기 위해 총무의 이름까지 동원한 것이다. 아니, 동시상영을 했기 때문에 영화 '두 편을 보기 위해서'라고 하는 것이 맞다.

내가 태어나서 처음으로 봤던 영화는 〈미워도 다시 한번〉이었다. 주연으로는 신영균, 문희, 전계현, 김정훈이 나왔다. 나는 스토리를 이해하지 못하면서 김정훈이 불쌍해서 많이 울었다. 또 문희 아줌마도 불쌍하다는 생각이 들었다. 신영균 아저씨와 전계현 아줌마는 부부 사이였다. 그런데 신영균 아저씨가 이상하게 문희 아가씨와 좋아하게 됐다. 둘 사이에 태어난 아이가 김정훈 어린이였다. 신영균 아저씨과 문희 아줌마는 떳떳한 사이가 아니어서 사람들 눈을 피해 몰래 만났다. 또 김정훈 어린이는 문희 아줌마하고 단둘이 살았기 때문에 아빠인 신영균 아저씨를 자주 볼 수 없었다. 그래서 김정훈 어린이는 아빠를 찾으며 울어 댔다.

나는 이 영화를 감명 깊게 봤다. 이 영화를 본 후 문희와 김정훈의 열렬한 팬이 됐다. 나는 이 영화를 보면서 영화는 깊은 감동을 주는 것이라고 생각했다. 그 뒤로 문희와 김정훈이 나오는 영화는 무조건 보러 갔다. 문희와 아역배우 김정훈은 부부로도 많이 나왔다. 〈꼬마 신랑〉, 〈꼬마 검객〉, 〈꼬마 암행어사〉라는 프로에서였다. 특히 〈꼬마신랑〉을 볼 때는 어린 김정훈이가 부럽다 못해 질투심까지 생겼다.

'새끼는 복도 많아.'

어린 꼬마인 김정훈은 저보다 큰 누나를 "색시야, 색시야" 하고 불렀다. 그러면 문희는 "예, 서방님, 왜 그러세요?"하고 미소를 지으며 대답하는 것이었다. 변소에서 볼일을 볼 때도 기다려줬다. 등을 돌리고 손으로 입을 가린 채 웃는 문희의 모습이 완전히 나를 사로잡았다. 또 길을 가다가 "색시야, 나 다리 아파" 하고 말하면 "서방님, 제 등에 업히세요" 하면서 업어 줬다. 또 "색시야, 색시야" 하면서 울면 "서방님, 울지 마세요" 하면서 눈물을 닦아 주기도 했다.

나도 빨리 장가를 가고 싶었다. 나는 언제나 장가를 가나. 어서 장가 가서 색시한테 업어 달라고 하고 밥도 먹여 달라고 하고 싶었다. 나중에 눈이 크고 얼굴이 둥그스름하며 귓밥이 큰 문희 같은 색시를 꼭 얻어야겠다고 결심했다.

나는 어머니를 향한 채워지지 않는 목마름을 영화 속 문희로 대체하고 있었다. 내게도 엄연하게 어머니가 있었지만 어머니는 나에 대해 별 관심이 없었다. 그래서 그 무렵 문희가 등장하는 영화는 하나도 빼놓지 않고 다 봤다.

액션 영화도 마찬가지였다. 한국의 액션물과 홍콩의 액션물을 가리지 않고 섭렵한 후 성인영화도 보러 다녔다. 우리나라 액션물에 등장하는 배우로는 박노식, 장동휘가 주로 좋은 편으로 나오고, 허장강, 독고성, 황해가 나쁜 편으로 나왔다. 깡패들이 두목을 중심으로 뭉쳐 패싸움을 하는 것이었다. 〈명동백작〉과 〈명동 사나이〉처럼 주로 명동을 중심으로 싸움판을 벌였다. 나는 박노식에게도 빠졌다. 박노식은 싸움이 붙었다 하면 늘 상대방을 꺾고 최후 승자가 됐다.

나는 영범과 춘길에게 한 약속을 지키기 위해 신문과 맞바꿔 초대권 세 장을 구했다. 우리는 대동극장으로 향했다. 상영하는 영화의 한 편은 홍콩 액션물이었고, 다른 한 편은 야한 성인영화였다.

"칠복아, 표 받는 아저씨가 못 들어가게 막으면 어떡하니?"

춘길이가 지레 겁을 먹고 걱정을 했다.

"걱정 마, 대동극장 아저씨들은 나하고 친해."

나는 어깨를 한 번 으쓱거렸다.

"그래? 너하고 어떻게 친하냐?"

"나는 여기 자주 와. 보급소 형들하고."

그 말을 듣고 춘길은 마음을 놓았는지 근심스러운 표정을 폈다. 영범이는 전에 함께 몇 번 왔기 때문에 이미 내 실력을 알고 있었다. 나는 표를 받는 아저씨들과 친하게 지내고 있었다. 아저씨들은 나를 신문팔이로 알고 있었다. 얼마 전에 보급소 형과 함께 야한 성인영화를 보러 왔었다. 그 형도 내 나이가 어리다고 걱정했다.

"형, 걱정하지 마요."

"못 들어가게 하면 어떡하려고?"

"그래서 내가 신문 몇 부 갖고 왔잖아요."

나는 허리춤에 끼고 있던 신문을 가리켰다.

"신문 주고 들어가려고?"

"그게 아니고, 신문 팔러 왔다고 하면 돼요. 신문 팔고 나간다고 하면 안 잡아요."

나는 목에 힘을 주고 자신 있게 말했다.

"야한 성인영화래서 안 될 거야."

"아니에요. 저 혼자 몇 번 왔었어요. 처음에는 안 된다고 하다가, 다음 프로를 상영하기 전 막간에 신문팔고 나갈 거라고 말했더니 들여보내 주더라고요. 그 아저씨들이 저를 알아요."

그렇게 극장 문 앞에서 한 번도 제지당하지 않았기 때문에 나는 걱정하지 않았다. 내가 예상했던 대로 아저씨들은 나를 보고 오랜만이라고 반가워하면서 들여보냈다. 아마도 나를 완전히 망가져 구제불능인 신문팔이로 여기는 아저씨들이 대충 넘어갔을 것이다.

이 극장에는 좌석 번호고 뭐고 없었다. 아무 자리나 대충 앉으면 됐다. 나는 늘 앞자리에 앉는 것을 좋아했다. 나는 영범과 춘길에게 잘난 척하면서 떠들어 댔다. 이 극장에서 상영하는 영화는 전부 재미있다고. 영화가 시작되기 전에는 늘 대한뉴스가 상영됐다. 뉴스에 앞서 꼭 애국가를 불렀다. 상영하지 않으면 좋을 성싶은 대한뉴스는 잘라먹지도 않았다. 영화 상영하다가 필름이 중간에 끊기는 경우가 많았다. 관객들은 웅성거리면서 고함을 지르거나 휘파람을 불었다.

"야, 그만 짤라 먹어!" 하는 소리를 따라 나도 "그만 짤라! 그만 짤라! 돈 돌려줘!" 하고 고함을 질렀다. 옆에 있는 영범과 춘길은 낄낄거리면서 배꼽을 잡고 있었다.

야한 영화를 상영할 때는 쥐 죽은 듯 조용했다. 야한 영화는 아저씨나 아줌마나 가리지 않고 관객 모두의 정신을 빼앗는 마력이 있었다. 남자 배우와 여배우가 끌어안거나 입을 맞추는 장면도 나왔다. 더 진한 장면이 나올 때 입속으로 침이 꼴깍꼴깍하고 넘어갔다. 나는 화면에 눈을 고정시킨 채 영화에 몰입했다.

영화를 너무 많이 보다 보니 내가 본 영화의 한 장면에 내가 등장하는 꿈을 꾸기도 했다. 또 느닷없이 야한 영화의 장면이 머릿속에 떠올라 잠시 동안 맴돌기도 했다. 그중에서도 특히 관심이 많았던 영화는 액션영화였다.

영화를 보면서 나는 나중에 커서 박노식과 같이 멋있는 액션배우가 되는 꿈을 키우기도 했다. 액션배우가 되기 위해서는 싸움을 잘해야 된다고 판단했다. 그래서 태권도를 배우기로 했다. 신문 배달로 받는 월급은 점점 많아졌고, 이 돈으로 나는 하고 싶은 것을 할 수 있었다.

나는 태권도 도장을 찾았다. 내가 살던 동네 근처에 태권도 도장이 있었다. 도장 이름은 '태권도 한무관'이었다. 처음에는 등록을 망설였다. 나는 5학년인데 나보다 어린아이들이 빨간 띠와 검은 띠를 두른 채 어깨에 힘을 주며 거드름을 피우고 있었기 때문이다. 나를 알아보는 아이들이 없는 다른 도장을 찾아봤지만 집 가까운 곳에는 없었다. 할 수 없이 이 도장에 등록했다.

하얀 도복에 하얀 띠를 맸다. 사범은 태극 1장부터 설명했다. 나보나 먼저 온 선배인 파란 띠를 매고 있는 아이에게 내 품세를 바로잡아 주라는 지시도 했다. 그런데 이 하얀 띠가 여간 부담스러운 게 아니었다. 도장 밖에서 구경하는 아이들도 하얀 띠를 한 나를 무시하는 표정들이었고, 도장 안의 나이 어린 선배들도 마찬가지였다. 선배 행세를 톡톡히 하는 데 아니꼬워 미칠 지경이었다. 태권도고 뭐고 내 주먹 한 방이면 나가떨어질 놈들이 조금 먼저 왔다고 까불어 대니 참기 어려웠다. 하지만 액션배우의 꿈이 나이 어린 선배들의 아니꼬움을 이겨낼 수 있게 해줬다. 가끔 도장을 빼먹기도 했던 터라 아직 승급 심사를 받지 못하고 있던 어느 날 영범이가 나를 유혹했다.

대동극장으로 영화를 보러 가자는 것이었다. 어디서 구했는지 초대권 두 장을 갖고 있었다. 영화광이었던 나는 도장을 빼먹고 영범을 따라 극장에 갔다. 도장에서 한창 운동하고 있을 시간에 극장에 있었던 것이 문제였다. 나는 한 번도 영범이의 제안을 거절해본 적이 없었다. 영범이는 내 뜻을 따르지 않은 적이 딱 한 번뿐이었다. 신문을 돌리겠다고 며칠 나가다 도저히 새벽에 일어나지 못하겠다고 하면서 포기한 것이었다.

거짓말에 자신이 있었던 나는 사범에게 별다른 망설임 없이 핑계를 댔다.

"사범님, 내일이 할아버지 제사거든요. 그래서…."

거짓말을 하면서도 확신을 주기 위해 나는 사범의 눈을 똑바로 쳐다봤다.

"그래, 그럼 할 수 없지. 내일은 쉬고 모레 나와."

나는 속으로 회심의 미소를 지었다. 사범을 속이는 것이 식은 죽 먹기였다. 사범은 태권도나 잘 했지 별거 아니라는 느낌이 들었다. 홍콩영화에 나오는 무술의 고수들은 사람들의 마음까지도 훤히 읽는데 내가 다니는 도장의 사범은 영화 속 고수들보다 한 수 아래라는 생각이 들었다.

영범이는 숨을 죽인 채 영화에 몰두했으나, 나는 영화를 보면서도 한편으로는 마음이 영 개운치 못했다. 사범에게 거짓말한 것이 마음에 걸려 영화에 집중이 잘 안되고 정신이 산만했다. 사범은 '운동하는 사람은 항상 정직해야 한다'는 말을 입에 달고 살았기 때문이다.

밤 10시가 넘어 마지막 상영시간이 끝났다. 사람들이 성에 차지 않은 표정을 하며 출구로 나가고 있었다. 나와 영범이도 흩어지는 무리에 끼어 영화관을 나섰다. 그런데 이게 웬일이란 말인가? 영범이와 시시덕거리면서 영화관을 나가 막 계단을 내려가다가 사범과 정면으로 마주치고 만 것이다. 사범은 어떤 아저씨와 영화관 앞에 서서 영화 포스터를 보고 있었다.

"야, 이칠복이 너 뭐야!"

이내 사범의 눈은 어린 내게 속았다는 분노로 이글이글 타올랐다. 금방이라도 나를 두들겨 팰 것 같은 얼굴이었다. 나는 할 말이 없었다. 어떻게 걸려도 이런 식으로 걸린단 말인가? 누구를 탓할 수도 없는 일이었다.

"내일 보자!"

내게 위협적으로 눈을 치켜뜬 다음 사범은 그 옆에 있는 아저씨에게로 돌아섰다. 나는 잠시 동안 멍하니 서 있었다. 나는 사범에게 혼날까 봐 걱정이 태산 같았다. 사범은 맞아 보는 것도 교육이라며 말을 잘 안 듣는 아이들에게 자주 몽둥이를 들었던 것이다. 나는 불현듯 이 참에 아예 태권도를 그만둬 버릴까 하는 생각이 들었다. 그래서 '태권도는 시시해. 쿵푸가 더 멋있어. 이번 기회에 쿵푸로 바꾸자'며 속으로 망설이는 자신을 달래며 결심을 굳혔다.

물론 사범에게 맞는 게 두렵기도 했지만 나이 어린 선배들의 거들먹거리는 꼴이 아니꼬웠기 때문이다.

이튿날, 새벽에 신문을 돌리고 방과 후 수금을 하려면 도장에 나오기 어렵다는 핑계를 대고 나는 태권도 도장을 그만뒀다. 그 후 나는 쿵푸도장을 찾아 나섰다.

친구의 누나를 사랑했네

주용과 약속한 날이 다가오고 있었다. 나는 별로 달갑지 않았다. 주용이가 내게 잘해줬지만 나는 한사코 피하고만 싶었다. 녀석이 살고 있는 동네도 너무 으리으리했고, 집도 부자이기 때문에 나는 아주 기가 죽어 있었다. 또 녀석의 잘생긴 얼굴도 나를 주눅 들게 했다. 그렇다고 약속을 지키지 않는 것은 사나이다운 태도가 아니라는 생각이 들었다. 나는 공중전화 부스에 가서 주용이 가르쳐준 전화번호를 돌렸다. '뚜우 뚜우' 하고 신호음이 갔다.

"여보세요, 주용이네 집이죠? 저 주용이 친구거든요."

"예, 잠깐만 기다리세요."

꾀꼬리 같은 목소리였다. 이런 목소리를 들어보는 것은 처음이었다.

'누굴까? 아, 주용이 누나구나.'

"여보세요."

"나야 나, 칠복이."

"전화 기다리고 있었어. 언제 올래?"

"조금 있다가 갈게. 그런데 춘길이 데려가면 안 돼?"

"… 그래. 같이 와."

나는 처음부터 춘길이를 데려갈 생각은 없었는데 엉뚱하게도 그렇게 말해버렸다. 그래서 나는 그렇게 주용이네 집에 가보고 싶어 하던 춘길을 데리고 갔다. 주용이가 사는 동방주택에 도착하자 춘길은 이리 두리번거리고 저리 두리번거리느라 정신이 없었다.

"와아, 집이 정말 끝내준다."

주용이네 집 벨을 누르니 들어오라는 소리가 들리고 문이 '찡' 하고 열렸다. 중표도 와 있었다. 방학하고 오랜만에 만나는 친구들이었다. 우리는 반갑게 인사를 나눴다. 현관으로 들어가 신발을 벗고 있는데 할머니가 소파에 앉아 있었다.

"안녕하세요, 할머니."

나는 인사를 하면서 춘길 옆구리를 쿡쿡 찔렀다.

"안녕하세요."

자식은 집 구경을 하느라 여전히 정신이 없었다. 할머니 옆에는 처음 보는 여자 중학생이 앉아 있다가 자리에서 일어섰다.

"주용이 친구들이구나."

전화 목소리의 주인공이었다. 그녀의 모습은 순간적으로 나를 완전히 사로잡아 버렸다. 어떻게 저럴 수가 있단 말인가. 나는 넋을 잃은 채 신발 벗는 것도 잠시 잊고 있었다. 그녀의 모습에 완전히 넋이 나간 내 마음은 마구 울렁거렸다. 이 여자는 내 첫사랑이었다.

"칠복아, 우리 누나야. 인사해."

"으응."

나는 입을 헤벌린 채 고개만 숙여 인사했다. 누나는 미소를 지으면서 나와 춘길에게 답례를 보냈다. 미소 짓는 누나의 얼굴은 더 예뻤다.

"야, 내 방으로 올라가자."

우리는 주용을 따라 2층으로 갔다. 우리는 방학숙제에 대해서 이야기를 나눴다. 주용과 중표는 개학이 얼마 안 남았다면서 숙제를 많이 했느냐고 나와 춘길에게 물었다. 나는 건성으로 고개를 끄덕거렸다. 춘길이 녀석도 숙제를 안 했을 것이 틀림없었다. 나는 춘길이를 잘 안다. 속으로 방학숙제가 걱정되기 시작했는데, 특히 일기 쓰기가 걱정이었다. 하루 치도 안 썼는데 방학 일기를 한꺼번에 써야 할 것을 생각하니 눈앞이 캄캄해졌다.

주용은 책장에서 두꺼운 책을 하나 꺼냈다. 책을 넘기니 그 속에는 우표가 가득 들어 있었다. 자기 취미는 우표수집이라고 했다. 그러더니 우표에 대해 설명하기 시작했다. 주용은 3학년 때부터 우표를 수집했다고 했다. 우표수집에 대해 제대로 눈을 뜨기 전까지는 틈나는 대로 한 장씩 사 모았다고 했다. 그 후 우표를 한 장씩 사는 것보다 전지를 사는 것이 더 좋다는 것을 알게 되어 우표를 파는 가게보다는 우체국에 가서 직접 프리미엄이 붙지 않은 가격에 우표를 샀다고 했다.

주용이는 열심히 우표의 종류와 역사에 대해서도 설명해줬다. 우표의 종류에는 낱장으로 떨어져 있는 한 장짜리 '단편 우표', 한 장도 떼어내지 않은, 여백까지 완전한 상태인 '전지', 그리고 전지 여백에 우표를 발생한 기관의 표시가 있는 2장 또는 4장 블록을 말하는 '명판'이 있다. 우표를 수집하다 보니 우표의 역사에 대해서도 알게 됐는데, 우리나라 최초 우표는 1884년 홍영식 선생에 의해 만들어졌다. 제일 인기가 있는 우표는 대통령 우표였다. 그래서 대통령 취임기념이나 탄신기념(이승만 대통령)우표와 외국의 대통령이 우리나라를 방문했을 때 발행한 우표를 사 모았다고 했다. 매년 12월 1일 발행되는 연하우표, 김홍도나 신윤복의 풍속도에 관한 우표, 과실 시리즈 우표, 각종 기념우표도 있었다. 심지어는 '우표취미기간특별우표'도 발행됐다.

또 우표를 수집했더니 역사나 시사 문제도 더 잘 정리됐다고 말했다. '전국체전이 있다는 것, 외국의 대통령이 온다는 것, 대통령이 취임한다는 것, 무슨 기념일이 있다는 것, 우리나라 악기가 무엇인지, 우리나라 민속예능은 무엇인지 등에 대해 알 수 있다. 이것은 내게 세상 돌아가는 것을 조금이라도 더 잘 이해하게 하는 또 다른 하나의 창문이 됐다. 지금은 모은 우표가 꽤 많이 늘어났다. 우표수집에 취미를 가지면 부지런해진다. 우표가 발행되는 날이면 우체국에 가서 줄을 서서 우표를 구입해야 되기 때문이었다. 또 한꺼번에 왕창 살 수도 없는 노릇이다 보니 시간과 끈기도 필요했다' 등 주용이는 열심히 설명하면서 우리에게도 취미생활로 우표를 수집해보라고 권했다.

그러나 나는 주용의 말을 건성으로 듣고 있었다. 아까 본 얼굴이 자꾸만 아른거려 누나를 한 번 더 보고 싶었다.

"주용아, 사진 좀 보자. 춘길이는 너희 가족사진 안 봤잖아."

나는 전에 본 적이 있었다. 주용이가 '전에 봤는데 또 보니?'라는 말을 할까 봐 춘길이를 끌어들였다. 영문을 모르는 춘길은 내가 자신을 생각해주는 것이 고마운지 나를 보고 씩 웃었다.

주용은 사진에 나온 사람들을 짚어 가며 설명했고 우리는 사진을 구경했다. 나는 누나의 사진을 열심히 보고 또 봤다. 여학생 교복을 입고 찍은 입학사진과 다른 사진들이 눈에 들어왔다. 중학교 1학년이었다. 나하고 두 살 차이였다. 아니, 내가 아홉 살에 학교를 들어갔으니까 한 살 차이였다. '한 살밖에 차이가 안 난다. 한 살.' 나는 속으로 중얼거렸다.

"주용아, 점심 먹어라. 친구들하고 어서 내려 와."

앨범을 보고 있는데 아래층에서 누나가 부르는 소리가 들렸다. 내려갔더니 식탁에 맛있는 음식이 듬뿍 차려져 있었다. 웬 아주머니가 일하고 있었다. 식탁에 넷이서 앉고 누나도 앉았다. 나는 누나를 똑바로 쳐다보고 싶었지만 그게 잘 안됐다. 흘끔흘끔 훔쳐보기만 했다. 훔쳐보다가 들키면 나는 재빨리 고개를 아래로 돌리고 반찬을 찾아 젓가락을 움직였다.

누나는 우리들을 어린아이 대하듯 했다. 우리도 5학년인데 너무하다는 생각이 들었다. 나는 자기하고 나이도 한 살 차이인데. 점심식사를 마친 후 텔레비전을 보고 있는데 벨이 울렸다. 주용이의 아버지와 어머니께서 돌아오신 것이다. 우리는 인사를 드렸다. 주용이와 어머니는 마치 한 틀에서 뺀 붕어빵처럼 닮아 있었다. 주용 어머니는 텔레비전을 너무 많이 보면 안 된다고 주의를 줬다. 그 말에 집에 텔레비전이 없는 나와 춘길은 서운했다.

우리 동네에는 텔레비전이 있는 집이 드물었다. 그래서 만화가게에 가서 10원을 내야만 텔레비전을 시청할 수 있었다. 만화가게 주인 아들은 대단한 위세를 부렸다. 그런데 나는 만화가게 주인 아들과 친해서 공짜로 볼 때도 있었다. 아이들이 수십 명 모이다 보니 줄을 맞춰 앉아야 했고, 뒷줄에 앉은 애들에게도 텔레비전이 보였다. 어쩌다가 어떤 놈이 기침이라도 하면 다른 아이들의 눈총을 받아야 했다.

나는 자주 만화가게 아들을 도와서 아이들이 앉을 자리를 정리하는 것을 거들었다. "야, 줄 좀 맞춰 앉아. 키가 작은 아이는 앞으로 오고, 큰 아이들은 뒤로 가서 앉아. 어서!" 하면서 바람을 잡았다. 어쩌다가 6학년이 "너 죽을래? 이 새끼 어디다 반말하고 그래" 해도 신경 쓰지 않고, 미안한 척하는 표정으로 살짝 웃어넘겼다. 내가 이처럼 자발적으로 바람잡이를 한 것은 오로지 공짜로 텔레비전을 보기 위해서였다.

전에 동철이네 집에서 텔레비전을 본 적도 많았는데 눈치가 보여 오래 앉아 있을 수가 없었다. 동철이는 친해져서 가만히 있었는데 동철이 동생 녀석이 자꾸 눈에 거슬리게 쳐다봤다. 어느 날 한번은 동철이네 집 방문이 열려 있길래 들여다봤다. 마침 김일 선수가 나온 레슬링 경기를 중계 방송하고 있었다. '박치기왕' 김일은 우리들의 우상이었고, '당수의 왕' 천규덕이 그 다음으로 인기가 있었다.

그런데 방에는 동철이가 없었다. 동철이 동생이 혼자 방문을 열어놓고 텔레비전을 보고 있었다. 나는 문지방에 슬쩍 걸터앉아서 텔레비전을 봤다. 나는 "형, 들어와서 봐" 하는 소리를 기다렸었다. 하지만 녀석은 방문을 닫고 보겠다고 하면서 나를 밀어냈다. 하는 수 없이 일어나 동철이네 집 문을 나서는 내 귀에 방 안에서 낄낄대면서 웃어 대는 동철이 동생 녀석의 소리가 들렸다. 한마디로 싸가지 없기로 치면 그 형에 그 동생이었다. 나는 이 일이 있은 직후 어머니에게 우리 집도 텔레비전을 한 대 사자고 졸랐다. 조르면서 대들었고 어머니는 눈물을 흘렸다. 그래서 그 후로는 만화가게에서 텔레비전을 봤다. 그리고 동철이가 자기 집에 가서 텔레비전을 같이 보자고 꼬셔도 못 들은 척했다.

주용이네 집에서 저녁때까지 놀다가 개학 날 다시 만나자며 우리는 헤어졌다. 나와 춘길은 집으로 향하는 길이었다.

"칠복아, 주용이 누나 예쁘지?"

춘길이도 보는 눈은 있었다. 눈은 작든 크던 상관없이 뵈는 것은 똑같은가 보다. 춘길이를 보면 알 수 있다. 춘길이 웃을 때는 눈은 거의 감겨졌고, 평소에도 조금만 떨어져 있으면 눈을 감고 있는지 눈을 뜨고 있는지 헷갈리기 일쑤였다. 그래서 우리 동네 아이들은 춘길이를 '와이샤쓰 단추 구멍'이라고 불렀다. 속으로 주용이 누나를 골똘히 생각하며 걷고 있던 나는 춘길이의 말에 놀라서 걸음을 멈췄다.

'이 자식, 조심해야 될 놈이구나. 나하고 경쟁자 아닌가?'

나는 춘길의 말에 대꾸를 안 하고 얼른 화제를 돌렸다.

"춘길아, 너 방학숙제 좀 했니?"

"조금 밖에 안 했어."

"일기는 좀 썼니?"

"이제 써야 돼."

그래도 다행이었다. 나도 일기를 한 번도 쓰지 않았는데 춘길이도 그렇다는 말을 듣고 동지를 만난 기분이었다. 자식은 무얼 생각하는지

내 말에 귀를 기울이지 않았다. '틀림없어, 주용이 누나를 생각하고 있는 거야'라는 생각이 들었다. 나는 결코 춘길이가 내 라이벌이 될 수 없다고 생각했지만, 녀석을 주용이네 집에 데리고 간 것을 후회했다.

동네 입구에 이르렀다. 오늘도 캐리가 내게로 뛰어와 혀로 내 얼굴과 손등을 핥았다. 동네 공터에서는 영범과 우동, 다른 아이들이 축구시합을 하고 있었다. 우리 동네에서 우동이가 축구를 제일 잘했다.

우동이의 꿈은 축구황제 펠레나 차범근처럼 유명한 선수가 되는 것이었다. 우동이는 키가 작았지만 힘이 세서 공을 잘 질렀다. 축구시합을 시작한 지가 꽤 됐는지 얼마 기다리지 않아 끝났다.

"니네 어디 갔다 오니?"

내가 춘길이와 붙어 다니는 것을 자주 본 영범이었다. 영범은 나를 독점하려는 욕심이 강했다. 그런데 춘길과는 같은 반이다 보니 아무래도 같이 보내는 시간이 많았던 것이다.

"반 친구네."

나는 구구절절이 대답하는 것이 싫어 짧게 대답했다.

"칠복아, 잠깐 이리 와 봐."

영범이 입가에 미소를 머금은 채 나를 부르는 꼴이 무슨 좋은 일이 있는 것 같았다.

"지나가는 아가씨들 종아리를 새총으로 쏘고 도망치지 않을래?"

미니스커트를 입고 다니는 아가씨들을 골려 주자는 말이었다. 여가수 윤복희가 미니스커트를 유행시키고 있었다. 서로 경쟁을 벌이듯 짧은 미니스커트를 입고 다니는 아가씨들을 그냥 쳐다보는 것마저도 아슬아슬했다. 뒤에서 엎드려 고개만 살짝 들면 엉덩이와 속에 입은 팬티가 보일락 말락 하기도 했다.

"야, 인마. 종아리 찢어지면 어떻게 하려고 그래?"

나는 썩 내키지 않았다. 영범은 눈에 힘을 주어 꽤나 진지한 표정을 만들며 내 동의를 받아 내려고 했다. 내가 동의해주면 옆에 있던 우동이나 춘길은 쉽게 합류할 가능성이 있기 때문이었다.

"공책을 찢어서 작게 총알을 만들면 괜찮을 거야. 세게 쏘지 않으면 되잖아."

딴은 맞는 말이라는 생각이 들었다.

"집에 가서 새총 갖고 다시 모이자."

"나는 안 할래."

우리 동네에서 비교적 모범생에 속하던 우동이었다. 녀석은 또 빠지려고 했다.

"넷이서 하니까 걱정하지 마, 잡혀도 같이 혼나잖아. 도망가면 짧은 치마를 입은 아가씨들이 팬티 보일까 봐 어떻게 좇아 오냐?"

나는 우동이를 안심시켰다. 우동이는 항상 이것저것 재보고 판단하는 약이는 놈이었다. 우리는 각자 새총을 가지고 다시 공터에 모였다. 영범은 아예 공책 한 권을 통째로 들고 나왔다. 우리는 공책을 찢어 종이 총알을 만들어 호주머니에 넣었다. 이 동네에서 새총을 쏘면 어른들에게 혼날 염려가 있었다. 그래서 우리는 윗동네로 원정을 갔다. 골목길에서 노는 척하다가 미니스커트를 입은 아가씨가 지나가면 늘씬한 종아리를 향해 동시에 총알을 발사하고 냅다 튀었다. 바로 뒤에서 쏘다 보니 백발백중이었다.

"아얏! 야, 이놈들아!"

우리는 도망치면서 뒤를 돌아다봤다. 아가씨들은 종아리에 총알을 맞는 순간 그 자리에서 그냥 주저앉으며 종아리를 문질렀다. 소기의 목적을 달성한 우리는 깔깔대면서 재빠르게 도망쳤다.

"야, 저기 또 온다. 또 와."

신이 난 우리는 다음 먹이를 찾아 어슬렁거리는 하이에나로 변해가고 있었다.

"야, 저 여자는 그냥 보내자. 좀 슬퍼 보이잖아."

마음 약한 우동이는 또 주저하고 있었다.

"야, 슬퍼 보인다고 봐주니? 그런 게 어디 있어. 저 여자만 쏘고 집에 가자."

마지막이라는 내 말에 주저하던 우동이도 더 우기는 것을 포기했다. 우리가 놀고 있는 척하고 있는 사이 그 아가씨는 우리 옆을 지나갔다. 그 순간 네 발의 총알이 동시에 날아가 명중됐다. 아가씨는 "꺅" 소리를 질렀지만 우리는 흘끗 뒤를 돌아보고 재빨리 도망쳤다.

동네로 돌아와 공터에서 놀고 있을 때였다. 저만치서 좀 슬퍼 보이는 그 아가씨가 절뚝거리면서 오고 있었다. 우리는 잽싸게 골목 안으로 들어가 숨었다. 벽에 몸을 숨긴 채 고개만 삐죽 내밀고 쳐다봤다. 그런데 그 아가씨가 미경이네 집으로 들어가는 것이었다. 미경이네는 우리 집 옆방에 세 들어 살고 있었다. 아마도 미경이네 집에 온 손님인 것 같았다.

"야, 어떡하지? 큰일 났네."

우리는 시무룩해졌다. 내가 제일 걱정이었다. 바로 옆방이라서 마주칠 염려가 있었기 때문이다. 녀석들도 나를 걱정해줬다. 내가 불어버리면 녀석들도 같이 혼날 게 뻔했다. 공터에서 공을 차고 더 놀다가 저녁밥을 먹을 시간이 되어 집으로 들어가지 않을 수 없었다. 집에 들어갔더니 미경이 어머니가 우리 어머니와 수다를 떨고 있었다.

"글쎄, 어린놈들이 미경이 이모 종아리를 새총으로 쏘고 도망쳤대. 종아리에서 피가 나더라고."

"정말 맹랑한 놈들이네. 그놈들 잡아서 요절을 내야 해. 요절을."

맹랑한 놈들 중에 자기 아들이 끼어 있는 줄도 모르고 어머니는 미경 어머니를 부추기고 있었다. 나는 시치미를 뚝 떼고 방 안으로 들어갔다.

"칠복아, 거기 옥도정기 좀 가져와라. 미경이 이모가 미경이네 집에 오다가 나쁜 놈들을 만나서 다쳤단다."

나는 옥도정기를 찾아 내줬다.

"그러지 말고, 미경아, 동생보고 이리 나오라고 해. 내가 볼 줄 알거든. 내가 좀 봐 줄게."

어머니는 주책이었다. 여기로 나오면 나하고 마주칠 텐데 큰일이었다. 나는 얼른 방으로 숨었다. 방 밖에서 어머니와 미경이 어머니가 이

모의 종아리에 옥도정기를 바르는 모양이었다.

"칠복아, 이리 좀 나와 봐라. 빨리."

순간 나는 하도 놀라 하마터면 숨이 넘어갈 지경이었다.

'천사님 나를 구해 주세요.'

"윗동네 아이들 소행인 게 틀림없어. 우리 칠복이한테 짚이는 놈이 있는지 물어볼게. 야! 빨리 안 나오고 왜 그리 꾸물거려!"

나는 도살장에 끌려가는 소의 심정을 이해할 수 있었다. 정말 미칠 노릇이었다. 어쩔 도리가 없이 방문을 열고 살그머니 기어나갔다.

"칠복아, 너 윗동네 아이들 알지? 그놈들이 미경 이모를 이 지경으로 만들었단다. 글쎄."

"언니, 재도 거기 있었어. 틀림없어. 저 반바지 색깔이 기억나거든."

"그래?"

미경이 어머니는 나를 쳐다봤다. 나는 똥 씹은 표정이 됐다. 미경이 이모는 마음이 좁았다. 젊은 여자가 마음을 넓게 써야지, 그리 좁아 가지고 어디에 쓰려는지, 그냥 넘어가면 다음부터는 안 그럴 텐데, 나는 홀랑 일러바치는 미경 이모를 속으로 원망했다.

어머니 얼굴이 순식간에 벌겋게 변했다.

"야, 너 바른대로 말해! 어서!"

어머니는 나를 두들겨 패려는지 빗자루를 찾아 들었다. 나는 할 말이 없었다.

"누구하고 그랬어? 어서 말 안 해!"

빗자루가 내 등 위로 떨어졌다. 성질이 급했던 어머니는 계속 후려졌다. 매일 몸이 아프다고 엄살을 부리면서도 나를 때릴 때는 힘이 넘쳤다. 어머니가 나를 두들기고 있는데 마침 장사를 나갔던 아버지가 들어왔다.

"또 왜 그래?"

"아니, 글쎄 이 자식이 미경 이모 종아리를 새총으로 쏘고 도망쳤대요."

어머니는 아버지에게 일러바치면서 나를 혼내주라는 말까지 덧붙였다. 미경 어머니와 이모는 옆에 있기가 민망했던지 자기네 방으로 들어갔다.

"야, 이 자식이 너 죽으려고 환장했구나. 요새 신문 돌리러 다니면서 큰 아이들한테 못된 짓만 배우는구나. 당장 집어 치워!"

아버지는 몽둥이를 찾는 듯 두리번거렸다. 재작년의 각목 사건이 떠올랐다. 또 나를 죽을 만큼 두들겨 팰 모양이었다. 나는 고스란히 당하고 싶지 않았다. 내가 잘못을 한 것을 알고 있고 어머니한테 그만큼 맞았는데 왜 자꾸 더 때리려고만 하는지 나는 화도 나고 이해가 되지 않았다. 아버지가 몽둥이를 찾고 있는 사이 나는 부엌문을 열고 밖으로 달렸다. 아버지는 "게 안 서!" 하면서 쫓아왔다. 아버지는 신문을 돌리면서 단련된 나를 조금 쫓아오다가 숨이 찼는지 포기하고 돌아갔다. 저녁밥도 못 먹고 밖에 나왔지만 갈 데가 없었다.

'들어가서 잘못했다고 빌자' 하고 생각했다가도 각목이 겁이 나서 들어가는 것이 망설여졌다. 하는 수 없이 영범이네 집으로 갔다.

"영범아, 영범아."

"웬일이니?"

"야, 아까 그 여자 미경이 이모래. 나 지금 집에서 도망쳐 나왔어. 엄마한테 빗자루로 맞고, 아버지가 나를 죽일 것 같아."

나는 윗옷을 벗고 영범에게 봐 달라고 했다.

"야, 시퍼렇게 멍들었어."

"아까 처음에 하지 말자고 했잖아. 네가 자꾸 우겨서 할 수 없이 했는데, 이제 어떡하지?"

맞은 자리가 쓰라려 억울했던 나는 영범이 탓을 했다. 영범이도 미안했는지 아무 말 없이 시무룩한 표정으로 앉아 있었다.

"나 오늘 여기서 자면 안 되냐?"

영범이는 자기 아버지가 나를 나쁜 아이로 생각하고 있어서 안 될 거라고 말했다. 나나 영범이나 막돼먹기는 도토리 키 재기요, 거기서 거긴데 나만 나쁜 놈으로 생각하는 영범이 아버지도 문제가 있는 어른이었다. 나는 할 수 없이 보급소로 향했다.

보급소에는 거기서 먹고 자며 신문 배달을 하는 형들이 있었다. 나는 집에 손님이 와서 한방에서 모두 잘 수 없기 때문에 보급소에서 자려고 왔다고 둘러댔다. 아무도 나를 의심하지 않았다.

이튿날, 새벽에 신문을 돌리고 집으로 가지 않을 수 없었다. 어찌할 도리가 없었다. 어머니만은 어찌 해볼 수 있을 것 같았다. 눈물을 흘리면서 동정을 구하면 어머니도 여자인지라 쉽게 넘어갈 성싶었다. 아버지는 새벽에 장사를 나갔기 때문에 다행히 집에 없을 터였다. 집에 갔더니 어머니는 엉엉 소리 내어 울었다. 내가 신문을 돌리고 나서 더 나뻔 짓만 하는 것 같다고도 했다. 밤에 잠을 못 잤는지 눈이 퉁퉁 부어 있었다. 나는 보급소에서 자고 신문을 돌리고 오는 길이라는 말을 했다. 어머니는 더 이상 나를 나무라거나 때리지 않았다.

"네가 나쁜 짓을 하니까 때리지, 착한 일을 해봐라. 내가 너를 왜 때리겠니? 이놈아, 전에 아버지가 너 때리는 것을 보고 얼마나 내 마음이 아팠는지 아니? 이놈아, 우리가 누구를 믿고 누구를 의지하고 살겠니? 응? 이놈아, 네 누이동생들이 죽었을 때 아버지는 연탄가스 마시고 죽자고 했었다. 그런데 네가 죽지 말자고 해서 살고 있는데… 너는 허구한 날 말썽만 피우고 다니니."

어머니는 코를 핑핑 풀면서 엉엉 소리 내어 울었다. 옆방에서 미경 어머니가 뛰어 나와 우는 어머니를 위로했다.

"그놈의 계집애가 괜히 말을 해 가지고."

미경 어머니는 이모를 탓하는 척했다.

"칠복아, 다음부터는 그러지 마라. 응?"

인심이 좋은 만큼 몸집도 넉넉하고 뚱뚱했던 미경 어머니는 내 등을 토닥거렸다. 나는 어머니가 불쌍하다는 생각이 들었다.

동정은 싫어요

미경 이모 종아리 사건은 나의 외박으로 인해 조용히 종결됐다. 내가 집을 영영 나갈지도 모른다고 생각한 어머니와 아버지는 더 이상 나를 나무라지 않았다. 개학이 코앞에 다가왔다. 공부를 잘하는 동철이를 꼬드겨 방학숙제를 빌렸다. 부지런히 빈칸에 답을 써 넣었다.

일기를 매일 쓰지 않은 것은 후회됐다. 방학이 아닐 때도 일주일 치를 한꺼번에 몰아 쓰곤 했는데, 한 달 치가 넘는 일기를 한꺼번에 쓰려니 죽을 맛이었다.

그래서 전에 썼던 내용을 그대로 베끼기로 했다. 그 내용은 뻔한 것이었다. 신문 돌리는 이야기, 수금하러 간 이야기, 싸움한 이야기, 영화 본 이야기, 만화가게 가서 텔레비전 본 이야기, 친구들과 축구한 이야기, 어머니 심부름한 이야기 따위였다.

일기 쓰기를 강요하는 선생님이 한심하다는 생각이 들었다. 이런 식으로 일기를 쓰게 해서 자기에게 돌아가는 것이 뭐가 있다고 그러는지 모르겠다는 생각도 들었다. 뺑뺑이 돌리기가 무서웠기 때문에 선생님을 원망하면서 간신히 숙제를 마칠 수 있었다.

2학기가 시작됐다. 그러던 어느 날 수업 시간이었다.

"너희들이 한 방학숙제를 전부 검사했다. 아주 성의 있게 한 놈들도 있었고, 엉망으로 한 놈들도 있었다. 내가 왜 너희에게 일기 쓰기를 시키는지 아나? 일기 쓰기를 통해 하루하루를 반성하는 삶이 얼마나 좋나? 또 여러분들의 문장력도 많이 향상될 것이다. 지금은 힘들지만 나중에 내게 고마워해야 할 것이다."

선생님의 말은 언제나 청산유수 그 자체였다. 말할 때는 조금도 막힘이 없었다.

"그런데 내가 한 놈의 일기장을 보았는데, 이놈 일기장이 특이했다. 이칠복, 일어서 봐라."

나를 지목한 선생님이 특이한 놈이라고 말해서 나는 놀란 새가슴을 한 채 서서히 일어섰다. 선생님은 교탁으로 가더니 내가 제출한 일기장을 가져와 흔들어 보이고는 1분단부터 돌려 보라고 명령을 내렸다.

"칠복이는 절약정신이 강하다. 광고지를 묶어서 쓰는 검소한 정신을 본받도록 해라. 모두 칠복이에게 박수를 쳐주자."

얼떨결에 칭찬을 받은 나는 얼굴이 빨개졌다. 태어나서 처음 받아보는 칭찬이었다. 그것도 많은 아이들 앞에서 박수까지 받다니.

내 일기장은 반 아이들의 일기장하고는 달랐다. 나는 신문 사이에 끼워 넣는 광고지 중 뒷면이 백지인 것들을 골라 묶어서 사용했다. 그러나 이것은 선생님 말씀대로 내가 절약정신이 남달라서가 절대 아니었다. 보급소에 있는 형들을 따라했을 따름이었다. 그 사실을 모르는 선생님이 나를 급우들 앞에 세워 놓고 칭찬한 것이었다. 나는 선생님이 갑자기 좋아졌다. 원래 나는 반 아이들 중 내 친한 동지들만 골라 무자비하게 빵빵이를 돌리는 선생님을 싫어했었다.

점심시간에 주용이 내게로 왔다. 주용이는 내가 선생님에게 칭찬받은 것이 기특한 모양이었다.

"칠복아, 너 대단하다. 어떻게 그런 생각을 다 했니?"

"아니야, 그냥 한 거야."

보급소의 형들을 따라했다고 말하려다가 생각을 바꿨다. 기왕이면 내가 스스로 한 것인 양 보이는 것이 더 나을 것 같다는 생각이 들어서였다.

"주용아, 너 우표 무진장 많더라. 내게 좀 주면 안 되니? 나도 수집하게."

나도 주용이처럼 우표를 수집할 생각이었다. 그래야 주용이네 집에 한 번이라도 더 갈 기회가 생길 것이다. 그러면 누나를 한 번 더 볼 수 있으리라.

"주는 거 아니야. 네가 수집하면 돼. 내가 전에 쓰던 우표수집 책이 있는데 그걸 줄 수는 있어. 네가 한 장씩 사 모으는 게 중요해."

주용이는 오랫동안 정성스럽게 모은 우표를 나눠 주는 게 아까운 모양이었다. 녀석이 구두쇠라는 생각이 들었다. 그렇게 많이 갖고 있는 것을 좀 나눠 주면 안 되나 생각하니 서운한 마음도 들었다.

"그래, 그럼 우표수집 책만 줘. 언제 너희 집에 가면 돼?"

"내일 학교로 가지고 올게."

"내가 너희 집에 갈게. 그래야 우표에 대해 자세한 설명을 들을 수 있잖아."

내 말이 맞다고 여겼는지 주용은 그렇게 하자고 했다. 이렇게 해서 나는 누나를 또 볼 수 있는 기회를 만들었다. 얼굴 본 지가 꽤 오래되다 보니 생생하게 떠오르지 않았다.

나는 커서 주용이 누나와 결혼할 것이다. 그러려면 돈을 많이 벌어야 한다. 돈을 많이 벌어야 주용이네처럼 좋은 집에서 살 수 있다. 주용이네가 갖고 있는 것과 같은 검은색 자가용도 살 것이다. 결혼하면 아이들을 많이 낳아서 주희 누나와 행복하게 살리라.

일기장에 대해 칭찬한 후로 나를 향한 선생님의 눈빛은 전과는 달리 따뜻했다.

"이칠복, 앞으로 나와."

책상에 앉아서 무언가를 열심히 쓰고 있던 선생님이 나를 불렀다. 선생님은 뭔가 잔뜩 적혀 있고 1반부터 14반까지 표시를 한 쪽지를 내게 줬다.

"이 쪽지 가지고 다른 반을 돌면서 선생님들의 확인을 받아 와."

'우아.' 해방이었다. 수업을 받지 않고 땡땡이를 칠 수 있다니. 담임은 주임 선생님이라서 다른 선생님들에게 전달사항이 많았다. 나는 모든 반을 돌면서 시간을 최대한 끌었다. 그러다 보니 다른 반 선생님들에게 내 얼굴을 알리게 됐다.

어떤 여선생님은 내게 "네가 너희 반 심부름 부장이니?" 하고 묻기도 했다. 나는 그저 그 여선생님을 쳐다볼 뿐이었다. 나를 우리 반의 부장으로 생각하다니 기가 막힌 일이었다. 더군다나 심부름 부장이 있는 반이 어디 있는지 알다가도 모를 일이었다.

내가 신문을 돌리는 구역에는 정말 대궐같이 큰 집이 하나 있었다. 그 집 정원은 대단히 넓었다. 나는 이렇게 큰 집을 처음 봤다. 크기로 치면 주용이네 집보다도 컸다. 대문은 항상 열려 있었다. 대문 한가운데로는 찻길이 나 있었고, 양옆으로는 과일나무가 심어져 있었다. 대문에서 현관까지 가려면 좀 걸어야 했다. 나는 걸으면서 옆에 열려 있는 사과를 따 먹기도 했다. 아무도 보는 사람도 없어서 마음 편하게 따먹었다. 꿀맛이었다.

여느 때처럼 방과 후 보급소에 들러 가방을 던져 놓고 신 총무와 함께 신문 대금을 받으러 나간 날이었다. 여러 집들을 거쳐 그 대궐 같은 집에 이르렀다.

"총무님, 이 집은 정말 커요."

"이 집주인은 국회의원을 하던 분이야."

"국회의원이 뭐예요?"

"정치인인데 매우 높은 사람이야. 국회의원은 권력도 막강해."

그날 신문 대금을 받는 것은 허탕을 쳤다. 아주머니가 나중에 다시 오라고 말했다.

"총무님, 이 집은 이상해요. 신문 대금을 한 번에 준 적이 없어요. 꼭 여러 번 오게 만들어요. 이런 부잣집에서 450원이 없다니 정말 이해가 안돼요."

나는 입에 거품을 물고 그 집에 대한 욕을 해댔다.

"주인이 없고 일하는 아주머니만 있는데, 신문 값을 안 받아 놔서 그럴 거야."

"그래도 좀 심해요."

신 총무와 내가 대문으로 되돌아 나오는 중이었다. 사과가 풍성하게 열려 있는 사과나무에 눈길이 갔다. 나는 붉은 사과의 부드럽고 단단한 살을 깨물고 싶은 욕망으로 이 뿌리가 근질거리는 것을 참을 수 없었다.

"총무님, 잠깐만요."

나는 재빨리 사과를 하나 따서 신 총무에게 먼저 줬다.

"야, 인마! 보는 사람이 없다고 해서 남이 애써 기른 사과를 함부로 따면 안 돼."

그러는 신 총무는 내 행동을 나무라기보다는 자신이 손수 나서기 곤란한 일을 대신 해줘서 고맙다는 표정이었다. 나도 하나를 따서 한입 아삭 베어 물고 사근사근 씹기 시작했다. 상큼한 신맛이었다. 우리는 연달아 몇 개의 사과를 더 따 먹었다.

며칠 후 아주머니가 다시 오라고 한 날이었다. 대문을 지나 그 집 현관으로 향하고 있는데 중학생으로 보이는 아이들 몇이 잔디밭에서 축구공 놀이를 하고 있었다. 나는 그 모습을 구경하면서 현관 계단을 올라갔다.

"야, 너 어디가?"

공놀이를 멈추더니 중학생 한 명이 나를 보고 소리를 질렀다. 중학생이었지만 키가 나보다 그리 크지 않았다.

"신문 대금 받으러 왔는데요."

내 볼일 있어서 왔는데 네가 뭔데 참견이냐는 투로 무뚝뚝하게 말했다.

"응, 그래. 좀 기다려봐. 엄마, 엄마, 웬 꼬마가 신문 값 받으러 왔어요."

'자식, 꼬마라니 자기가 중학생이면 중학생이지.'

나는 꼬마가 아니라고 중학생에게 말하려다 참았다. 그리고 중학생 자식이 꼬마라고 하는 바람에 내 기분은 잡쳐버렸다.

"그래, 나간다. 좀 기다리라고 해"

"야, 꼬마야. 좀 기다리래."

'어라, 저걸 그냥! 또 꼬마래.'

이 집에서 일하는 아주머니의 아들인 것 같았다. 나는 평소 아주머니에게 호감이 가지 않았다. 일꾼인 주제에 주인처럼 행세했고, 신문 대금도 항상 제 날짜에 주지 않았기 때문이다. 그런데 그녀의 아들도 나를 꼬마라고 부르는 바람에 이들에 대한 내 감정이 더 나빠졌다.

중학생들은 축구공 놀이를 하다가 아주머니가 나오자 공놀이를 멈추고 현관으로 몰려들었다. 중학생들은 나를 둘러싸고 호기심 가득한 눈으로 쳐다보며 저희들끼리 수군대면서 킬킬대기도 했다. 자식들은 내가 하고 있는 꼴이 뭔가 우스웠던 모양이었다. 나는 입이 삐죽 나온 채 기다렸다.

"옜다, 여기 있다."

500원짜리 종이돈을 내줬다.

"여기 영수증과 잔돈이요."

그 순간 옆에 있던 아들 녀석이 끼어들었다.

"엄마, 거스름돈 받지 마. 쟤는 불쌍한 신문팔이잖아. 고아일지도 모르고…."

그러더니 대뜸 내게 "야, 너 고아 맞지?" 하는 것이었다.

"그래, 네 말이 맞구나."

아주머니는 거스름 돈 50원을 그냥 넣어 두라고 했다. 순간 내 속에서 그 중학생 녀석에게 불같은 분노의 감정이 일었다.

"놔두세요! 동정 받기 싫단 말이에요! 저는 신문팔이가 아니라 신문배달이에요. 고아도 아니고요!"

나는 신경질을 부리며 악을 쓰듯 말했다. 아주머니는 황당하다는 듯한 표정을 지었다. 내가 너무나 당돌하게 소리쳤기 때문인 것 같았다.

"여기 있어요!"

아주머니는 계면쩍어했고, 그 옆에 있던 다른 중학생 녀석들은 피식피식 웃고 있었다. 이 웃음이 나를 더 기분 나쁘게 만들었다. 영수증과 거스름돈을 바닥에 내던지고 재빨리 등을 돌려 대문으로 향했다. 글썽이는 눈물이 보일까 봐 도망치듯 뛰어갔다. 눈물이 나오려고 했지만 나는 꾹 참았다. 지금 울면 지게 된다는 생각이 들었다.

"새끼, 지들이 중학생이면 중학생이지. 뭘 잘났다고 까불어. 내 주먹 한 방이면 날아갈 새끼들이."

혼자 중얼거리면서 걸었다.

'지나 나나 별 차이도 없는데, 제 엄마도 식모인 주제에 까불어. 나는 내가 학비도 벌고 생활비도 벌고 있는데, 나 보고 신문팔이 고아라니.'

나는 평상심을 완전히 잃고 말았다. 머릿속이 어수선해지고 어지러워지면서 아버지에 대한 분노로 내 마음이 끓어올랐다. 나는 울지 않으려고 사나워졌다. 대문을 향하면서 길가에 열려 있는 사과나무에게 애꿎은 화풀이를 했다. 돌을 주워 사과 밭으로 던졌다. 사과 떨어지는 소리가 들렸다.

'아버지가 돈만 많이 벌면 신문 배달을 하지 않아도 되는데, 그럼 이렇게 무시당하지는 않을 텐데.'

나는 죽은 숙이에게 도움을 빌었다. 아버지가 돈을 많이 벌게 해달라고. 그때까지도 숙이가 하늘나라에 가서 천사가 되었을지 모른다고 믿고 있었기 때문이다. 보급소로 돌아가면서 내 신세를 생각하니 눈물이 나도록 불쌍하고 처량했다.

우울한 하루

어머니는 늘 새벽 4시 이전에 일어나 아버지와 내가 먹고 나갈 라면을 끓였다. 어머니가 좀 늦게 일어났다며 허둥대면 나는 짜증을 냈다. 어머니가 서둘러 밥상을 들여와야 나는 마음이 놓였다. 30촉의 침침한 전등이 비추는 단칸방에서 아버지와 함께 라면을 먹고 나는 보급소로 향했다.

보급소를 출발해서 내 구역까지 가려면 신문을 몽땅 들고 가야 했다. 약 30분쯤 걸렸는데 신문 부수가 많아서 너무 무거웠다. 하는 수 없이 새끼줄로 어깨를 대각선으로 가로지른 다음 신문을 허리춤에 묶고 낑낑거리며 천천히 걸어가야 했다. 구역에 도착해서는 신문을 한 독자의 집 문 앞에 내려놓고 몇 부만 들고 근처에 다 돌리고 다시 신문을 놓아둔 곳으로 돌아오곤 했다. 또 신문을 들고 이동한 후 다시 몇 집 넣고 하다 보면 어렵지 않게 들고 다닐 수 있을 만큼 신문 부수가 줄어들었다.

신문을 돌리고 있는데 빗방울이 점점 굵어졌다. 날씨가 흐렸기 때문에 미리 우산을 챙겨 가지고 나왔어야 했는데 걱정이었다. 정말 재수가 없는 날이었다. 비가 더 많이 내리기 전에 신문을 다 돌려야 한다는 생각이 들었다. 있는 힘을 다해 뛰었지만 갑자기 장대비가 퍼붓기 시작했다. 소나기는 우선 피하고 봐야 했다. 저 비를 어떻게 다 맞는단 말인가? 나는 어느 집 대문 앞에 우두커니 서서 초조한 마음으로 비가 멎기를 기다렸다. 하지만 비는 그칠 줄 모르고 계속 퍼부어 댔다.

'언제 신문을 다 돌리고 학교에 간단 말인가? 그래, 학교 하루 가지 말지 뭐. 안 돼! 가야 돼.'

담임 선생님이 나를 인정해주기 때문에 학교를 빼먹는 것이 마음에 걸렸다.

'신문 돌리는 것을 멈추고 빨리 집에 갔다가 학교에 가자. 독자 집에서 신문이 안 들어왔다고 배달 사고 신고를 하면 넣었다고 우기면 되잖아. 아니야, 그래도 신문을 넣어야 돼. 보급소에서 알면 난리가 날 거야.'

이러지도 저러지도 못한 채 내 마음은 갈팡질팡했다. 한참이 지나자 장대비가 잦아들며 부슬비로 바뀌었다.

나는 신문을 품에 넣을까 생각도 했지만 남은 신문이 너무나 많아서 그럴 수도 없었다. 할 수 없이 윗도리를 벗어 신문을 감쌌다. 러닝만 입은 채 비를 맞아서 몸이 으스스 떨려 왔다. 독자 집 대문 앞으로 달려가 신문을 잘 접어 대문 한쪽 벽으로 끼워 넣었다. 다른 때는 마당이나 현관으로 집어 던지면 그만이었는데, 비가 내리면 이것이 어려웠다. 잠시 숨을 고르고 다른 독자 집 대문 앞으로 달려갔다. 그렇게 여러 번을 반복하고 나서야 마침내 신문을 다 넣을 수 있었다.

비가 내리고 바람이 부는 날은 지옥이 따로 없었다. 전에 우산을 쓰고 신문을 돌리다가 바람이 세게 불어 비닐 우산이 뒤집어지는 바람에 무진장 고생했었다. 한 손으로 우산을 들고 다른 손으로 신문을 들고 나면 어느 손으로 신문을 넣어야 할지 막막했다. 그래서 우산을 땅바닥에 던져 놓고 우산을 들었던 손으로 신문을 끼워 넣어야 했다. 그러다가 우산이 바람에 날아가서 그 우산을 잡기 위해 뛰어가다가 넘어져 무릎이 까진 적도 있었다. 그때 나는 또 아버지를 원망했었다. 돈을 많이 벌지 못하는 아버지를. 사람 손을 세 개로 만들지 않고 두 개로 만든 하나님도 원망했다.

여전히 비는 그칠 줄 몰랐다. 내 자그마한 몸은 물에 빠진 생쥐 꼴이 됐다. 머리에서는 빗물이 흘러내렸다. 이빨이 마구 떨리고 몸이 으스스해 신문을 쌌던 윗옷을 고여 있는 빗물에 빨아 다시 입었다.

나는 신문을 접어 모자를 만들었다. 신문으로 만든 모자를 뒤집어쓰고 집으로 돌아가고 있는데 독자 집 아저씨가 가게 문을 열고 물건을 내놓고 있는 것이 보였다.

"아저씨, 안녕하세요."

나는 신문을 돌리고부터는 인사를 잘했다. 어른들은 인사를 하면 좋아했다. 나는 신문을 돌리고부터 어른들이 어떻게 하면 나를 좋아하는지, 어떻게 하면 어른들하고 금방 친해지는지도 조금은 알게 됐다.

"오, 칠복이로구나. 비가 오는데… 이리 와라. 우산 하나 줄게."

고마운 아저씨였다. 아저씨는 전에 내게 라면땅을 공짜로 준 적도 있었다. 아저씨는 내게 파란 비닐 우산을 하나 주면서 가져가라고 했다.

"야, 이놈아. 너 감기 들겠다. 잠깐 기다려 봐."

아저씨의 말투에는 훈훈한 정이 묻어 있었다. 방으로 들어가더니 헌 옷을 하나 가지고 나왔다. 아줌마도 따라 나왔다. 자기 아들이 입던 옷이라고 하면서 빨리 갈라 입으라고 했다.

내 가슴에 '지지직' 하고 전기가 이는 듯했다.

눈물이 나도록 고마운 아저씨였다. 나는 고맙다는 인사를 하고 학교에 늦지 않기 위해서 서둘러 집으로 돌아왔다. 아침밥을 먹을 시간이 없었다. 대충 책가방을 챙겨서 학교에 갔다.

새벽에 비를 맞아서 그런지 몸이 떨리고 기침을 많이 했다. 수업 시간에 자꾸 기침이 나와 반 아이들과 선생님에게 미안했다. 손으로 입을 가리고 기침을 한 후 고개를 돌리다가 주용이와 눈과 마주쳤다. 주용이는 걱정스러운 표정으로 나를 보고 있었다. 머리에서 열이 너무 나고 몸이 떨려서 도저히 그냥 앉아 있을 수가 없었다. 마침 쉬는 시간을 알리는 종소리가 났다.

"선생님, 저 조퇴 좀 해야겠는데요. 몸이 너무 춥고 어지러워요."

"안 돼. 죽더라도 학교에서 죽으라고 그랬지. 조퇴를 하기 시작하면 습관이 된단 말이야. 양호실에 가서 누워 있어!"

정말 인정머리 없는 선생님이었다.

양호실에 가서 혼자 누워 있는데 눈물이 흘러내렸다. 왜 그런지 모르겠다. 그냥 슬퍼졌다. 나도 어머니와 아버지에게 많은 사랑을 받고 싶다는 생각도 들었다. 또 주용이처럼 부잣집에서 살았으면 얼마나 좋을까 하는 생각을 하다가 잠이 들었다.

독자 집에 수금을 하러 나갔다. 신문을 그만 넣으라고 한 집이었다. 그래서 신 총무에게 그 말을 전했더니 그냥 넣으라고 했다. 보급소에서는 신문을 구독하지 않겠다는 독자 집에 신문을 강제도 투입하라고 했다. 이것을 배달 소년들은 '강투'라고 불렀다. 이런 집들의 수금은 총무들이 해결하겠다고 했다. 그렇지만 막상 수금이 시작되면 배달 소년들에게 미루는 경우가 대부분이었다. 강제로 신문을 받아 본 독자들로부터 신문 대금을 받기 위해서는 통사정을 해야 했다.

내가 '강투'를 하고 수금해야 했던 집 아저씨는 성격이 몹시 사나웠다. 신문 대금을 달라고 했더니 "신문 넣지 말라고 했잖아" 하고 윽박지르면서 절대 못 주겠다고 했다. 그 사나운 인상에 질려버려서 신문 대금을 받기 위해 다시 들를 용기가 없었다. 하지만 보급소에서는 왜 못 받아 오느냐고 나를 닦달했다. 양쪽 모두 문제가 있는 사람들이었다. 넣지 말라는데 넣으라고 하는 놈이나, 넣지 말라고 했지만 신문을 받아 보고 대금을 주지 않는 놈이나 피장파장, 그놈이 그놈이었다.

그 집은 5개월째 신문 대금이 밀려 있었다. 나는 보급소의 계속되는 닦달을 못 이겨 난폭한 아저씨네 집에 대금을 받기 위해 들르지 않을 수 없었다. 주인아저씨 바짓가랑이라도 붙잡고 늘어져야 할 판이었다.

그런데 그 집주인은 정말 나쁜 사람이었다. 나이만 먹었지 제대로 된 어른이 아니었다. 한마디로 나잇값을 못하고 있었다. 대문은 열어놓고 개를 묶어 놓지 않았다. 주인을 닮아서 개도 몹시 사나웠다. 컹컹 짖어 대더니 나를 향해 달려왔다. 도망을 가면 달려들까 봐 이리저리 피하기만 했다. 개새끼는 내 반바지를 물어 찢고 종아리를 물었다. "사람 살려" 하고 소리를 질러 댔지만 집 안에서 아무도 나오지 않았다. 나를 물었던 개는 저만큼 떨어져서 내가 꽁무니를 보이면 다시 덤벼들 기세로 이빨을 내놓고 으르렁거렸다. 나는 오도 가도 못하고 그 자리에 그만 얼어붙었다. 그러기를 한참만에 주인이 집으로 돌아왔다. 손에 들린 것을 보니 가게에 다녀오는 모양이었다.

"아저씨, 개가 저를 물었어요. 여기 좀 보세요."

"야, 인마. 그러니까 신문 넣지 말라고 그랬잖아. 내가 너 물라고 시켰니? 네가 조심했어야지. 저기 '개조심'이라고 써서 붙였잖아."

주인에게 더 이상 대들며 따져 봐야 소용이 없을 것 같았다. 나는 수금을 포기하고 다리를 절뚝거리면서 보급소로 돌아갔다. 보급소 형들이 나를 보고 우르르 몰려들었다. 내가 겪은 일을 전부 말했다.

"개새끼, 그 개새끼를 우리가 죽여 버리자. 주인도 치사한 새끼 아니야. 야, 칠복이가 무슨 죄가 있니?"

한 형이 흥분해서 소리를 질렀다.

"복수하자. 복수해야 돼. 이대로 넘어갈 수 없어. 지금 쳐들어가자."

다른 형도 길길이 날뛰고 있었다.

"안 돼, 그러면 안 돼. 내게 좋은 방법이 있어. 새벽에 돌을 그 집으로 던져 현관 유리를 박살 내고 도망치면 돼. 월요일에 신문이 안 나오니까 그날 하면 돼."

또 다른 형의 말에 그게 좋겠다고 다른 형들도 동의했다. 형들은 내 종아리에 옥도정기를 바르고 약국에 가서 붕대를 사다가 묶어줬다.

나는 눈꺼풀을 마구 비집으며 새어 나오려는 눈물을 억지로 참았다. 돈을 많이 벌기 위해서 무슨 일이 있더라도 울어서는 안 된다고 결심했기 때문이다.

누군가가 나를 깨우고 있었다. 양호 선생님이었다. 수업을 마치는 종이 울렸으니 교실로 돌아가라는 것이었다. 나는 두려워서 신문 대금을 받으러 갈까 말까를 망설이고 있는 독자 집 개에게 물리는 꿈을 꾼 것이었다. 내 마음속에 자리 잡고 있던 걱정이 꿈으로 나타난 것이었다. 그 꿈이 내 앞날을 예고해주는 것 같아 기분이 개운치 않았다.

교실로 가고 있는데 주용이와 반장이 오고 있었다. 선생님이 교무실로 오라고 했다는 말을 전했다. 나는 교무실로 향했다.

"많이 좋아졌나? 어디 이마 좀 만져보자. 흠, 열이 좀 있구나. 집에 가서 푹 쉬면 금방 나을 거야."

나는 눈물이 나려고 했다. 그 무서운 선생님이 내게 호의를 베풀고 있었기 때문이다. 학교에서 이렇게 따뜻한 대접을 받아 보기는 처음 있는 일이었다.

"요새 새벽에 신문 돌리고 오후에 수금하느라고 힘들지?"

"예?"

내가 쓴 일기를 보시고 하는 소리였다. 나는 일기에 그 내용을 썼지만 선생님이 그것까지 기억하고 있으리라고는 예상하지 못했었다.

"젊었을 때 고생은 사서도 한다고 내가 그랬지. 너는 지금 그것을 실천하고 있는 거야. 고생을 하면서 자립심도 기를 수 있고, 책임감도 기를 수 있을 거야. 지금은 아직 나이가 어려서 잘 모르겠지만 선생님처럼 나이를 먹게 되면 그것을 알게 될 거야. 힘들더라도 이겨 내야 한다. 알았나?"

나는 선생님이 나를 인정해준다는 생각이 들었다. 어머니가 학교에 한 번 오지 않았지만, 또 내가 공부를 잘하지도 못했지만, 선생님은 나를 이해하고 격려해줬다.

몸이 좋지 않아 수금을 나갈 수 없다고 보급소에 들러 말하고 집으로 돌아가다가 동네 공터 입구에 이르렀다. 같이 놀자고 하는 친구들을 뿌리치고 집으로 들어갔다. 어머니는 나를 쳐다보더니 어디가 아프냐고 물었지만 나는 아무렇지 않다고 대답했다.

"칠복아, 고깃국 얻어 왔어. 고깃국 줄게. 잠시 기다려라. 나도 한 그릇 먹었는데 맛있더라."

나는 고깃국을 보면 눈이 뒤집혔다. 다른 집은 가끔 고깃국을 끓여 먹었는데 우리 집은 그렇지 못했다. 아버지 때문이었다. 아버지는 발이 네 개인 짐승의 고기를 절대 입에 대지 않고 닭고기나 생선만 먹었다. 생선도 갈치만 먹었다. 닭고기도 멀겋게 끓인 백숙만 먹었다. 나는 닭고기를 싫어했다. 아버지가 싫다 보니 닭고기도 싫었던 것이다. 다른 고기가 먹고 싶었다. 전에 한번 주용이네 집에서 쇠고깃국을 먹어 봤는데 훨씬 더 맛있었다.

어머니는 곧 밥상을 차려 방으로 들였다. 처음 먹어보는 고깃국이 매우 맛이 좋았다. 따뜻하게 데운 고깃국을 절반쯤 먹고 있을 때였다.

"엄마, 캐리 못 봤어요? 들어올 때 안 보이던데, 어디 갔지?"

어머니는 내 말을 못 들은 것 같았다. 아니 못 들은 체 딴전을 피우는 듯해 보였다.

"엄마, 캐리 못 봤냐고요?"

"캐리 팔았어."

"예? 내 것인데 누구 마음대로 팔아요!"

"그게 왜 네 것이니? 내가 얻어 왔는데."

마치 어머니는 자기 것이니 당연하다는 투였다. 그러나 내게는 말이 안 되는 소리였다. 들판의 곡식이 씨를 뿌린 놈의 것이냐, 아니면 기른 놈의 것이냐를 가리는 문제였다. 나는 그 문제를 원리원칙에 따라 정확하게 판가름할 만큼 나이가 들지 않았지만 씨를 뿌린 놈이 아니라 기른 놈의 것이라고 확신했다. 화가 머리끝까지 났다.

"누구에게 팔았어요? 내가 번 돈으로 캐리를 다시 사올 거야. 누구한테 팔았냐고요!"

나는 소리를 고래고래 질러 댔다.

"야, 이놈 봐라. 캐리가 더 중요해, 이 애미가 더 중요해?"

사실 그때 내게는 어머니보다 캐리가 더 중요했다. 캐리에게 내가 쏟은 정을 생각하지 않고 있는 어머니가 정말 싫었다.

나는 수금을 하러 다니다가 식당에 들러 생선뼈나 음식 찌꺼기를 얻어다가 캐리에게 먹였다. 이 세상에서 정말로 나를 좋아하는 것은 아버지도 아니고 어머니도 아닌 캐리였다. 학교 갈 때나 올 때나 늘 짖어대면서 꼬리를 흔들어대던 캐리였다.

"누구에게 팔았냐고요?"

나는 밥상에서 물러나면서 일어서서 악을 쓰며 소리를 질렀다.

"어, 이놈이 애미에게 눈을 부릅뜨고 대들어. 너 아버지 오면 내가 안 이르나 봐라."

아버지에게 이른다는 어머니의 엄포도 부글부글 끓어오르는 내 화를 누르지 못했다.

"말 안 하면, 나, 나가서 집에 안 들어올 거에요."

"이제 애미를 협박해? 네 마음대로 해라. 이놈아! 교회 민 장로님에게 팔았다. 왜!"

"알았어요! 그놈의 영감탱이, 나쁜 영감탱이야. 내가 다시 사올 거야."

민 장로라는 사람은 어머니가 다니던 교회의 할아버지였다. 집주인 여자에게 가끔 오는 사람이었다. 나는 이 할아버지를 싫어했다. 매우 거들먹거렸기 때문인데, 어머니는 이 사람만 보면 "장로님, 장로님" 하면서 몹시 굽실거렸다.

내가 막 밖으로 뛰쳐나가려고 할 때였다.

"오늘 아침 캐리를 팔았는데, 방금 네가 먹은 고깃국이 캐리를 잡아서 만든 보신탕이야. 죽은 것을 어떻게 도로 사오니. 응? 장로님이 건강이 안 좋다고 보신하신다기에 내가 팔았어."

얼굴 색깔 하나 안 변하고 태연히 지껄이는 어머니는 사람도 아니었다. 함께 살던 캐리를 파는 것도 모자라 그 고기를 먹다니. 어떻게 사람의 탈을 쓰고 그럴 수 있는지 도저히 이해할 수 없어 나는 덫에 걸린 멧돼지처럼 길길이 날뛰었다.

"엄마가 사람이에요? 어떻게 그럴 수가… 캐리를 살려내란 말이야!"

나는 악을 박박 쓰면서 울기 시작했다. 민 장로 할아버지를 욕하고 어머니를 욕했다.

"씨이발, 인간들도 아니야. 캐리만큼 내게 잘해주지도 못한 인간들이 내가 기른 캐리를 잡아먹다니. 엉엉, 나 죽어 버릴 거야. 죽어 버릴 거란 말이야."

나는 제정신이 아니었다. 방문을 발로 차고 집 밖으로 뛰쳐나갔다. 방문 짝이 떨어져 나가는 소리가 들렸다.

"우… 웩… 웩… 웩."

속이 메스꺼웠다. 오른쪽 집게손가락을 목구멍에 집어넣고 먹은 고깃국을 전부 토해 버렸다.

'캐리야, 다시 태어나면 절대 개로 태어나선 안 돼. 사람으로 태어나서 너를 잡아먹은 인간들에게 복수를 해줘라.'

오늘은 너무 우울하다. 새벽부터 저녁까지 온통 우울하다. 나는 캐리를 그렇게 보내고 밤새 끙끙 앓았다. 캐리 때문에 앓았는지, 감기몸살로 인해 앓았는지는 몰랐지만 밤새 열이 내리지 않았다. 깨어났다 잠들고 또 깨어났다 잠들고, 또 또 또…. 빗소리가 계속해서 들려왔고, 나는 몇 번씩이나 캐리 꿈을 꾸었다. 내 옆에서 아버지도 끙끙 신음 소리를 내며 앓았다. 이 동네 저 동네를 돌아다니느라 몸이 지쳐 있었던 모양이다.

지긋지긋한 새벽이 왔다. 어제 새벽처럼 또 비가 내리고 있었다. 오늘 새벽도 신문을 들고 달려야 한다. 일어나기가 싫었다. 모든 사람이 미웠다. 그래서 라면도 걸렀다. 어머니에 대한 분풀이였다. 보급소에 나가는 것도 싫었다.

오늘 같은 날은 누군가가 신문을 대신 돌려 주면 좋을 텐데.

보급소로 걸어가고 있는데 몸이 찌뿌드드하고 피곤했다. 그냥 땅바닥에 주저앉고 싶었다. 손등으로 눈을 비비댔지만 밤새 잠을 못 이뤄서 그런지 머리는 멍하고 자꾸만 눈이 감겨 왔다. 겨우 보급소에 도착해서 배부받은 신문 부수를 세다가 잊어버려서 다시 세기를 몇 번이나 반복했다.

신문을 돌리는데 배가 몹시 출출했다. 눈에 초코우유가 들어왔다.

'한 번만 더 슬쩍할까? 안 돼, 절대 안 된단 말이야.'

나는 우유에 대한 생각을 떨쳐버리기 위해 신문을 넣을 때마다 "신문이요" 하고 소리를 지르면서 숨이 차도록 빠르게 달렸다.

눈 오는 겨울이 싫어요

내가 신문을 배달한 지도 일곱 달째 접어들었다. 나는 지난달 월급으로 2,700원을 받았다. 받은 월급을 일부만 꼬불치고 대부분은 집에 갖다 바쳤다. 그 즈음 나는 아버지와 어머니에게 위세를 부리기가 일쑤였으며, 몸이 조금만 아파도 엄살을 부렸다. 돈을 벌어오는 것이 대단한 것인 양 행세했다. 내가 벌어다 준 돈을 어머니는 꼬박꼬박 모으고 있다고 했다. 새벽에 일어나 나가는 내가 안쓰러운지 잘못을 해도 아버지는 전처럼 개 패듯 패지 않고 그냥 넘어가는 경우가 많아졌다.

나에 대한 부모의 대우를 일순간에 바꿔놓을 만큼 돈의 위력은 컸다. 내가 번 돈으로 벽시계도 하나 사서 걸었다. 집에 시계라고는 아버지 손목시계 한 개뿐이다 보니 새벽에 시간 맞춰 일어나기가 어려워 교회에서 치는 종소리에 맞춰 일어났었다.

시계는 좁은 방 한쪽 벽에 넓은 공간을 차지하고 걸려 있었다. 시계 불알은 정말 컸다. 개천 건너 산에 갔을 때 봤던 쇠불알보다 더 컸다. 이리 갔다 저리 갔다 하면서 시간에 맞춰 종을 쳐댔다.

어머니는 집에 놀러 오는 사람들에게 내 자랑을 해 댔다.

"우리 큰 아들이 번 돈으로 저 시계를 샀어. 자, 봐. 새 거야. 새 거."

어머니의 자랑을 듣고 있는 나는 우쭐해졌다.

오늘은 새벽에 나가서 신문을 돌리다가 얼음이 얼은 것을 봤다. 벌써 겨울이 시작됐다. 하지만 새벽에 내가 느낀 추위는 한겨울의 그것이었다.

아이들의 화제는 온통 방학에 대한 것이었다. 겨울방학이 며칠 안 남은 때였다. 방학이 뭐가 그리 좋은지 밀린 숙제만 한꺼번에 해야 하는 나는 방학이 그리 달갑지 않았다. 책상에 앉아서 이로 손톱을 물어뜯고 있을 때였다.

"칠복아, 이거 받아."

주용이 내게 우표를 내밀었다. 지난번에 우표를 수집하겠다고 말한 이후로 나도 우표를 수집하고 있었다. 물론 주용이에 비하면 아직은 새 발의 피였다. 방과 후 주용이와 함께 우표를 파는 가게에 가서 몇 장 샀을 뿐이었다. 주용이는 자기가 우표를 사러 가면 꼭 내 것까지 사다 줬다. 돈을 안 받고 공짜로 줬다.

나는 우표를 수집하면서 주용이네 집에도 몇 번 더 갈 수 있었다. 그때마다 주희 누나 얼굴을 보려고 누나가 학교에서 올 때까지 기다렸다. 누나와 잠시라도 붙어 있고 싶었지만 누나는 알은체만 하고 자기 방으로 가 버렸다. 아직은 내가 자기를 좋아한다는 사실을 모르는 모양이었다.

"고마워, 주용아. 방학 때 너희 집에 가면 안 되니? 방학 숙제를 같이하고 싶은데."

나는 오로지 주희 누나 얼굴을 한 번이라도 더 볼 생각에 머리를 굴렸다. 그것을 아는지 모르는지 주용이는 그렇게 하자고 했다.

방과 후 수금을 하러 나갔다. 여기저기에서 크리스마스 캐럴이 울려 퍼지고 있었다. "징글 벨, 징글 벨, 징글 올 더 웨이" 하는 소리가 전파사에서 흘러나왔다. 큰 상점들 앞에는 크리스마스트리가 세워지고 흰 수염에 빨간 복장을 한 산타클로스와 썰매를 끄는 네 마리 사슴들이, 울긋불긋 장식된 전구와 함께 휘황찬란하게 빛나고 있었다. 거리에 온통 흥겨움이 출렁이고 있어 내 마음도 덩달아 들뜨고 있었다.

'곧 크리스마스다. 독자들이 이번에도 선물을 줄지 몰라.'

나는 크리스마스를 은근히 기다리고 있었다. 지난 추석 때 내게 선물을 준 독자들도 여럿 있었다. 새벽에 수고를 한다면서 대부분 연필과 공책, 크레파스 따위의 학용품을 줬는데, 어떤 집에서는 책가방을 주기도 했다. 그 집은 정말 마음이 넉넉한 집이었다. 지난번 비가 내리던 아침에 우산도 주고 자기 아들이 입던 옷을 입고 가라고 했던 가게 주인집이었다. 돈이 풍족한 부잣집 같지도 않았는데 내게 너무나 많은 것을 베풀어줬다.

가방을 받으리라고는 꿈에도 생각해본 적이 없었기에 나는 너무나 좋아서 동네 아이들에게 자랑했었다. 또 집에 가서도 아버지와 어머니에게 신문 독자들이 날 알아준다고 똥폼을 잡은 적도 있었다.

월말이 되려면 멀었는데도 선물 받을 생각에 독자 집 전부를 들렀다. 어느 독자 집은 대금을 언제 주고 다른 독자 집은 언제 주고 하는 것이 거의 정해져 있었지만 모든 독자 집을 들렀다. 혹시 나를 위해 선물을 준비했을지도 모른다는 생각 때문이었다.

여기저기 들렀지만 선물 실적이 별로 좋지 않았다. 월계초등학교는 월말께나 신문 대금을 주는 곳이었다. 지난 추석 때 서무과 아저씨는 내게 공책 여러 권과 연필 한 다스를 선물로 주었다. 나는 그곳에 들르기로 하고 운동장을 가로질러 서무과로 향했다. 노크를 하고 문을 밀었다.

"신문 대금 받으러 왔는데요."

"그래, 밖이 많이 춥지? 이리 들어 와라."

난로가 놓인 쪽으로 나를 불렀다. 아저씨는 얼굴은 무섭게 생겼지만 말투는 몹시 부드러웠다. 이전부터 왠지 모를 친근감을 느끼고 있었는데, 아저씨가 내 사정을 알고 있다는 편안함 때문이었다.

아저씨는 난롯가에 앉으라고 권했다. 난로 위에는 큰 주전자가 놓여 있었고 물이 끓고 있었다. 아저씨는 컵에 물을 따라서 내게 마시라며 건넸다.

"그거 마시면 좀 나아질 거야. 무슨 놈의 날씨가 이리 춥지? 새벽에 신문 돌리려면 많이 춥지?"

"견딜 만해요."

아저씨는 내게 이것저것을 물어봤다. 그러더니 자리에서 일어나 캐비닛으로 가서 무언가를 꺼내 왔다. 두꺼운 책 크기 정도의 빨간색 포장지로 싸여 있는 것이었다.

"이거 네 거야. 네 마음에 들지 모르겠구나."

속으로 은근히 기다리고 있었지만 조급한 마음에 고맙다는 인사도 못하고 선물을 받아 들었다.

"새벽에 일어나려면 힘들지?"

아저씨는 내 머리를 쓰다듬으면서 웃었다.

"아니요, 괜찮아요. 전 한 번도 지각한 적이 없는 걸요."

사실 나는 나이 어린 신문 배달일 뿐이고, 그런 나를 냉대해도 어쩔 수 없는 노릇이라고 여기고 있었다. 하지만 이 아저씨는 나를 자기 동생이나 아들 대하듯 했다. 아저씨의 시선은 나를 어루만지듯이 부드러웠다.

나는 그제야 "고맙습니다, 안녕히 계세요"라고 말하고 밖으로 나왔다. 나오자마자 변소로 달려갔다. 포장지 속에 싸인 선물이 무엇인지 궁금해서 견딜 수가 없었기 때문이다. 포장지를 뜯었더니 작은 상자가 나왔다. 상자에는 장갑이 들어 있었다. 고급스러운 장갑이었다. 그렇지 않아도 수금을 하러 돌아다니면 손이 시렸는데 내 사정을 알아주는 아저씨가 너무 고마웠다. 장갑을 꺼내 손에 껴봤다. 꼭 맞았다. 멋진 장갑을 끼고 있는 아이들을 보면 부러웠었다. 이제 다른 아이들이 나를 부러워할 거라고 생각하니 기분이 좋았다. 먼저 동철이 녀석에게 자랑해야지.

수금을 마치고 보급소로 가고 있는데 눈발이 조금씩 날리기 시작했다. 여전히 여기저기서 크리스마스 캐럴이 들리고 있었다.

탄일종이 땡땡땡

은은하게 들린다

저 깊고 깊은 산 골

오막살이에도

탄일종이 들린다.

나는 크리스마스가 좋다.

방학식을 했다. 날씨가 추워서 운동장으로 나가지 않고 교실에서 방송으로 했다. 교장 선생님의 긴 연설이 끝나고, 이어서 담임의 일장 훈시가 있었다. 언제나 청산유수인 담임의 연설은 듣는 이를 감동시키는 마력이 있었다. 우리 반 아이들은 완전히 선생님의 입으로 빨려 들어갔다. 단 한 개뿐인 입을 열어 80명의 아이들을 좌지우지하고 있는 담임은 정말 대단한 분이었다.

마침내 반 아이들은 삼삼오오 짝을 이뤄 흩어졌다. 주용이는 크리스마스 날 자기 집에 놀러 오라고 말하고는 중표와 함께 나갔다. 나는 춘길과 함께 영범이네 반으로 갔다. 신문을 돌리고 나서는 동네 아이들과 노는 것이 많이 줄어들었다. 어울릴 시간이 부족했기 때문이다.

영범은 가끔 수금 다니는 나를 따라오기도 했었다. 녀석은 내가 먹을거리를 사 주겠다고 해야만 겨우 따라나섰다. 의형제가 뭐 이러냐고 말하려다가 참았다. 교문을 나서 떡볶이 가게 앞을 지나는데 작년 생각이 났다. 우동이가 떡볶이를 샀는데 돈이 부족해서 마음껏 먹지 못했었다. 나는 돈을 벌면서부터 먹고 싶은 것을 마음대로 사 먹을 수 있었다.

"야, 떡볶이 먹고 가자."

내가 말하자 춘길이와 영범이는 좋아서 입이 귀밑까지 찢어졌다. 우리는 떡볶이를 시켜서 배가 터지도록 먹었다. 많이 시키다 보니 오뎅 국물을 공짜로 더 달라고 해도 주인아줌마는 눈치를 주지 않았다. 돈이 참 중요하다는 느낌이 다시 한번 들었다. 월급을 받기 위해서는 새벽에 나가 뛰어다녀야 했지만 그 돈을 쓸 때 대우받는다는 생각을 하니, 돈에 무슨 마력이 숨어 있는 것 같았다.

크리스마스 날 주용이네 집에 갔다. 춘길이와 함께 가자고 하려다 녀석이 주희 누나에 눈독을 들이고 있다는 생각이 들어 혼자 가기로 했다. 주용이네 가족이 다 모여 있었고 아직 중표는 오지 않은 것 같았다.

"춘길이는?"

"응? 같이 오라고 안 그랬잖아?"

나는 속마음을 들킨 것 같아 주용이가 했던 말을 잡고 늘어졌다. 주용이는 더 이상 묻지 않았다.

"엄마, 엄마, 칠복이 선물."

주용이가 자기 어머니를 불렀다. 옆에 있던 누나도 거들었다.

"어제 백화점에 가서 산 거요, 칠복이 거 있잖아요. 빨리 주세요."

나는 기대하지도 않았던 선물을 받게 된다는 생각에 가슴이 뛰었다. 나는 백화점에 한 번도 가보지 않았는데 백화점에서 산 것이라면 무진장 좋을 성싶었다.

주용이 어머니가 포장된 선물 꾸러미를 갖고 나왔다.

"뜯어 봐, 선물은 받자마자 뜯어 보는 거래."

주희 누나의 소리에 내 얼굴이 빨개졌다.

'누나도 나를 좋아하는지도 모른다. 내게 왜 이리 잘하지.'

포장지를 뜯었더니 그림물감이 들어 있었다. 빨간색, 파란색, 노란색 등 형형색색의 물감이 주인이 된 나를 반기고 있었다. 나는 너무나 감격스러워 미처 고맙다는 말도 못하고 있었다. '아, 물감 정말 갖고 싶었는데' 하는 소리만 마음속에서 흘러나왔다. 나는 누나가 내게 말을 걸어 주기를 기다렸다. 내가 먼저 누나에게 뭐라고 말을 붙일 용기가 없었다.

"주용아, 칠복이하고 함께 내 방에 가자. 얼른. 내 우표 구경시켜 줄게."

마치 누나는 내 속마음을 읽고 있는 듯이 말했다.

우리는 누나 방으로 갔다. 여자 혼자 쓰는 방은 처음 들어가 보는 나였다. 방 안에서는 누나 냄새가 났다. 화장품 냄새 같기도 하고 무슨 향수 냄새 같기도 했다. 누나가 자기 우표수집 책을 꺼내 우표를 하나씩 설명해줬다. 주용이는 옆에서 말을 거들면서 대꾸하기도 했지만 나는 우표에는 전혀 관심이 없었다. 옆에서 흘끗 본 누나의 얼굴은 정말 예쁘고 피부도 투명하고 맑았다. 나는 옆에 앉아서 설명하고 있는 누나의 냄새만 맡고 있었다. 누나 냄새가 너무 좋았다.

"칠복아, 이거 너 가져."

"예?"

나는 한눈팔고 있다가 놀라서 대답했다. 누나는 우표 몇 장을 내밀고 있었다. 나는 누나의 큰 눈 속으로 마구 빨려 들어갔다.

'나는 크면 이 여자와 꼭 결혼하고 말 거다!'

집으로 돌아오면서 누나 생각만 했다.

'빨리 커서 결혼하자고 해야지. 그럼 주용이하고 나하고도 친척이 되고 정말 좋을 거야. 내게 전부들 잘해주니까 내가 누나랑 결혼하겠다는 걸 반대하지도 않을 거야.'

1973년도 연말이 지나가고 나는 열네 살, 철이는 여섯 살이 됐다. 신문 배달을 한 후로는 철이하고 자주 놀아주지 못했다. 새해에는 나이도 한 살 더 먹었으니 철이와 더 많이 놀아줘야겠다. 철이가 크면 숙이 이야기도 해줄 것이다. 숙이가 얼마나 착했고 얼마나 예뻤는지, 또 철이가 숙이를 많이 닮았다는 말까지도.

철이는 숙이를 많이 닮았다. 정말이다. 나도 그렇게 생각했는데 어머니도 그렇다고 했고, 이모들도 집에 와서 철이를 보고는 그랬다. 이모들이 그런 말을 할 때 어머니는 옛 생각이 나는지 한숨을 짓기도 했다. 나도 막 눈물이 나려고 해서 겨우 참았다. 나는 절대 눈물을 흘리지 않기로 다짐했었다. 내가 존경해 마지않는 담임이 사내는 절대 눈물을 보여서는 안 된다고 말씀하셨기 때문이다.

밖에서는 눈이 내리고 바람 소리가 윙윙거리고 있다. 내일 새벽이 걱정됐다. 눈이 많이 쌓이면 신문을 돌리기가 어려울 것이다. 그러다가 나도 모르게 잠이 들었다.

비몽사몽간에 어머니가 깨우는 소리가 들렸다. 양쪽 눈을 손등으로 비비댔지만 잘 떠지지 않았다. 정말 일어나기 싫고 귀찮았다. 밖에는 눈이 많이 쌓였을 것이다. 오늘은 또 어떻게 배달을 마쳐야 하나 하는 생각이 나를 짓눌렀다. 누군가 같이 돌려 줄 사람이 있으면 좋을 텐데.

깨어났으면 한 번에 벌떡 일어나면서 잠을 털어내야 잠을 몰아내기 쉬운데, 그러지 못하고 머리를 방바닥에 대고 엉덩이는 높이 들고 무릎을 꿇은 채 엎드려 있었다. 막 다시 잠이 들려는 참인데 어머니가 어서 라면을 먹으라고 소리를 질렀다. 나는 라면을 먹기보다는 조금이라도 더 있다가 일어나려고 계속 엎드린 채 가만히 있었다.

겨울에는 아버지가 장사를 나가지 않아서 라면을 혼자 먹어야 했다. 혼자 먹는 라면은 정말 맛이 없었다. 어쩔 수 없이 겨우 일어나 졸린 눈을 비비대면서 옷을 두껍게 껴입었다. 양말도 두 켤레나 신었다. 벙어리장갑도 꼈다. 손가락장갑보다 벙어리장갑이 더 따뜻했다. 머리에는 독자가 선물로 준 방울 달린 빵모자를 쓰고, 입에는 마스크를 했다. 귀에는 검은 귀마개로 완전무장을 했다.

밖에 나가니 동네 공터에 눈이 소복이 쌓여 있다. 온 세상이 하얗다. 눈은 이미 멈췄으나 쌓인 눈에 발목까지 푹 빠졌다. 아무도 가지 않은 눈길에 내 발자국을 처음 내는 것이 기분 좋았다. 맨손으로 눈을 뭉쳐 팔매질을 몇 번하고 나니 팔의 근육이 풀렸다. 기분이 상쾌했다. 보급소를 향해 부지런히 걸었지만 평소보다 시간이 더 걸렸다.

보급소 사무실에 들어갔더니 형들이 웃어 댔다. 내 모양이 이상하다고 아우성이다. 어떤 형은 피난민 같다고 했다. 마치 자기가 피난민을 본 것처럼…. 또 다른 형은 중공군 같다는 말을 했다.

어깨에 새끼줄을 대각선으로 메서 허리춤에 신문을 묶으려는데, 옷을 너무 두껍게 껴입어서 왼쪽 팔이 허리까지 닿지 않았다. 하는 수 없이 신문 뭉텅이를 어깨 힘에 의지하고 가야 했다. 보급소 문을 나서려는데 신 총무가 불렀다. 신 총무가 내 신발을 탓했다. 눈에 미끄러지기 쉬우니 신발을 새끼줄로 묶어 주겠다는 것이었다. 나는 신 총무가 하는 대로 가만히 있었다.

형들은 내가 신문을 들고 나가는 모습을 보고 박수를 쳐 댔다. 만약 형들이 아닌 다른 놈이 박수를 쳐 댔으면 가만두지 않았을 것이다.

눈이 온 다음 날이 더 힘들다. 꽁꽁 얼어붙은 길이 미끄러워 달릴 수가 없기 때문이다. 성급한 마음에 뛰다가 엉덩방아를 찧기가 일쑤였다. 넘어지면 허리춤에 낀 신문이 여기저기로 흩어졌다. 좋은 신발 한 켤레를 장만해야 할 것 같다. 하지만 이것도 마음에 걸렸다. 내가 돈을 벌어서 우리 집이 겨울을 나야 하기 때문이다.

장갑을 끼고 신문을 넣으려니 손이 곱아서 생각처럼 잘되지 않았다. 대문 옆에 대강 끼워 넣었다. 집 안 대문 안쪽 눈 위로 떨어진 신문이 녹은 눈에 젖는 것이 내 탓은 아니다. 대문 틈을 너무 넓게 만든 집주인 책임이다. 추운 날 새벽에 캄캄한 길을 가는 것은 정말 무서웠다. 다른 신문을 돌리는 배달 소년과 가끔 마주치기도 했지만 친하게 지내지는 못했다. 경쟁 신문사라는 생각 때문이었다. 새벽의 무서움 때문에 가끔 가면서 말을 나누는 정도가 고작이었다. 한두 번은 제법 다정해져서 흉허물 없는 이야기를 나눠 보기도 했지만 이런 종류의 유대의식이란 결국 고무풍선 속의 압축된 공기 같아서 풍선의 좁은 주둥이만 벗어나면 그만이었다.

외등 하나 없는 골목길도 있었다. 나는 종종걸음으로 어두운 모퉁이를 재빨리 벗어나 조금 환한 골목으로 나섰다. 어두운 모퉁이에서는 숨이 가쁘도록 뜀박질을 해야 했다. 가장 무서웠던 것은 상갓집이었다. 상갓집 앞 골목길을 지나가야 하는 경우 내 무서움은 절정에 달해 심장이 쿵쿵 울려 댔다. 죽은 사람이 귀신이 되어 내게 달려들 것 같았기 때문이다.

골목길을 지날 때는 온통 '무섭다', '춥다'는 생각뿐이었다. 나는 어두운 길을 달음질치기 시작했다. '무섭다', '춥다'를 거푸 뇌까리며 '무섭다', '춥다'에 떠밀리듯이 달음질쳤다.

광운대학교 뒷산 동네에는 한참 떨어진 외딴 집이 있었다. 외딴 집 근처에는 무덤도 있었다. 그곳을 지나는데 하얀 소복을 입은 귀신이 왔다 갔다 하는 모습이 눈에 들어왔다. 나는 너무 놀라 그만 걸음을 멈추고 말았다. 멈춰 서서 한참 쳐다봤더니 빨랫줄에 걸린 하얀 기저귀가 바람에 펄럭이는 거였다. 난 "에이씨" 하면서 그 기저귀를 널어 놓은 사람을 원망했다.

방학 때는 새벽에 신문을 돌리고, 오전에 수금을 하러 나가야 했다. 보급소장은 방학을 이용해 독자를 확장하라고 독촉하며 배달 소년들에게 전일 근무를 요구하고 있었다. 추워 죽겠는데 해도 해도 너무 한다는 생각도 들었다. 독자 수를 늘려 돈을 버는 것도 좋지만 한겨울에 아이들을 동원하는 것이 너무 심한 것 같았다.

그러던 어느 날 수금을 하러 다니던 중에 펑펑 내리는 눈을 만났다. 찬 바람이 휘몰아쳤다. 그날은 내가 태어나서 본 적이 없을 정도로 눈이 많이 내렸다. 핑계를 대고 땡땡이를 칠 것을 괜히 나왔다는 생각이 들었다. 여기저기 돌아다니다 보니 온몸은 감각이 마비될 정도였고 발은 꽁꽁 얼어 있었다. 너무 고단해 그만 집으로 돌아가기로 했다. 보급소에 영수증과 수금한 돈은 내일 새벽에 전달하기로 마음먹었다. 신 총무가 혼내면 한 번 깨지면 그만이다. 그 추위에 떨면서 보급소에 들렀다가 다시 집으로 돌아가는 것보다 한 번 깨지는 게 낫다고 생각했다.

집으로 들어오기 무섭게 이불 속에 발을 쳐 넣고 꾹꾹 주물렀다. 벽에 몸을 기대고 잠시 눈을 감았다. 졸음이 달콤하게 밀려왔다. 그런데 발에 동상이 든 것 같았다. 이불 속에서 녹은 발이 간질거리기 시작했다. 양말을 벗었다. 발이 벌겋게 퉁퉁 부어 있었다. 평소에는 나를 동정한 적이 없는 어머니가 눈물을 글썽이며 나를 보더니 아버지와 한판 붙었다.

"당신이 돈을 벌어 와야지. 아이가 무슨 죄가 있다고 고생을 시켜요."

아버지는 담배를 꺼내 연신 피워 대더니 밖으로 나갔다. 잠시 후 나는 잠이 들었다가 아버지가 깨우는 소리에 눈을 떴다.

마늘 대를 삶아 놓았으니 발을 담그라고 했다. 마늘 대를 삶아 우려낸 물이 동상을 빼는 민간요법이라고 들었단다. 세숫대야를 방으로 옮겨서 나는 양발을 담그고 앉았다.

"형아, 많이 아파? 동상이 뭐야?"

옆에서 은이와 놀고 있던 철이가 내게 물었다. 은이는 세 살이 됐다. 성격이 착한 철이가 은이와 많이 놀아 줬다. 나는 아무 대답도 없이 다른 걱정에 빠져 있었다.

'안 되겠다. 좀 있다가 영수증 갖고 보급소에 다녀와야 해. 월급도 받고.'

내일 가면 보급소장이 지랄할 것 같았다. 보급소장은 정말 깍쟁이 얌체로 오로지 자기밖에 모르는 사람이었다. 배달 소년들에게 자선 사업을 하라는 것은 아니지만…. 보급소에 가려고 신발을 신는데 부은 발이 꽉 죄어서 아팠다.

보급소에 갔더니 총무들과 형들은 석유파동으로 인해 더욱 더 춥다고들 말했다. 석유파동이 우리나라 살림살이를 어렵게 하고 있다는 말도 했다. 석유 한 되에 90원이고, 택시 기본요금도 똑같이 90원이라고 했다. 그런데 중동에서 전쟁이 일어나 90원하던 석유 값이 180원으로 올랐다는 것이다. 석유를 연료로 사용하는 택시나 버스는 물론 공장을 가동시키기 어렵다고도 했다. 나는 석유 값을 올린 중동 사람들이 나쁜 사람들이라는 생각을 했다.

내 구역에는 30번 시내버스 종점이 있었다. 그 종점에서 일하는 차장 누나 한 명이 내게 잘해줘서 나는 그 누나하고 친하게 지냈다. 차장 누나는 나보다 나이가 몇 살 더 먹은 것으로 보였다. 잘 해야 열여섯 살 정도 되었을 거다. 새벽이라 자주 마주칠 수는 없었지만 어쩌다가 마주치기라고 하면, "칠복아! 많이 춥지? 배차 사무실에 가서 몸 좀 녹이고 나서 신문 돌려" 하면서 내 걱정을 해줬다. 그래서 배차 사무실에서 몸을 녹이고 간 적도 종종 있었다.

운전사 아저씨들도 "그놈의 석유파동 때문에…" 하면서 석유와 중동 전쟁을 원망하고 있었다. 하지만 나는 추운데 고생하는 누나가 더 걱정이었다. 배차 사무실에 있는 운전사들 때문인지 몰라도 몸을 녹이는 차장 누나들은 한 명도 없었다. 누나는 파란 유니폼을 입은 채 한겨울인데도 맨손으로 찬물에 걸레를 빨아서 버스를 닦고 있었다. 나는 누나의 손등이 갈라지고 터져서 핏자국이 난 것을 종점 불빛 아래서 볼 수 있었다.

"그놈의 석유파동 때문에…."

나도 보급소 형들과 운전사 아저씨들을 흉내 내며 석유를 원망했다.

그날 월급을 3,000원이나 받았다. 신문 한 달 치 구독료가 450원 이었으니 정말 많이 받은 셈이다. 일부를 삥땅 치려다 포기했다.

'수금하면서 따로 삥땅을 치면 된다.'

통째로 갖다 줘야 쌀과 연탄을 살 수 있을 것이다. 그래야 겨울을 날 수 있다. 집으로 돌아오면서 아버지를 원망했다. 아버지가 마땅히 맡아야 하는 일을 왜 내가 대신하고 있는지 나는 알 수가 없었다.

따뜻했던 아버지의 품속

"칠복아, 칠복아, 썰매 타러 가자."

영범이 나를 부르고 있었다. 나는 창문을 열고 밖을 내다봤다. 새벽에 신문을 돌리고 와서 한잠 자고 있던 참이었다. 영범, 우동, 춘길, 동철이 총출동해 있었다.

"알았어, 금방 나갈게."

나는 외날 썰매에 꼬챙이를 끼워서 어깨에 메고 나갔다. 갑자기 캐리 생각이 났다. 작년에는 나를 보고 캐리가 짖어 대면서 잘 다녀오라고 배웅을 했는데, 그놈의 영감탱이가 잡아먹었다. 장로 할아버지가 더 미워졌다.

"개천이 꽁꽁 얼어서 아이들이 많이 나왔어. 빨리 가자."

우동이가 재촉하고 있었다. 우동은 운동이라면 무슨 운동이고 다 잘했다. 썰매타기 시합을 해도 우동이 항상 1등이었다. 동철이는 어깨에 이상한 것을 메고 있었다. 썰매가 아니라 스케이트였다. 동철이는 싱글벙글하고 있었다. 큰누나가 월급을 타서 선물로 사줬다고 했다. 나는 동철이 식구 중 큰누나를 제일 싫어했다. 일전에 내가 동철이의 이빨을 부러뜨렸을 때 우리 가족을 내쫓으라고 했기 때문이다. 생김새도 텔레비전 인형극에 등장하는 욕심 많은 놀부 마누라를 꼭 닮았다.

"야, 너 개천에서 스케이트 타려고?"

나는 은근히 부아가 났다.

"야, 그럼 너는 썰매 시합 못 하잖아?"

동철은 자기는 스케이트를 탈 것이니까 우리끼리 썰매 시합을 하라고 했다. 자기가 심판을 봐준다고 하면서…. 우리는 개천에서 설매 타기 시합도 하고 저학년 아이들을 괴롭히기도 하면서 재미있게 놀고 있었다.

"동철아, 스케이트 좀 한 번 타자. 응?"

영범은 애처로운 눈으로 동철에게 통사정을 하고 있었다. 아까부터 영범이가 동철을 쫓아다니던 이유였다.

"안 돼! 너는 못 타잖아."

동철은 매몰차게 거절했다. 아이들이 그들 옆으로 모여들었다. 영범은 동철에게 괜한 시비를 걸고 있었다. "한 번만 타자", "안 돼" 하는 꼴이 싸움으로 번질 것 같았다.

"동철아, 그거 얼마 주고 샀대니?"

나도 동철이에게 시비조로 물었다. 녀석은 스케이트 값을 잘 모르고 있었다.

"영범아, 더럽고 치사하게 그러지 마. 네 아버지한테 사 달라고 하면 되잖아."

내가 말렸더니 영범의 얼굴은 이내 특유의 무뚝뚝한 표정으로 변했다. 그러더니 하는 수 없이 포기했는지 돌연 내게로 화살을 돌렸다.

"칠복아, 너 돈 많이 번다고 했지? 그 돈으로 스케이트 사면 안 되니? 그걸로 우리 태워주면 되잖아."

정말 골치 아픈 놈이었다. 내가 어렵게 돈 벌어서 우리 가족이 근근이 겨울을 나고 있는데, 녀석은 너무나 속이 없었다. 친한 친구라는 놈이 나만 벗겨 먹으려고 하다니.

"올겨울은 다 갔잖아. 내년 겨울에 꼭 사서 태워줄게."

내 말에 영범의 입이 헤벌어졌다. 옆에 있던 우동이와 춘길이도 동철의 스케이트를 포기하고 내게 기대를 거는 것 같았다. 내가 동철이라고 해도 새것을 태워주기는 싫을 거라는 생각이 들었다. 또 한참을 놀다가 헤어져 집으로 돌아왔다. 집 앞에 이르니 또 캐리 생각이 났고 장로 할아버지가 미워졌고, 이번에는 어머니마저도 싫어졌다.

겨울에는 아버지가 장사하러 나가지 않아 모든 가족이 모여서 저녁밥을 먹는 날이 잦았다.

"칠복아, 나도 신문 돌리면 안 되겠니?"

겨울에 노는 것이 미안했던지 아버지는 어머니 눈치를 보면서 말했다. 예상하지 않았던 뜻밖의 말을 듣는 순간 나는 약간 당황했다.

"사람들이 보면 창피하잖아요. 어른이 신문 돌린다고 뭐라고 흉보면 어떻게 해요."

나는 입술을 쑥 내밀면서 퉁명스럽게 쏘아붙였다.

"칠복이 말이 맞아요."

내 눈치를 보고 있던 어머니도 거들고 나섰다. 그러면서 새벽에 나가서 나를 도와주라고 덧붙였다. 아버지도 내게 미안하고 어머니에게도 쑥스러웠던지 그렇게 하겠다고 머리를 끄덕였다. 나도 그것까지 막지는 않았다.

보급소 밖에서 기다리다가 신문을 나눠 돌리면 될 것이라는 생각이 들었다. 또 구역 내에 산이 있어 겨울에는 넘을 수가 없었기 때문에 처음 출발했던 자리로 다시 돌아와서 반대쪽을 돌려야 했는데 아버지가 도와주면 훨씬 수월할 것 같다는 생각도 들었다.

다음 날부터 나는 아버지와 함께 보급소로 갔다. 아버지를 보급소 근처에서 기다리게 해놓고 나 혼자 들어가서 신문을 들고 나왔다. 절반씩 나눠 들고 내 구역에 이르러 산동네인 교육촌을 인계했다. 어른이어서 그런지 3일 만에 독자 집을 인계할 수 있었다.

신문을 두 번 접은 다음 대문 밑바닥이나 대문 처마를 향해 세게 던지면 퍽 하고 부딪치는 소리를 내면서 마당으로 떨어졌다. 나는 아버지에게 시범을 보이며 폼을 잡았다. 2층 집 앞에서 베란다를 향해 신문을 세게 던질 때였다. 평소에는 2층을 향해 곧장 날아가던 신문이 그날따라 아버지 앞이라서 그런지 연거푸 실패했다. 자랑하려다가 창피만 당한 꼴이었다. 두 번째까지 실패하는 것을 본 아버지가 던지니 한 번에 쏙 들어갔다. 어른이라 나보다 힘이 세서 그런 거지 뭐….

내가 맡은 구역을 다 돌리고 올 때까지 아버지는 30번 시내버스 종점이 있는 다리 근방에서 기다렸다. 기다리지 말고 집에 먼저 가라고 몇 번이고 말했지만 아버지는 듣지 않았다.

어느 날인가 새벽에 일어나 보급소로 갈 때부터 하늘에서 눈이 퍼붓고 있었다. 삼한사온을 잊은 채 내리 춥기만 하던 날씨가 좀 풀리는가 싶더니 또 눈이었다. 추위도 유별나고, 눈도 유난히 잦은 겨울이었다. 겨울은 막바지에 이르렀건만 추위가 다시 발악하고 있었다. 이런 날은 짜증이 나다 못해 당황스러웠다.

"빌어먹을, 또 눈이야. 가뜩이나 잘 먹지도 못해 다리가 휘청거리는데 나자빠지기 딱 알맞겠구나."

아버지는 또 신세타령을 늘어놓고 있었다. 아버지는 툭하면 "중요한 것은 돈이다. 돈. 돈만 있어봐라. 뭘 못 먹나. 갈비로 아침저녁 하모니카를 불어댄들 누가 뭐라나. 그저 원수는 돈이니라. 돈" 하고 늘어 놓는 것이 습관으로 굳어져 있었다.

다른 날과 마찬가지로 보급소에서 신문을 타다가 나눠 들고 아버지와 나는 각자 맡은 구역으로 향했다. 아버지는 이날따라 유독 내가 애처로웠는지 헤어지면서 슬픔으로 가득 찬 눈으로 나를 배웅했다.

나는 신문 돌리는 것을 끝내고 아버지가 기다리고 있을 다리께로 향했다. 그동안 눈이 그치고 맑게 갠 하늘에 차가운 별이 박혀 있었다. 심한 회오리바람이 땅에서 하늘로 눈을 도로 날려 보내고 있었다. 눈가루가 내 얼굴이며 눈으로 사정없이 날아들었다. 추웠다. 몸에 열을 내보려고 빨리 걸었지만 추위는 조금도 가시지 않았고 이가 딱딱 맞부딪힐 만큼 온몸이 떨리기만 했다. 바람도 점점 더 심해지더니 이제는 짐승의 울부짖음 같은 사나운 소리를 내고 있었다.

"아버지…, 추운데 왜 기다리세요. 먼저 들어가라니까."

"괜찮아, 너랑 같이 가려고."

날이 워낙 추웠던 터라 아버지도 떨고 있었다. 아버지는 차디찬 땅바닥에 무릎을 꿇은 채 나를 덥석 껴안았다. 내 숨이 막힐 정도로 꼭. 아버지는 잠바를 벗어서 내게 덧입혀 줬다. 워낙 추웠기 때문에 나는 그래도 덜덜 떨어 댔다. 눈가루처럼 어디론가 날아가 버릴 것 같아 한 팔로 아버지 손을 꽉 잡았다. 그래도 떨림은 좀처럼 가라앉지 않았다.

"아버지도 추울 텐데 잠바를 가져가세요."

"괜찮아, 별로 안 추운데. 뭐."

아버지와 나는 손을 꼭 잡은 채 눈보라 속을 걸었다. 지구의 종말에 달랑 둘만이 남겨진 듯 다른 행인도 없고 불빛도 없는 거리를 걸어갔다. 눈은 땅에서 하늘을 향해 치솟고 있었다.

아버지는 계속 떨고 있는 나를 자기의 체온으로 녹이려는 듯 나를 들어서 안고 걷기 시작했다.

"칠복아, 기운을 차려라. 곧 집에 도착할 거야."

아버지는 힘이 드는지 안고 있던 나를 내려놓더니 이번에는 업고 걸었다.

"아버지, 아버지, 있잖아요. 이 다리는 숙이가 죽었을 때 어떤 아저씨하고 아버지가 건너간 다리잖아요."

나는 불쑥 생각지도 않았던 소리를 지껄였다.

"아버지, 제가 크면 돈 많이 벌어서 숙이 무덤을 크게 만들어줄 거예요."

아버지는 아무 대꾸도 하지 않았다. 우리 집이 다가오고 있었다. 매서운 날씨가 걱정이 되었는지 어머니가 집 앞에서 기다리고 있었다. 아버지 등에서 내리는 나를 보더니 어머니는 허겁지겁 내 손을 꼬옥 쥐었다.

"아주 지독한 눈보라야. 하마터면 바람에 날아갈 뻔했어."

아버지는 어머니의 동정을 사려는 듯 덜덜 떨면서 푸념했다.

어머니는 아무런 대꾸도 하지 않고 부엌으로 들어갔고, 아버지와 나는 철이와 은이가 자고 있는 방으로 들어갔다. 잠시 후 어머니는 따끈따끈한 물을 가지고 방 안으로 들어와 아랫목에 앉아 몸을 녹이고 있는 아버지와 내게 권했다. 어머니는 호들갑을 떨면서 내 볼에 얼굴을 비비며 따끈따끈한 수건으로 눈물 한 방울 흘리지 않은 눈언저리와 양 볼을 자꾸만 자꾸만 닦아줬다.

어느 날 새벽, 보급소로 가면서 아버지는 내게 자기가 살아온 이야기를 들려줬다. 아버지가 네 살 때 할아버지께서 돌아가셨다고 했다. 너무 어릴 때 할아버지가 객사하는 바람에 얼굴도 모른다고 했다고 했다. 할아버지께서 돌아가시고 얼마 되지 않아 할머니는 재혼을 했다. 일제강점기라서 먹고살기도 어려웠고 일본 순사 놈들로부터 자신을 지키기 위해서였다고 했다.

할머니는 재혼한 후 아버지 밑으로 남동생 두 명을 뒀다. 씨는 다르나 배는 같은 동복동생이었다. 아버지는 의붓아버지와 성씨가 다른 두 동생과 어린 시절을 힘들게 보냈다고 했다. 그러다가 내 나이만 할 때

집을 떠났다. 안 선생이라는 분의 집에서 머슴살이를 하다가 군에 입대했다. 제대 후 고향으로 돌아와 남의 집을 돌며 머슴을 살다가 독립했다. 그 후 어머니와 결혼해 고향에서 살다가 나와 숙이, 순이를 낳고, 내가 여섯 살이 되던 해 서울로 이사를 왔다.

서울로 이사를 와서는 공사판에 나가 일용 노동자로 일했다. 겨울에는 일거리가 없기 때문에 놀 수밖에 없었다. 그러다가 경동시장에 나가 야채를 떼어다가 성북구의 장위동, 번동, 월계동, 신창동 일대를 돌아다니면서 팔기도 했다(당시는 번동, 월계동, 신창동이 모두 성북구에 속해 있었다).

경동시장에 야채를 떼러 갈 때는 나를 리어카에 태우고 간 적이 많다고 했다. 하지만 나는 잘 기억나지는 않았다. 다만 시장 근처에서 기다란 것이 사람을 싣고 큰길 한가운데로 움직이고 있던 광경을 본 적은 있었다. 전차라고 했다. 아버지는 내 손을 잡고 경동시장 곳곳을 누볐다고 했다. 아버지는 앞에서 리어카를 끌고 나는 뒤에서 밀고 집으로 돌아왔다고 했다. 그러다가 누이동생들이 죽은 집으로 이사를 오게 됐다고 했다.

누이들이 죽은 후 연탄가스를 마시고 죽으려 했다고도 했다. 그런데 내가 "아버지, 죽지 마. 내가 있잖아요"라고 말하는 바람에 죽는 것을 포기했다고 했다.

나는 이 말을 기억하고 있다. 누이들의 죽음이 어린 내게도 엄청난 충격이었기 때문이다. 내가 사고라도 치면, 어머니는 툭하면 "너 때문에 사는 거야! 네가 죽지 말라고 했잖아" 하고 소리를 질러 댔었다.

그해 겨울은 유난히 길고 추웠다. 마침내 지루하고도 힘겨웠던 겨울이 끝나 가고 있었다. 작년 겨울만 해도 나는 친구들과 놀면서 겨울을 보냈는데 그 겨울에는 고생을 많이 했다. 나는 원래 아이들과 함께 눈사람을 만들고 또 눈싸움을 할 수 있는 겨울이 좋았었다. 그런데 그 겨울을 거치면서 겨울이 싫어졌다.

명다방 누나

겨울방학이 끝나고 개학을 했다. 얼마 후 6학년에 올라갔다. 나는 6학년 1반이 됐다. 5학년 때 담임이 또 담임이 됐다. 대부분의 아이들은 1반이 되지 않은 것을 다행으로 여겼다. 담임의 성격은 불같고 무서웠기 때문이다. 작은 실수도 너그럽게 넘어가거나 용납하지 않았다. 그러나 내게는 나쁜 감정보다 좋은 감정이 더 많았던 선생님이었다. 절약정신이 강하다고 나를 칭찬해준 이후의 일이었다.

주용이와 헤어지는 것이 가장 서운했다. 주용이는 내게 많은 것을 주려 했고 또 줬다. 이제 주희 누나를 못 만날지 모른다는 생각도 들었다. 주희 누나를 계속 만나야 커서 결혼할 수 있다는 생각이 들었다.

"칠복아, 우리 다른 반이 됐네."

서운해하는 주용의 말에 나는 아무 말도 하기 싫었다.

"내가 너희 집에 계속 놀러 가면 되잖아. 너는 내 우표수집 선생님이니까."

나는 생각지도 않게 엉뚱한 말을 했다. 주희 누나를 향한 집념 때문인지도 몰랐다. 6학년 1반 교실로 갔더니 아무리 눈을 씻고 둘러봐도 아는 얼굴이 한 놈도 없었다. 새 짝은 민구라는 아이였다. 살이 좀 쪘고 과묵해 보이는 아이였다. 옷 입은 꼬락서니와 도시락 반찬을 보니 부유한 집 아이는 아니었다. 주눅 들 일은 없으니 그나마 다행이었다. 민구는 내가 말을 걸어야만 대답을 했지 좀처럼 먼저 말을 걸지 않았다. 며칠 지나면서 보니 민구는 잘 웃지 않고 늘 우울한 표정을 짓고 있었다.

학년 초가 되어 학급의 임원을 뽑아야 한다고 담임이 말했다. 올해부터는 반장단 네 명과 회장단 여섯 명을 뽑고 부장을 임명해야 한다고 덧붙였다. 후보들이 자기소개를 한 후 투표에 들어가 반장단과 회장단이 선출됐다. 곧이어 담임은 부장으로 일할 아이들을 부를 테니 자기 이름이 불리면 자리에서 일어서라고 했다.

"○○부장 홍수길, ○○부장 김종민, ○○부장 최성호, 관리부장 이칠복."

선생님이 맨 마지막으로 나를 호명하는 소리를 들었지만 나는 '설마, 그럴 리가' 하면서 선뜻 일어나지 못했다. 그러자 옆자리에 앉아 있던 민구가 내 옆구리를 연필로 콕 찔렀다. 얼른 안 일어나고 뭐하냐는 표시였다. 선생님이 내 이름을 다시 한 번 불렀다.

나는 어리둥절해하면서 일어섰고, 아이들은 킥킥거렸다. 참으로 별일이었다. 내가 감투를 쓰게 된 것이 믿기지 않았다. 또 관리부장이라는 감투도 의문이기는 매한가지였다. 학급을 위한 봉사부장도 있는데 관리부장은 또 뭔가. 그러나저러나 부장 반열에 오른 것이 기분은 좋았다.

담임은 소임을 맡은 부장들이 해야 할 일을 알려줬다. 나에게는 반 아이들로부터 빈 병이나 신문과 잡지 등을 모으는 일이 주어졌다. 폐품 수집부장을 관리부장이라고 그럴듯하게 포장한 것이었다. 반 아이들은 또 한 번 까르르 웃었다. 어떤 놈은 주먹으로 책상을 치고 웃었고, 다른 놈은 자기 손바닥으로 이마를 치면서 웃었다. 담임은 이 두 놈을 일으켜 세워서 주의를 줬다. 그러나 난생처음 감투를 쓴 나는 그것이 무슨 대단한 일인 양 동네 아이들에게 자랑했다.

H신문에서 열 달째 일하면서 신문 배달이라는 직업 세계에 대해서 차츰 눈을 떴다. 내가 맡은 구역이 보급소 내에서 가장 수금이 안되고, 신문을 돌리는 데 시간도 많이 걸리며, 또 고생하는 것에 비해 보수는 상대적으로 적다는 사실도 알게 됐다. 지난 겨울에 지독한 고생을 하면서 하루라도 빨리 이 구역을 벗어나든가, 다른 신문사로 옮기든가 선택해야겠다고 마음먹었었다.

그래서 어느 날 방과 후 보급소에 나가 신 총무에게 다른 구역으로 바꿔달라고 말했다. 신 총무는 자기가 사표를 냈고 막 다른 신문사 보급소로 옮기기로 했다며 보급소장에게 직접 말하라고 했다. 그래서 나는 보급소장에게 내 구역이 산을 끼고 있어 힘든 코스라는 것을 강조했다. 하지만 보급소장은 내 말을 믿지 않는 눈치였다. 또 내 구역을 맡고 있는 C신문의 중학생 형보다 월급이 터무니없이 적다고 말했다.

"야, 인마. 너는 초등학생이잖아."

보급소장은 분별력이 떨어지는 사람이었다. 이 사람은 나이를 모든 것의 기준으로 삼는 갑갑한 사람인 것 같았다. 내가 C신문을 배달하는 형보다 신문을 돌린 기간도 더 길고 경력도 앞서는데 이것을 인정하려 하지 않았다.

"초등학생하고 중학생하고 월급이 무슨 관계예요. 일은 똑같이 하잖아요."

대들듯이 따지고 드는 내게 보급소장은 불쾌하다는 듯이 인상을 찡그렸다.

"그놈 순진한 줄 알았더니 맹랑한 놈이네. 내일 새벽에 네 구역 따라가 보고 네 말처럼 힘든 구역이라고 판단되면 월급 더 올려 줄게."

'바른 말을 한 것을 두고 맹랑한 놈이라니. 한 번 나가 봐라 힘이 드나 안 드나. 당신은 뚱뚱해서 산을 오르기도 힘들 걸.'

이튿날 새벽, 내 구역을 따라나선 보급소장은 교육촌 산동네를 오를 때부터 이미 헉헉대고 있었다. 산을 넘을 때는 땀까지 뻘뻘 흘리면서 더 헉헉거렸다. 나는 그런 보급소장이 얄미워서 뒤를 돌아보지도 않고 앞장서서 평소보다도 더 빨리 산을 올랐다. 산 정상에 올라 보급소장이 따라오는 것을 내려다보면서 혼자 중얼거렸다.

'그러면서도 힘들지 않다고 말할 수 있겠어?'

그러나 그렇게 힘들어하던 보급소장은 내가 중학생이 되면 월급을 올려 주겠다며 고집을 부렸다. 그래서 나는 H신문을 떠나기로 마음먹었다. 어디를 가도 지금보다는 나은 대우를 받을 것 같았다. 후임자에게 구역 코스와 독자 집을 인계한 후 능력에 걸맞게 대우해주는 새 직장을 찾아보기로 했다.

같은 반 아이 중에 석간신문인 D일보를 배달하는 아이가 한 명 있었다. 그 아이 이름은 명수였다. 명수도 D일보에 불만이 많았다. 또 명수도 신 총무를 알고 있었다. 신 총무가 H신문에서 일하기 전에 D일보에서 일했었기 때문이다. 명수는 신 총무가 신설동 J신문 보급소로 갔는데 그곳은 월급을 많이 준다고 했다.

"우리 신설동으로 가자."

월급을 많이 준다는 말에 신설동이 어디 붙어 있는 동네인지도 모르면서 나는 무턱대고 명수를 부추기고 나섰다.

"야, 그런데 신설동까지는 너무 멀어, 버스를 타고 30분 정도 걸린다는데."

"멀면 좀 어때. 월급 많이 준다잖아."

돈에 눈이 먼 나는 별로 마음 내켜 하지 않는 명수에게 일단 신설동 보급소에 가 보고 나서 결정하자고 살살 꼬셨다.

우리는 장위동에서 34번 시내버스를 타고 한참을 갔다. 버스를 타고 이렇게 멀리 가는 것은 처음이었다. 종암동을 지나 안암동에 있는 고려대학교를 지나고 또 대광고등학교를 지나서 신설동 로터리라는 곳에 이르렀다. 그곳에 내려 라사라복장학원 뒤쪽으로 갔더니 J신문 신설동 보급소가 있었다.

구레나룻이 트레이드마크였던 신 총무는 우리를 보고 무척이나 반가워했다. 이렇게 해서 명수와 나는 신설동에서 새로운 직장생활을 시작했다. 월급은 얼마나 주느냐고 먼저 묻고 싶었지만 어린놈이 돈을 너무 밝힌다고 할까 봐 그만뒀다.

우리는 매일 방과 후 가방을 명수네 집에 던져 놓고 버스를 타고 신설동으로 갔다. 신설동에 도착하면 4시가 넘었다. 신문 뭉치를 들고 서둘러 구역으로 달려가야 캄캄하기 전에 겨우 마칠 수 있었다. 내 구역은 용두동과 제기동 일대였다. 용두동에서는 서울 동부시립병원과 제기동 개천 양쪽을 따라 늘어서 있는 판잣집이 내 독자들이었다.

보급소에서 멀리 떨어져 있기 때문에 많이 걸어야 했지만 집들이 다닥다닥 붙어 있어서 그나마 다행이었다. 이 동네도 가난한 동네라서 수금이 잘 안됐다. 신문 대금이 한 달에 450원인데, 이 동네 사는 독자들은 300원이나 350원을 냈다. 전 직장인 H신문은 대부분 450원을 받았고, 400원을 받는 독자는 소수에 지나지 않았다. 나는 여기서 신문 대금을 그 정도까지 깎아줘도 문제없다는 사실을 알게 됐다.

하루 일과를 마치고 보급소를 나서면 밖이 캄캄했다. 저녁 8시쯤 청계천 일대에는 사람들이 많이 붐볐다. 대부분 일을 마치고 집으로 돌아가는 사람들이었다. 그중에 사람들의 왕래가 많은 큰길에 물건을 늘어놓고 소리를 지르면서 물건을 파는 아저씨와 아줌마들도 끼어 있었다.

명수와 나는 청계천7가까지 걸어가 34번 시내버스를 기다렸다. 한참 기다리고 나서야 겨우 버스가 한 대가 오는데, 이미 사람들로 가득 차 있어서 키가 작은 우리는 어른들과 씨름하면서 올라타기가 몹시 어려웠다. 버스가 도착하면 사람들은 달리기 시합을 하듯 달려갔고 등수 안에 들어야 버스를 탈 수 있었다. 빈자리가 나도 우리는 좀처럼 앉을 수가 없었다. 힘센 아저씨는 힘으로 밀고 들어와 자리를 차지했고, 얌체 아줌마는 큰 엉덩이로 비비고 들어와 자리를 잡았다. 욕이 목구멍을 넘어 튀어나오려고 하는 걸 억지로 참았다. 어린놈이 싸가지 없다고 그럴까 봐서였다. 하지만 속으로는 마구마구 욕을 퍼부어 댔다. 신설동으로 원정 배달을 시작한 지 며칠이 지나지 않아 몸과 마음이 같이 고달파졌다. 괜히 이곳까지 왔다는 생각이 들기도 했다.

원정 배달을 하면서 새로운 것을 많이 알게 됐다. 배달을 나갈 때 보급소에서 배부받은 신문 외에 몰래 몇 부를 슬쩍 집어가서 파는 형들이 있었다. 명수와 나도 한번 따라해보기로 했다. 총무 몰래 신문 몇 부를 더 챙겼다. 신문을 돌리고 나니 몇 부가 남았다.

신문이 잘 팔릴 장소를 물색했다. 처음에는 식당을 목표로 정했다. 저녁을 먹을 시간이라서 식당에 사람이 많이 붐빌 것이라고 여겼기 때문이었다. 첫날은 한 부도 못 팔아 허탕을 쳤다. 다음 날과 그 다음 날도 식당을 누비고 다녔지만 사람들은 밥을 먹는 데만 관심이 있었지 신문을 팔려고 하는 내게는 도통 관심이 없었다. 내가 애처로운 목소리로 한 부만 사달라고 하는데도 "안 산다니까 인마! 딴 데 가봐" 하면서 신경질적인 반응을 보이는 아저씨들이 있었다.

식당에서 신문을 파는 것을 포기하고 가게를 들러보기로 했다. 눈에 들어오는 대로 가게를 차례차례 들러서 신문을 한 부만 사달라고 졸랐다. 그런데 가게에서는 신문을 구독하지 않으면서도 잘 사주지 않았다. 어떤 아저씨는 과자와 신문을 맞바꾸자고 하는 경우도 있었다. 나는 과자가 아니라 돈이 필요한 놈이었는데, 아저씨는 똥과 된장을 구분하지 못했다. 다른 신문을 보고 있다고 거절하는 아저씨에게는 J신문이 좋으니까 한 부 사 달라고 졸랐지만 허사였다. 그래도 식당에 들렀을 때보다는 실적이 좋아서 몇 부 팔 수 있었지만 명수에 비하면 형편없었다.

어느새 해는 지고 사방이 어두워지기 시작했다. 오늘도 역시 별 소득이 없었다. 내일도 계속 팔아 볼 것인가를 속으로 자문했다. 내 마음은 희망을 가지고 계속 팔아 보자는 쪽과 힘만 들고 다리도 아프니 그만두자는 쪽으로 갈라져 있었다. 계속 저울질했지만 어느 쪽으로도 결론이 내려지지 않았다. 지친 몸을 이끌고 보급소에 갔다가 명수를 만나 집으로 가기 위해 청계천으로 가는 중이었다. 명수의 얼굴은 약간 흥분되어 있었다.

"무슨 좋은 일 있니?"

"오늘 신문 많이 팔았어. 독자 집도 몇 부 빼먹고 팔았어. 이것 좀 봐."

명수는 호주머니에서 황금색의 10원짜리 동전을 여러 개 꺼냈고, 50원짜리 종이돈도 한 뭉텅이 꺼내서 보여줬다.

"어디서 팔았는데?"

내가 궁금해서 물었더니 명수는 다방과 고급 식당에 가면 잘 팔린다고 했다. 그는 줄곧 다방과 고급 식당만 누비고 다녔다는 것이었다. 내일은 신문을 더 많이 슬쩍해서 가져갈 거라고도 했다.

"다방은 아이들을 못 들어오게 하잖아."

명수의 말에 의하면 들어오게 허락하는 다방도 있다고 했다. 나는 명수를 따라 해보기로 했다.

다음 날, 열려 있는 다방 문으로 들어섰을 때였다.

“야, 너 어디가?”

다방에서 일하는 누나가 나를 막아섰다.

“신문 좀 팔러 왔는데요.”

들어가서 팔게 해 달라고 사정했지만 누나는 장사가 안되니 나가라고 했다. 처음 들른 다방부터 재수가 없었다. 모습이 꾀죄죄해 보이면 나를 불쌍하게 볼 줄 알았는데 더럽게 보는 것 같았다. 나는 변소에 들어가 내 모습을 보기 위해 거울을 찾았지만 거울이 있는 변소도 없었다. 그래서 길가 가게 유리창에 얼굴을 비쳐 봤다. 아침에 세수를 안 해서 그런지, 버스 매연에 그을려서 그런지 얼굴이 거무튀튀했다. 하지만 어디가서 세수할 장소도 마땅치 않아 그냥 돌아다녀 보기로 했다.

마침 2층에 명다방이라는 표지판이 눈에 들어왔다. 그곳으로 들어가 누나에게 신문팔이인데 신문을 팔고 나가겠다고 했더니 막지 않고, 고개를 끄덕이면서 눈웃음을 지어 보였다. 왠지 좋은 누나일 것이라는 느낌이 들었다. 나이가 지긋한 아저씨가 혼자 앉아 있었다.

“아저씨, 신문 한 부만 사주세요.”

아무 대꾸도 하지 않고 내 얼굴만 뚫어지게 바라봤다.

“아저씨, 신문 한 부만 사달라니까요.”

내 말에는 대꾸도 않고 그는 나를 쳐다보면서 엽차를 후룩후룩 요란하게 들이켰다. 그 모습이 매우 경박스러워 보였다. 그는 담뱃불을 붙여 몇 번 연거푸 빨더니 유연히 내뿜기만 했다. 그가 거절하지 않았기 때문에 어쩌면 신문 한 부를 사줄지도 모른다고 여기고 그 자리에 잠시 서서 기다렸다. 그런데 그 아저씨가 기껏 내뱉는 말이 정말 가관이었다.

"신문팔이구나. 안 사. 딴 데 가 봐."

'정말 겉만 멀쩡해 가지고.'

그것도 모자라 한술 더 뜨고 나섰다.

"야, 레지. 이리 와 봐. 신문팔이 같은 놈들을 다방에 들여도 되는 거야?"

나는 그 누나에게 미안해서 도망치듯 명다방을 나왔다. 오늘도 재수가 없기는 어제와 별반 다르지 않은 것 같았다. 그러나 나는 슬슬 오기가 발동해서 풀이 죽어 있는 가슴을 다독이며 다른 다방을 찾아 두리번거렸다. 꽃다방에 들어갔더니 아줌마와 아저씨가 이야기를 나누고 있었다. 신문을 한 부 사달라고 했더니 자기들은 신문을 안 본다고 대답했다. 신문을 팔아 공부하는 고학생이라고 둘러대봤지만 사주지 않았다. 아마도 아저씨와 아줌마는 신문을 읽지 못하는 사람들일지도 모른다는 느낌이 들었다. 우리 아버지와 어머니도 신문을 읽지 못했기 때문이었다.

바로 그 옆자리에서는 젊은 남자와 여자가 이야기를 나누고 있었다. 그때 차를 나르던 누나가 찻잔을 빈 탁자 위에 내려놓고는 무쇠 난로의 커다란 뚜껑을 열고 이글대는 조개탄 가운데를 쇠꼬챙이로 두어 번 콕콕 찌르고 나서 난로의 아래쪽 구멍을 덜커덕 소리가 나게 닫고 갔다. 난로는 온몸이 장밋빛으로 이글대고 있었다. 나는 쪼르르 두 남녀에게 다가갔다.

“아저씨, 신문 한 부만 사주세요. 예? 저는 신문을 팔아 생활비와 학비를 벌어야 되는 고아거든요.”

나는 동정을 사기 위해 멀쩡하게 살아 있는 부모님까지 죽였다. 나는 앉아서 근엄한 표정을 짓고 있는 남자를 마주 보다가 맞은편에 앉아 있는 젊은 여자에게로 눈을 돌렸다. 그녀는 정말 촌스럽고 순박하게 생긴 얼굴을 하고 있었다.

“얼마니?”

젊은 남자는 내게 신문 값을 물으면서 자기 앞에 앉아 있는 촌스러운 여자를 쳐다보고 웃었다. 그녀도 그 남자의 미소에 화답하며 웃고 있었다.

“오늘 많이 팔았니? 꼬마야.”

그녀는 다정하게 말을 걸어 왔다. 많이 팔았다고 대답하면 잘 안 사줄 테니까 나는 절대 많이 팔았다고 하지 않을 생각이었다.

“아니요, 이 테이블에서 사주면 처음 파는 거예요.”

내가 30원이라고 했는데도 젊은 남자는 100원짜리 종이돈을 내줬다. 내가 잔돈이 없느냐고 물었더니 젊은 여자가 대신 돈을 내줬다. 나는 10원짜리 세 개를 받아 들었다. 노란 황금색의 10원짜리였다.

다방에서의 첫 성공이었다. 입이 앞으로 툭 튀어나온 촌스러운 여자와 이야기를 나누던 젊은 남자였다. 그 촌스럽게 튀어나온 입이 내게 행운을 가져다줬다. 이래서 젊은 여자와 이야기를 나누고 있는 젊은 남자들이 신문을 잘 사준다는 사실을 알았다. 또 신문을 팔아 학비와 생활비를 버는 고아라고 하면 더 잘 사줬다. 고급 식당에서는 신문을 들고 있는 나를 들여보내지 않으려고 하는 곳이 많았다. 신문을 파는 장소로 다방이 안성맞춤이었다.

언젠가 명다방에 신문을 팔러 갔을 때였다. 누나가 커피와 차를 만드는 주방으로 나를 불렀다. 저녁밥을 먹고 있었다. 내게 저녁을 먹으라고 권해서 얻어먹었다. 누나는 내게 이것저것을 물었다.

"너 고아라고 했지?"

"아니에요. 부모님 두 분 다 살아 계신걸요?"

"저번에 신문 팔 때 손님한테 고아라고 하던데."

"그게 아니고, 불쌍해 보이려고 그랬을 뿐이에요."

누나는 깔깔대고 웃으면서 나를 꼭 껴안아줬다. 누나에게서 진동하는 화장품 냄새가 좋았다. 누나의 커다란 가슴이 내 이마에 뭉클하고 닿았을 때 나는 얼굴이 화끈 달아올랐다.

신문을 돌리고 나서 신문을 팔러 다니다 보니 밤 10시가 돼서야 집에 오는 때도 많았다. 나는 신설동까지 가서 신문 배달을 하고 있다는 사실을 집에 말하지 않았다. 석간신문을 돌리면서 늦게 집에 들어오는 나를 보고 어머니는 못된 아이들과 어울려 다니는 것이 아니냐며 걱정했지만 나는 아무 대꾸도 하지 않았다.

그러던 어느 날 명수와 버스를 타고 신설동으로 향하고 있을 때였다.

"칠복아, 여기 그만두자. 너무 힘들어."

"여기는 월급을 많이 주잖아."

나는 월급도 월급이었지만 신문팔이를 해서 생기는 짭짤한 수입 때문에 신설동에서 계속 일하고 싶었다. 그러나 명수는 신설동을 떠나서 장위동으로 가겠다고 계속 우겼고, 내가 아무리 반대해도 고집을 꺾지 않았다. 명수가 그만두면 나 혼자 버티기 어렵다는 생각이 들었다. 그 먼 곳까지 혼자 다닐 자신이 없었기 때문이다.

집에 돌아와 잠을 자는데 코에서 무엇인가 흐르고 있는 것 같았다. 손으로 비비대고 그대로 잠을 잤다. 아침에 일어났더니 요와 이불에 빨간 피가 묻어 있었다. 코피를 보는 순간 명수 말이 옳다고 느껴졌다.

정들었던 명다방 누나에게 그간의 사정을 설명하고 동네로 돌아간다며 작별 인사를 했다. 누나도 나와 헤어지는 게 서운하다고 했다. 이렇게 해서 신설동 원정 배달은 3개월 만에 막을 내렸다.

눈물의 신문확장대회

장위동으로 돌아온 나는 며칠 쉰 후 새 직장을 물색했다. 새벽에 일어나는 것이 힘들어 석간신문을 돌리기로 마음먹었다. D일보 보급소에 갔더니 보급소장 인상이 깍쟁이에 얌체처럼 생겨 먹어서 그곳에 취업하는 것을 포기했다. 혹시나 해서 배달 소년들에게 물어봤더니 월급은 적게 주고 일만 많이 시킨다고 말해서 포기하기를 잘했다는 생각이 들었다.

이번에는 J신문 보급소로 가서 빈자리를 알아봤다. 전에 새벽에 돌렸던 H신문의 구역과 일부 겹치는 구역 한 곳이 비어 있다고 했다. H신문의 구역보다 더 멀었는데 월계동에서부터 신창동까지였고, 상계동 일부도 구역에 들어가 있었다. 너무 고생이 심할 것이라는 생각이 들어 그만두겠다고 했더니 몇 달만 버티면 더 좋은 구역으로 바꿔주겠다고 해서 마음을 돌려 그곳에서 일하게 됐다. 좋은 구역이란 집이 다닥다닥 붙어 있어 신문을 돌리는 시간이 적게 걸리고, 가난한 사람들이 적어 수금도 잘되는 구역을 가리킨다.

석간신문을 돌리다 보니 아이들과 어울려 놀 시간이 전혀 없었다. 새벽에 신문을 돌리면 수금을 하러 가지 않는 날은 함께 놀 수가 있어서 좋았는데…. 신설동에 가서 약 3개월을 보내고 장위동에 돌아오니 벌써 6월도 다 지나고 있었다. 주용이가 너무 궁금했다. 6학년에 올라와 거의 보지도 만나지도 못하고, 지나가다가 우연히 마주친 적만 몇 번 있었다. 우연히 만났을 때 주희 누나 소식을 물어보지 못했다. "너 같은 놈이 감히 우리 누나를 넘보다니"라고 할 것 같아서였다.

점심시간을 알리는 종이 울리자마자 주용이네 교실로 가서 주용이를 찾았다. 앉아 있을 만한 자리를 쭉 둘러보았지만 주용이는 보이지 않았다. 이상한 일이었다. 키가 별로 크지 않기 때문에 분명히 앞쪽에 앉아 있어야 하는데….

"야, 너 주용이 자리 어디인 줄 아니?"

앞에 앉아 있는 아이에게 물었다. 주용이는 한 달 전인 5월에 전학을 갔다는 대답이 돌아왔다. '아니, 이럴 수가 있단 말인가?' 전학을 가면 간다고 말을 하고 가야지, 그럴 수는 없는 일이라고 생각했다.

'나쁜 놈이야, 나쁜 놈. 자기네가 좀 살 살면 얼마나 잘살아. 나하고 친하다고 할 때는 언제고 아무 말 없이 그냥 전학을 가. 나쁜 새끼.'

주용이가 싫고 미웠다. 작년에 내게 해줬던 것도 다 거짓이라는 생각이 들었다. 나를 동정해서 자기 집에 데려가 밥도 주고 선물도 주고 우표수집 책도 준 거였다. 나쁜 자식 같으니라고!

교실로 들어와 점심을 먹는데 우울했다. 주용이에게 무시당했다는 생각이 들었다. 주용이가 미운 것은 관두더라도 주희 누나와 더 친하지 못했던 게 아쉬웠다.

'어디 가서 연락처를 알아내지?'

나는 주희 누나를 찾아야 한다고 생각했다. 결혼하기로 한 여자인데 어떻게든 찾아내야 한다고 다짐했다. 오후 수업이 시작됐지만 머릿속이 산만했다.

"폐품수집하는 날도 아닌데 웬 신문이야? 이거 뭐야?"

옆에서 민구가 꾹꾹 연필로 찔렀다.

"왜?"

민구 얼굴을 쳐다봤더니 연필로 선생님을 가리키는 것이었다.

"야, 이칠복 이거 뭐야?"

담임이 부르는 소리에 자리에서 벌떡 일어나 부동자세를 취했다.

"예, 수집 중인 폐품입니다. 우리 반이 1등 하기 위해 매일 조금씩 모으고 있습니다."

선생님과 아이들은 크게 웃었다. 교실이 웃음바다가 됐다. 나는 관리부장으로서 선생님에 대한 충성을 다하고 있었다. 돌리고 남은 신문을 매일 가져와 교실 한쪽에 쌓아뒀다. 내가 맡은 폐품수집에서 우리 반을 1등으로 만들겠다고 결심한 나는 보급소에서 날짜가 지난 신문을 더 집어다가 교실로 가져온 적도 있었다.

"이칠복은 책임감이 강하구나. 우리 이칠복에게 박수를 쳐주자."

이건 또 무슨 소리인가 싶었다. 어쨌든 나는 6학년이 되어 또 한 번 만인 앞에서 박수를 받았다. 담임은 나를 인정해줬다. 그래서 주용이 새끼 때문에 우울했던 기분이 약간 풀렸다.

방과 후 보급소에 갔더니 15일 동안 '신문확장대회'를 개최한다는 공고가 붙어 있었다. 신문보급소에서는 구독자를 늘리기 위해 주기적으로 신문확장대회를 개최했다. 요새는 구독자를 늘리기 위해 상품권을 주거나 자전거를 주는 등 다양한 수단이 이용되고 있다. 그러나 당시에는 이런 경품이 전혀 없었다. 오로지 발로 뛰며 부탁하고 매달려 보는 수밖에 다른 도리가 없었다.

나는 자신이 있었다. 비록 나이가 가장 어린 초등학생이었지만 항상 순위 안에 들었다. 언젠가는 반드시 한번 1등을 차지해 보리라고 결심했었다. 이제 드디어 실력을 발휘할 기회가 온 것이다. 어떤 면에서는 부자 동네보다 구역이 넓은 변두리 구역이 확장에 유리한 면도 있다. 확장을 하기 위해서 가정집이나 상점을 일일이 방문하며 사정해야 하는데 웬만큼 사는 집은 이미 다른 신문을 구독하고 있기 쉽고, 초인종을 눌러도 대문조차 열어 주지 않는 집이 허다했다. 그만큼 확장에는 불리한 조건이었다. 하지만 변두리 동네는 대문 단속도 잘 안 해서 대개 대문이 열려 있었고, 신문을 구독하지 않는 집이 많아서 상대적으로 유리했다.

나는 신문 배달하면서 내 구역에 있는 상점이나 대문 없이 가난하게 사는 사람들에게 가끔 인심을 썼다. 돈을 챙기려고 보급소에서 몇 부 슬쩍 해온 신문을 팔기도 했지만, 그래도 신문이 남은 날에는 공짜로 줬다. 신문을 그냥 주려고 하면 "신문 안 본다"고 말하는 아저씨와 아줌마도 "남아서 드리는 거예요" 하면 덥석덥석 잘도 받았다.

사실 처음에는 무슨 의도를 가지고 신문을 거저 준 것이 아니었다.

하지만 이것이 신문을 확장하는 데 절대적인 기여를 했다. 가끔 신문을 공짜로 받아 봤던 아저씨들은 자연스럽게 나와 친해질 수 있었다. 상점을 지키는 아저씨들은 내게 과자를 거저 주기도 했다.

보급소 벽에 붙어 있는 공고를 봤다. 15일 동안 15부 이상을 확장해야 1등이 될 수 있었다. 1등부터 3등까지는 꽤 큰 상금이 걸려 있었다. 배달 소년들은 그것을 보고 모두 군침을 꿀꺽 삼켰다. 모두 돈이 한 푼이라도 더 필요한 애들이었기 때문이었다.

얼굴이 뽀얗고 뚱뚱한 보급소장은 배달 소년들을 모아 놓고 일장 훈시를 했다. 확장을 못하는 배달 소년들은 더 이상 신문 배달을 할 생각을 하지 말라는 엄포까지 놓았다. 한마디로 자기 뜻을 잘 받들어 확장에 힘쓰라는 얘기였다. 모든 것은 배달 소년들의 수완에 달린 문제라는 것도 빼놓지 않고 강조했다.

독자 수가 늘어야 자기 수입도 덩달아 늘어나기 때문에 보급소장은 배달 소년들을 달달 볶고 있었다. 신문 배달에 목매달고 사는 배달 소년들은 움찔했다. 물론 확장을 많이 해 올수록 확장수당을 인정받아 더 나은 보수를 받을 수 있지만 배달 소년들은 늘 보급소장의 눈치를 봐야 하는 처지였다. 그때 내가 누굴 조금이라도 경멸한 사람이 있었다면 아마 내가 깍듯이 소장님이라고 부르던 그 보급소장이었을 것이다.

나는 15일 동안 매일 한 부씩 확장하겠다는 목표를 세웠다. 열다섯 집을 보게 하면 1등을 할 수 있었기 때문이다. 그래서 신문을 돌리면서 확장이 가능한 집들을 차례차례 방문해서 설득하기 시작했다. 하지만 생각만큼 쉽지 않았다. 남는 신문을 파는 것보다 훨씬 더 어려웠다. 나는 묘안을 짜냈다. 그동안 내가 가끔씩 신문을 공짜로 줬던 아저씨들을 집중적으로 방문했다.

"아저씨, 요새 우리 보급소에서 신문확장대회를 하는데요. 확장을 많이 하면 상금을 받거든요. 저는 꼭 1등을 해야 해요. 고학생인데 도와주세요. 정말 공부 열심히 할게요."

가끔 내 말에 응해주는 분들도 있었지만 대부분의 아저씨들은 쉽게 응하지 않았다. 또 다른 방법도 써봤다.

"아저씨, 신문 값을 깎아 드릴게요. 다른 집은 한 달에 450원 받는데 아저씨는 400원만 내세요. 예?"

"네가 아무리 그래도 난 안 봐."

'이 구두쇠!'

400원에 준다고 해도 안 보겠다고 하면 350원에 주겠다고 설득했다. 100원을 깎아 주겠다고 하면 구독하겠다는 사람도 더러 있었다.

당시는 신문 구독료를 할인해주는 경우가 많았다. 특히 변두리 구역은 가격 할인이 더욱 심했다. 그렇게 해서라도 신문 구독자를 늘려야 했으니까. 내 구역은 가난한 사람들이 많이 살고 있었기 때문에 신문 구독료를 좀 싸게 해줘도 보급소장은 문제 삼지 않았다. 그래서 신문 세일을 한 것이었다.

신문 구독료 할인에도 불구하고 끝까지 버티는 아저씨가 많았다. 내게 공짜로 신문을 여러 번 얻어 봤으면서도 인정머리 없이 버티는 사람 중 으뜸은 목공소 아저씨였다. 그는 궁벽한 시골 면서기같이 좀 답답하고도 소심하게 생긴 얼굴을 하고 있었다. 나는 그에게 특별공세를 퍼붓기로 했다.

“아저씨, 매주 나오는 주간지 있는 거 아시죠? 그것을 한 달에 두 번 공짜로 드릴게요. 예?”

“안 본다니까.”

그는 짜증 섞인 목소리로 단칼에 거절했다. 그런데 바로 그때 옆에 앉아 있던 아내가 후닥닥 일어나면서 거들고 나섰다.

“아이고, 당신도…. 주간지 공짜로 준다는데 왜 안 봐? 신문 값도 깎아주고….”

이 여자는 입이 큰 데다가 넓적한 뻐드렁니를 가지고 있어 마음이 좋게 생겼다. 나는 이때를 놓칠세라 재빨리 직업의식을 발휘했다.

“아줌마, 저는 신문 배달해서 번 돈으로 학비도 내고 부모님 생활비도 보태드리거든요. 아줌마가 신문 한 부만 봐 주시면 제게는 정말 큰 도움이 될 거예요.”

“이봐, 학생, 여기 신문 넣어. 내가 책임질게.”

목공소 아줌마는 아저씨를 향해 한심하다는 표정을 지어 보였다. 나는 이 앞니가 뻐드러진 아줌마가 좋아졌다. 아줌마의 기세에 눌린 목공소 아저씨는 아무 말도 하지 않고 나만 멀뚱멀뚱 쳐다보고 있었다.

“학생, 주간지에 좋은 그림도 많이 나오지? 전에 주간지를 본 적이 있는데 여배우들도 나오고 볼 만한 게 많더라고.”

그러면서 아줌마는 그 큰 입을 크게 벌리고 웃는데, 뻐드렁니가 이상하게 아름답게 보이기까지 했다.

보급소 사무실에서는 벽에다 구역별로 신문 배달 소년들의 이름을 써서 붙여 놓고 경쟁을 부추기며 신문 확장을 독려했다. 처음에는 별로 차이가 나지 않았지만 날짜가 지나면서 선두 그룹과 후위 그룹으로 구분되어 갔다. 나도 선두 대열에 끼어 경쟁심을 한창 달구고 있었다. 가능한 방법은 모두 동원했다. 나와 친한 영범, 춘길, 우동, 동철이 등 모든 친구들에게 신문을 보라고 권했다. '너희 집에도 신문을 봐야 한다. 세상 돌아가는 물정을 알려면 너희 아버지들께서도 신문을 봐야 되지 않느냐'고 우겨 봤지만 별 소득이 없었다. 그동안 내가 월급을 타서 만두와 떡볶이도 많이 사줬건만 녀석들은 내게 비협조적이었다.

나는 매일 신문을 공짜로 줬던 아저씨들을 찾아다니며 쉬지 않고 공략했다. 부탁하고 하소연하고 매달렸다.

"아저씨, 저는 누나하고 둘이 살고 있거든요. 부모님께서는 시골에 계시고, 누나하고 내가 돈을 벌어서 시골에 보내주고 있어요. 이번 확장대회는 큰 상금이 걸려 있거든요. 상금 받으면 시골에 계신 부모님께 보내 드릴 거예요. 아저씨, 신문 한 부만 봐주세요. 예?"

이제는 거짓말에도 이골이 나서 얼굴 색깔 하나 변하지 않았다. 그렇게 해야 가끔 내 설득에 넘어오는 아저씨들도 있었다. 내가 불쌍한 고학생이니 신문을 봐 주겠다는 것이었다. 불쌍하든 불쌍하지 않든 난 관심이 없었다. 오로지 1등을 위해서 벌이는 짓거리였다. 1등을 하고 나서 좋은 구역으로 옮겨 달라고 할 작정이었다.

드디어 윤곽이 드러나기 시작했다. S중학교에 다니는 현수형이 1등을 유지하고 있었고, 내가 그 뒤를 바짝 쫓고 있었다. 한두 부 정도 차이가 났다. 현수형은 키가 작았지만 깡다구가 있어서 후배들이 많이 따랐다. 나도 역시 현수형을 잘 따랐다. 하지만 이번에는 경쟁자가 되다 보니 한편으로 마음이 편치 않기도 했다. 14일째 되는 날이었다. 이제 달랑 하루가 남았다. 현수형과 나는 한 부 차이였다. 그동안 현수형은 14부를, 나는 13부를 확장했다. 나는 각오를 단단히 했다. 무슨 일이 있어도 오늘 뒤집어야 한다는 결심이었다.

15일째 되는 날 나는 신문을 돌리면서 지금까지 공을 들였던 모든 집을 다시 방문해서 신문 한 부만 봐달라고 설득하고 다녔다. 꽤 영악했던 나는 불쌍해 보이려고 무척 노력했다. '열 번 찍어 안 넘어 가는 나무가 없다'는 말이 실감나는 날이었다. 이 말은 수업 시간에 자주 담임이 강조한 말이었다.

마지막 날까지 포기하지 않고 찾아가서 하소연한 것이 효험이 있어서인지 그날 나는 6부나 확장할 수 있었다. 참으로 엄청난 수확이었다. 나는 저절로 흥분이 되는 가슴을 감당하기조차 어려웠다. 현수형이 아무리 뛰어나도 하루에 6부를 확장하지는 못할 것이라는 확신 때문이었다. 보급소장과 총무들, 다른 신문 배달 형들을 놀라게 할 것이라고 생각하니 기분이 째지게 좋아 가슴이 막 벅차올랐다. 보급소까지 걸어가는데 왜 그리 거리가 멀고 시간이 오래 걸리는지….

드디어 보급소에 도착했다. 내 구역 담당인 김 감독에게 보고했다. 오늘 6부나 확장했다고. 김 감독도 매우 좋아했다. 김 감독은 보급소장에게 보고하러 갔다. 배달 소년들이 하나둘씩 보급소로 들어왔고 마지막 집계가 이뤄지고 있었다. 나는 흥분한 채 기다렸다. 보급소장과 총무, 감독들이 모여서 회의를 했다. 순위를 정하고 시상식을 열 모양이었다. 내 직속상관인 김 감독이 내게로 다가왔다. 내 가슴은 다시 걷잡을 수 없이 뛰었다. 나는 앉은자리에서 벌떡 일어나 김 감독에게 물었다.

"감독님, 내가 1등이지요?"

나는 흥분해서 물었다. 하지만 김 감독은 전혀 뜻밖의 말을 했다.

"아니다, 소장님께서 오늘 확장해 온 것은 계산에 넣지 않겠다고 말씀하셨다."

"그런 게 어디 있어요?"

"낸들 어쩌니. 보급소장님이 그러시는데."

"말도 안 돼요. 그런 게 어디 있어요. 분명히 내가 1등이잖아요. 다른 사람들한테 물어보세요!"

나는 너무 억울하고 분했다. 내 눈에는 금방 눈물이 가득 고여 앞이 잘 보이지 않았다. 보급소장은 내가 하루 동안 6부나 확장한 것을 의심하고 있었던 것이다. 정 의심스러우면 내가 확장했다고 보고한 집을 돌며 확인하면 될 일을 그러지도 않으면서 의심하고 계산에 넣지 않는 보급소장이 너무 야속했다. 나는 너무나 억울했고 속이 상했다. 눈물이 마구 흘러내려서 그냥 앉아 있을 수가 없었다. 나는 울면서 보급소 사무실 밖으로 뛰쳐나갔다. 울지 않으려고 이를 악 물었지만 내 뺨 위로 굵은 눈물방울이 주르르 흐르는 것은 어찌할 도리가 없었다.

나는 방향도 의식하지 못한 채 무턱대고 천천히 걸었다. 너무나 억울하고 또 억울하여 하염없이 눈물을 흘리면서…. 그러다가 문득 정신을 차려 보니 어느 새 집 근처에 다다라 멍하니 개울을 쳐다보고 있었다. 머리는 텅 빈 채 아무런 생각도 떠오르지 않았다. 나는 개천 둑에 앉아서 보급소장을 원망하고 또 원망했다.

아무리 생각을 해봐도 뭔가 잘못됐다. 보급소장은 속고만 산 사람인 것 같았다. 생긴 것은 꼭 돼지같이 생겨가지고. 사람을 그렇게 못 믿으면서 보급소를 운영하는 게 한심하게 여겨지기도 했다. 그런 보급소장을 믿고 그렇게 열심히 노력한 자신의 신세가 처량해서 또 한 번 눈물이 왈칵 솟았다. 직장을 위해 정말 열심히 일했건만 나를 알아주지 않는 것이 내 가슴을 너무나 아리게 했다. 그렇게 한참을 앉아 있다가 나는 흘러내린 눈물을 뒤로 남겨 두고 집으로 걸어갔다.

예전 같으면 캐리가 달려와 나를 위로해줄 텐데. 장로 할아버지와 어머니 때문에 캐리는 갔다. 나는 캐리가 사라진 이후로 장로인가 뭔가 하는 영감탱이에게 한 번도 인사하지 않았다.

문을 열고 집으로 들어갔다. 어머니가 "운 것 같은데 무슨 일이 있었니?" 하고 물었다. 나는 대답 대신 저녁을 먹고 왔다며 방으로 들어갔다. 곧장 따라 들어온 어머니는 나를 물끄러미 바라보며 앉았다.

"저녁 먹어야지?"

"먹고 왔다니까요!"

나는 짜증 섞인 목소리로 쌀쌀맞게 어머니에게 화풀이를 했다. 보급소장 때문에 저녁을 굶어야 하는 것도 억울했다. 나는 베개에 얼굴을 파묻고 보급소장을 욕하다가 잠이 들었다.

다음 날 학교에 갔다가 방과 후 보급소에 들르지 않고 그냥 집으로 돌아와 버렸다. 보급소로 가는 게 싫었다. 내가 분명히 1등을 했는데, 어째서 현수형이 1등인지 도저히 받아들일 수 없기 때문이다. 그래서 집에 가방을 던져 놓고 동네 공터에서 친구들과 축구를 하고 놀았다. 한편으로는 신문 배달을 빼먹은 게 은근히 걱정됐다.

저녁때가 되어서 친구들은 하나둘씩 집으로 돌아갔다. 나 혼자 놀 수는 없는 일이어서 나도 집으로 돌아갔다. 걱정되고 불안한 마음으로 집에서 저녁을 먹고 있을 때였다. 밖에서 나를 부르는 소리가 들렸다. 보급소의 김 감독이 온 것이었다. 한 손에는 신문을 들고 있었다.

"어제 1등을 못했다고 신문 돌리러 안 나오면 어떻게 하니?"

나는 할 말이 없었다. 1등상을 못 받았다고 아예 보급소에 나가지 않은 것은 내 잘못이라고 생각했기 때문이었다. 그제야 어머니는 어제 내가 시무룩해서 집에 돌아온 영문을 알고 나를 혼냈다. 나는 김 감독 앞이라서 가만히 있었다. 하지만 나는 혼이 날 만큼 큰 잘못을 저지르지 않았다. 어른들은 다 자기들 마음에 안 맞으면 혼내고 야단치고 하는 짓이 똑같았다. 저녁 8시가 넘어가고 있었지만 나는 하는 수 없이 김 감독과 신문을 나눠 들고 내 구역으로 향했다.

다음 날 방과 후에 보급소에 나가려고 하니 걱정부터 앞섰다. 화가 잔뜩 난 표정으로 호통칠 보급소장 얼굴이 떠올랐다. 내 예상은 한 치도 빗나가지 않았다. 보급소장은 나를 자기 책상 앞으로 불러 놓고 한참을 떠들어 댔다. 나이도 어린놈이 고집은 세서 자기 마음대로 한다는 둥, 그 따위로 하려거든 신문 배달을 그만두라는 둥, 남의 사업 망가뜨리기로 작심했냐는 둥, 정말 듣기 싫은 소리 일색이었다.

'보급소장 아저씨가 자기 마음대로 하니까 나도 내 마음대로 했다' 고 말해주고 싶었지만 그게 마음대로 되지 않았다. '네가 1등 못한 것에 대해 서운했구나. 그래도 그렇지, 신문 돌리는 것을 펑크 내면 되니? 다음부터는 그러지 말아라' 하고 제대로 된 어른처럼 타일렀다면 나도 잘못을 빌었을 것이다. 하지만 보급소장은 많은 사람 앞에서 창피를 주기 위해 작심한 사람처럼 흥분해서 마구 떠들어 댔다. 그런 못된 사람에게 용서를 빌 필요가 없는 게 나에게는 오히려 다행이란 생각마저 들 정도였다.

내 마음속에서 불만의 씨앗이 자라기 시작했다. 여기 와서 정말 열심히 일했건만 알아주지 않았다. 나이 어리다고 남들보다 특별하게 대해 달라는 것은 아니었다. 다만 공평한 대우를 해달라는 것이 내 희망사항이었다. 불만은 조금도 해소되지 않은 채 내 마음속에 계속 똬리를 틀고 남아 있었다.

며칠 후 보급소에서 제일 가깝고 집도 다닥다닥 붙어 있으며 장위시장을 끼고 있어 수금도 잘되는 구역이 빌 것 같다는 소문이 돌았다. 대부분의 신문 배달들은 군침을 흘렸다. 나 역시 이 구역을 탐내고 있었다. 며칠 전 신문확장대회에서 2등을 했고 결근해서 사고를 치기는 했지만, 보급소장도 한편으로는 내게 미안한 마음이 남아 있을 거라는 생각이 들었다. 나는 먼저 내 직속상관인 김 감독에게 말을 꺼냈다.

"감독님, 장위시장 근처의 구역이 빌 거라는 소문이 있는데요. 제가 그 구역으로 옮기고 싶은데요."

"소장님에게 말해봐라. 그 구역 담당인 이 총무도 네게 호감을 갖고 있더라. 그래도 소장님이 안 된다고 하면 곤란하잖아."

나는 다행이라는 생각을 했다. 그 구역의 담당 총무가 나를 데려가고 싶어 한다면 잘 풀릴 것 같았기 때문이다. 그래도 보급소장에게 '나를 곧 비게 될 구역으로 보내 주세요'라고 말하려고 하니 쑥스러운 마음이 먼저 일었다. 며칠 전 배달 펑크 사고를 친 후로 보급소장은 나를 보고는 잘 웃지 않았기 때문이다. 아마 화가 덜 풀린 모양이었다.

보급소장은 신문 배달부들이 수금해 온 돈을 열심히 세고 있는 경리 여직원 옆에서 훈수를 두고 있었다. 보급소장이 자기 자리로 돌아가기를 기다렸다. 한참 지나서야 보급소장은 제자리로 돌아갔다. 나는 다른 사람이 끼어들 틈을 주지 않기 위해 재빨리 보급소장 책상으로 다가갔다.

"소장님, 저… 드릴 말씀이 있는데요."

"뭐야? 해 봐."

보급소장은 웃음기 하나 없이 얼음같이 찬 얼굴로 나를 똑바로 쳐다보면서 내뱉었다. '그래, 무슨 일이니? 말해봐라' 하고 웃으면서 대해주면 어디가 덧날까 싶었다.

"장위시장을 끼고 있는 구역이 빌 거라고 해서요. 그 구역으로 저를 보내주시면 안 될까요?"

일그러지는 보급소장의 표정으로 보아 대답은 들으나마나였다.

"그 구역에는 다른 애를 보내기로 결정했어."

앙금이 가시지 않고 남아 있었던 것이다. 나는 쓸데없는 헛물만 켜고 만 셈이었다. 나이로 치면 막내인 나를 좀 더 잘 대해줘도 될 텐데, 그리 한결같이 차갑게 대하는지 인정머리가 눈곱만큼도 없는 작자였다. 내가 좀 잘못을 했어도 그렇지, 일은 계속 시키면서도 왜 용서를 안 해주는 건지 알 수 없었다. 정 용서할 수 없으면 나를 내보내야 옳지 않은가? 내 경력은 남들에게 뒤지지 않았지만, 나이가 너무 어려서 인정받지 못하고 있다는 생각이 들었다. 이 직장에서는 일을 하고 싶다는 생각이 싹 가셨다. 새로운 직장을 찾아 나설 결심이 서고 있었다. 나는 며칠을 고민했다.

"김 감독님, 저 그만둘래요."

새 직장을 알아보는 것도 어렵지만, 더 어려운 것은 다니던 직장을 그만두겠다고 말하는 것이다. 그것도 정이 든 직속상관에게는. 그동안 나를 친동생처럼 따뜻하게 대해준 사람에게 나는 최후통첩을 보냈다.

"아니, 왜?"

김 감독은 작은 눈을 크게 뜨고 의외라는 표정을 지어 보였다.

"너무 힘들어서요."

'나의 능력을 제대로 알아주지 않아서 떠나려고 합니다'라는 말이 목구멍까지 올라왔지만 이 말을 할 상대가 김 감독이 아니라는 생각에 그만뒀다. 말을 하지는 않았지만 김 감독도 내 속마음을 짐작하고 있을 것이다. 보급소장에 대해 쌓인 내 서운함과 비인간적인 대접 때문에 내가 그만두려고 한다는 것을….

구역을 인계하려면 새로운 인수자가 나서야 한다. 변두리 구역을 맡기 원하는 배달 소년은 쉽게 구해지지 않았다. 보급소에서는 이 동네 저 동네 벽에다 '신문 배달 소년 모집' 광고를 냈지만 응모자가 나타나지 않았다. 그만두겠다는 말을 내뱉고 나서도 계속 근무하는 것은 참으로 힘든 일이었다. 마음이 이미 떠나버린 곳에서 몸도 같이 놓여야 하는데 그렇지 못하고 있었기 때문이다. 기다리다 못해 스스로 나서서 친구를 통해 어렵게 인수자를 구했다. B육아원에서 생활하고 있던 수남이 형이었다. 중학교 1학년 학생이었다.

그래서 수남이 형과 함께 구역을 돌면서 인계에 들어갔는데, 그 형은 구역이 마음에 들지 않는 모양이었다. 보급소 사무실에서 가장 먼 구역, 배달을 마치려면 시간이 많이 걸리는 구역을 좋아하는 사람이라면 오히려 더 이상한 일일 것이다.

"형, 이 구역이 이래도 확장은 잘돼요. 확장 수당도 월급에서 차지하는 비중이 크거든요."

신문 배달 세계에 경험이 없던 형은 월급을 많이 받을 수 있다는 내 말에 조금은 위안을 받는 것 같았다. 며칠 나오다가 포기하면 어쩌나 하는 염려 때문에 나는 수남이 형을 안심시킬 필요가 있었다. 그래서 이 구역은 인심이 좋다는 말을 덧붙였고, 또 나는 신문 배달 세계를 떠나기 위해 그만둔다는 말을 몇 차례 반복했다.

1974년 8월 15일은 역사적인 날이었다. 육영수 여사가 사망한 날이고, 또 지하철 개통식이 있던 날이었다. 나는 지하철이 개통되면 청량리역에서 종로까지 지하철을 탈 계획을 품고 있었다. 그런데 지하철 개통식은 사람들의 관심을 끌지 못했다. 동네 어른들의 말에 의하면 박정희 대통령 부인인 육영수 여사가 오전 10시부터 장충동 국립극장에서 시작된 제29주년 광복절 기념 행사장에서 재일동포 문세광이 쏜 총에 의해 죽었다는 것이었다. 동네 아줌마들 중에는 눈물을 흘리는 사람들도 있었다. 보급소에 갔더니 신문이 일찍 도착해 있었다. 신문은 육영수 여사가 사망했다는 기사로 도배를 하고 있었다. 총을 맞고 돌아가신 육영수 여사가 불쌍하다는 생각이 들었다.

그 즈음의 일이었다. 성북역 근처를 다 돌리고 난 후 인덕대학(당시는 인덕실업고등학교) 쪽을 향해 걸어가고 있었다. 지금은 아파트 단지들이 들어서 있지만 당시 그곳에는 집이 한 채도 없었다. 비포장도로로 가끔 삼륜차들만 먼지를 날리면서 달리는 거리를 한참 걸어가야 주택이 나타났다. 수남이 형과 신문을 나눠 든 채 이야기를 나누면서 걷던 내 눈에 멀리서 리어카를 끌고 오는 사람이 눈에 들어왔다. 아버지였다. 나는 걱정이 앞섰다. 아버지가 리어카를 끌고 야채 행상을 하는 사람이라는 것이 창피했기 때문이다. 3개월 동안 이 길을 다녔지만 한 번도 마주치지 않았는데 하필이면 그날 정면으로 마주친 것이었다.

'옆에 수남이 형도 있는데 어쩐단 말인가?'

길가에 건물이나 주택이 있었더라면 숨을 수도 있을 텐데, 주변에는 쥐새끼 한 마리 숨을 구멍도 찾을 수 없었다. 아버지를 알은체할 수는 없는 노릇이었다. 손으로 태양을 가리는 격이겠지만 나는 모른 척하고 지나가기로 했다. 혹시 못 보고 지나칠 수도 있는 것 아닌가.

아버지는 점점 다가왔다. 나는 왼쪽에 서서 걷다가 수남이 형과 자리를 바꿨다. 이제 수남이 형은 왼쪽에, 나는 오른쪽에서 걸었다. 키가 나보다 큰 수남이 형에 가려서 어쩌면 잘 보이지 않을 수도 있다는 생각에서였다. 나는 고개를 푹 숙이고 걸으면서 나와 엇갈려 지나가는 행상이 내가 전혀 모르는 사람이라는 듯한 태도를 취하며 수남이 형과 시시덕거리기도 했다. 리어카를 끌고 오는 아버지가 나를 알아차리고 쳐다보든 말든 내 눈길은 땅바닥을 향한 채….

아버지가 옆을 스쳐 지나갔다. 나는 알아보지 못했기를 간절히 바랬다. 나는 뒤를 돌아다보지 않았다. 혹시 뒤를 돌아보다가 눈길이라도 마주치는 것이 걱정되었기 때문이다. 나는 울적했다. 내가 너무 싫었다. 또 아버지도 싫고 미웠다. '그렇게 할 짓이 없어서 리어카 행상을 해서 나를 이 지경으로 만들어?' 하는 원망이 불쑥불쑥 고개를 쳐들었다.

일을 마치고 집으로 돌아왔으나 마음 한편이 너무나도 무겁고 걱정됐다. '아버지가 나를 봤다면 어쩌지, 뭐라고 둘러대지?' 하는 생각으로 머릿속이 꽉 차 있었다.

저녁 8시가 넘어서야 아버지는 장사를 마치고 돌아왔다. 다른 날과 마찬가지로 "아버지, 다녀오셨어요" 하면서 아버지 웃옷과 돈주머니를 받아들고 방으로 들어왔다. 예전에는 이 순간을 이용해 돈 주머니에서 돈을 슬쩍 꺼냈었다. 물론, 내가 돈벌이를 하고부터는 아버지 돈주머니를 털지 않았다. 아버지는 땀이 배어 있는 몸을 씻은 후 방으로 들어왔다. 어머니가 차린 저녁상을 받고 식사를 시작했다. 나는 아무 일도 없었다는 것처럼 방바닥에 엎드려 숙제를 했다.

"칠복아, 오늘 성북역 근처에서 신문을 돌리더라. 어떤 중학생하고 둘이 가던데 왜 나를 못 본 척했니? 애비가 리어카를 끌고 장사 다니는 것이 창피한 게로구나."

내 가슴은 콩콩 뛰었다. 아버지는 내 마음을 정확이 알고 있었다.

"아니에요, 내가 그렇게 먼 구역까지 신문을 돌리는 것을 아시면 혼낼까 봐 일부러 모르는 척한 거예요."

나는 얼른 거짓말로 난처한 상황을 얼버무렸다. 옆에서 어머니도 거들었다. 내가 일부러 아버지를 모른 척했을 정도로 나쁜 아이는 아니지 않느냐고….

"그… 으래?"

아버지는 내 거짓말에 속아 넘어간 것 같았다. 나는 정말이지 거짓말의 천재였다. 난 참 나쁜 놈이야, 난 나쁜 놈이야. 이런 내 행동이 마음에 걸렸다.

'왜 그런 짓을 했을까?'

수남이 형은 아버지도 없는 고아였다. 나는 아버지와 어머니가 살아 있기 때문에 고아가 아니었다. 아버지가 행상이라는 것이 그리 창피했더란 말인가?

나이를 먹고 성인이 되어서야 아버지를 이해할 수 있었다. 내가 어린 시절을 보냈던 1970년대는 이 땅의 많은 아버지들이 어렵게 살아가던 시절이었음을…. 많은 아버지들이 열심히 일했지만 다들 어렵게 살았다는 것을….

아버지는 새벽 4시 이전에 일어나 경동시장으로 야채를 떼러 나갔고, 저녁 8시가 넘어서야 집으로 돌아왔다. 이른 새벽부터 땅거미가 질 때까지 장사를 나가 등허리가 휘도록 일만 하시던 아버지였다. 아버지가 천성이 나태해서 가난을 벗어나지 못했던 것이 아니라는 사실을 나는 성인이 되면서 알게 됐다. 그렇게 성실했고 몸이 부서지도록 일하는 아버지가 또 어디 있었을까?

내가 좀 더 똑똑했고 사려 깊었더라면 아버지를 외면하지 말고 아버지 품으로 달려가 아버지 손을 붙잡고 반가워했어야 마땅했다. 그러나 나는 아버지처럼 초라한 인생을 살지 않겠다고 다짐하면서 시건방을 떨었다. 나는 양복을 입고 넥타이를 맨 채 머리에 기름을 발라 넘긴 동철이 아버지를 부러워했고, 그렇지 못하는 아버지를 인정하려 들지 않았었다.

내가 나이를 먹고서야 그 시절의 아버지가 몸이 으스러지도록 최선을 다하면서 살았음을 알았다. 가난하고 배우지 못했지만 가족을 위해 주인집 여자에게 굽실거렸다는 사실도 깨달았다. 아마도 자식에게 잘해주지 못해 가슴 아파하면서 아버지는 그 시절 피눈물을 삼켰을지도 모른다. 나는 자식을 갖고 나서야 비로소 아버지가 무엇인지 조금이나마 알게 된 것이다.

성인만화 〈김일성의 침실〉

6학년 1학기 동안 직장을 두 군데나 다니다가 그만두고 방학을 맞아 동네에서 놀고 있었다. 동네에는 이상한 소문 두 가지가 돌았다. 하나는 무허가 건물에 살고 있는 둑방 동네 사람들에게 보상금이 지급되고 건물이 철거된다는 것이고, 다른 하나는 밤마다 개천가 둑에서 젊은 남자와 젊은 여자가 밀회를 즐긴다는 소문이었다.

첫 번째 소문에 대해서 아이들은 그 내용을 잘 몰랐다. 하지만 어른들은 걱정을 많이 하고 있었다. 특히 세를 사는 사람들에게 주어지는 보상금의 액수가 적기 때문에 그 돈으로 어디 가서 다시 세를 얻느냐는 걱정을 했다. 어머니도 여기저기 세를 얻을 집을 알아보러 다녔다. 동네의 다른 어른들도 마찬가지였다. 그러나 동네 아이들은 두 번째 소문에 더 관심이 있었다.

영범과 우동, 춘길과 나는 밤에 밀회의 현장에 몰래 접근하여 훼방 놓을 음모를 꾸몄다. 바로 그날 밤이 됐다. 우리는 동네 골목에 숨어서 두 남녀가 나타나기를 기다렸다. 밤이 어둑해져서야 두 남녀가 나타났다. 그들은 개천 둑에 앉아 꽤 오랫동안 이야기를 나누더니 슬며시 서로 얼싸안는 것이었다. 우리는 그 분위기를 깨기 위해 별안간 소리를 내지르면서 동시에 뛰어 나갔다. 붙어 있던 두 남녀는 놀라서 얼른 떨어졌다.

"야, 이놈, 칠복아. 너 이리 와!"

캄캄해서 잘 보이지 않는데 거기 있던 남자와 여자가 동시에 내 이름을 합창했다. 누군지 알 만한 목소리였다. 그들은 미경이 이모와 정씨 아저씨였다. 나는 순간 동네 아이들을 원망했다. 녀석들하고 오랜만에 한 짓거리였는데 그게 번지수가 어긋나도 한참 어긋난 것이었다.

나는 미경이 이모에게 빚을 진 몸이었다. 종아리 사건 이후 나는 미경 이모가 마음씨 좋은 여자임을 알았다. 나이가 많이 들었는데도 시집을 아직 가지 못했다. 항상 슬픈 표정을 하고 있는 것은 그녀의 성장배경 때문이라고 어머니한테 들었다. 미경 이모의 부모는 딸만 넷을 뒀는데, 미경 이모가 어릴 때 돌아가셨다. 그래서 미경 이모는 어릴 때부터 언니들 집을 전전하면서 살아왔다고 했다.

우리 집 옆방에 살던 미경 이모는 오래전에 내게 심부름을 시켰다. 딱지 모양으로 접은 종이였는데 편지라고 하면서 둑에 혼자 살고 있던 총각인 정씨 아저씨에게 전해달라고 했었다. 그 편지를 전해주면 정씨 아저씨도 쪽지를 건네줄 터이니 그것을 받아 오라고 했다. 나는 오랫동안 이 심부름을 했었는데 언제부터인가 중단됐다. 나는 심부름을 하면서 처음에는 잘 몰랐지만 두 사람이 연애를 한다는 느낌을 받았고, 연애편지 심부름을 하고 있다는 걸 알게 됐다. 나는 두 남녀에게 사랑의 전달자 역할을 했고, 결국 두 남녀를 맺어준 은인이었다. 물론 나는 그 심부름의 대가로 두 사람에게서 만두를 얻어먹기도 했다.

그런 내가 동네 친구 놈들의 꼬임에 빠져 두 사람을 놀라게 한 것이다. 정씨 아저씨는 나를 혼냈다. 혼나면서도 웃음이 나와 죽을 지경이었다. 서로 좋아 부둥켜 앉고 있던 정씨 아저씨와 미경 이모를 떨어뜨려 놓았으니. 둘은 얼마나 놀랐을까.

지난해 동네 아이들은 서로 붙어 있는 개 한 쌍을 떨어뜨린 적이 있었다. 우리 집 캐리가 다른 개의 엉덩이에 코를 대고 킁킁거리다가 올라탔다고 했다. 그러고 나서 그 두 마리는 서로 엉덩이를 붙인 채 한참 동안 떨어지지 않았다. 너무 오래 붙어 있는 것이 걱정된 아이들은 몽둥이로 위협해서 개들을 떼어놨다는 것이다. 내가 수금하러 갔다가 집에 늦게 오는 길인데 우동이가 캐리를 도와줬다며 내게 공치사를 했었다. 그러는 우동이에게 나는 화가 났다. 정확한 것은 모르지만 나는 캐리가 하는 짓을 조금은 알고 있었기 때문이었다. 나는 그때 아무 말도 하지 않고 멍청한 우동이에게 인상을 찌푸리고 집으로 들어간 버린 적이 있었다.

아무것도 모르면서 환심을 사려던 우동이에게 내가 잘못한 것 같았다. 최근 들어 우동이는 가끔 슬픈 얼굴을 하고 다녔다. 이유를 말하지 않았고 나도 묻지 않았지만, 나는 우동이 마음을 알고 있었다. 올해 2월에 우동이 누나는 초등학교를 졸업했다. 누나는 공부를 잘했다. 하지만 집안 형편이 어려웠고 동생들도 누나 밑으로 줄줄이 사탕이다 보니 돈을 벌어야 했다. 누나는 낮에는 직장에 가서 돈을 벌고 밤에는 교회에서 운영하는 공민학교에 다니기를 원했다. 그래서 공장에 다니려고 알아보다가 그것이 잘 안되어 나하고 원수지간인 민 장로 할아버지의 소개로 낯선 집의 식모살이를 하러 갔다. 식모살이를 간 이후로 집에는 한 달에 두 번만 온다고 했다. 아마 우동은 누나 생각을 많이 하고 있었을 것이다.

며칠 쉬었더니 돈 생각이 났다. 신문을 팔거나 수금하다 삥땅을 친 돈으로 산 아이스케키나 사탕을 늘 입에 달고 살았었다. 신문 배달을 그만두고는 돈이 몹시 궁했다. 그래서 나는 새 직장을 찾아 나섰다. 지금까지 나는 장위동에 있는 신문 보급소는 한 군데만 빼고 다 가 봤다. 내가 근무해보지 않은 곳은 C신문뿐이었다. 그러나 막상 그곳에 아는 사람도 없어서 찾아갈 엄두가 나지 않았다.

전에 J신문 보급소에 근무할 때 본 것이 기억났다. J신문 보급소 한쪽 벽에 장위동 일대의 다른 신문사 보급소의 전화번호가 적혀 있었다. 그런데 J신문 보급소의 경리 누나가 내 목소리를 알아차릴 것 같았다. 그래서 나는 영범이에게 전화 걸기를 부탁했다.

"영범아, J신문사 보급소에 전화를 걸어서 C신문사 장위보급소 전화번호를 알아봐 줘."

"어떻게?"

"거기 C신문사 장위보급소죠?라고 하면 아니라고 할 거 아냐. 그럼 혹시 C신문사 보급소 전화번호 좀 알 수 있냐고 해봐. 그러면 가르쳐줄 거야."

나는 영범을 통해 C신문사 장위보급소의 전화번호를 알아냈다. 915-1570이었다. 공중전화박스로 갔다. 수화기를 들고 전화 다이얼을 돌리기 시작했다. 그러나 다이얼을 돌리다가 나는 다시 수화기를 내려놓았다.

'전화를 걸어서 무슨 말부터 하지. 어려서 안 된다고 하면 어떡하지?'

C신문 보급소에서는 초등학생을 받지 않는다는 소문을 이미 들은 적이 있어서 먼저 걱정이 앞섰다. 전화를 받으면 할 말을 미리 정리하고 다시 다이얼을 돌렸다. 신호음이 몇 차례 울리자 누군가가 수화기를 집어 들었다.

"여보세요? 거기 C신문 보급소 사무실이죠?"

"예, 그런데요. 누구를 찾으시나요?"

"누구를 찾는 게 아니고요. 신문 배달을 하고 싶어서요."

"아, 그래요. 경험은 있나요?"

"예, 아주 많아요."

"그럼 내일 오후에 보급소 사무실로 와 봐요."

"누구를 찾아가면 되나요?"

"박 감독을 찾으면 돼요."

"예, 알겠습니다."

나는 기대감에 부풀었다. 일단 와 보라고 했기 때문이다.

다음 날 새 직장에 취업할 꿈을 안고 보급소 사무실로 찾아갔다. 보급소는 장위시장 입구 3층에 자리하고 있었다. 내가 찾아갔을 때 보급소 사무실 문이 조금 열려 있었다. 열린 문을 밀고 들어가려다가 예의상 필요할 것 같아 노크를 하고 문을 살짝 밀었다.

"여보세요, 저… 박 감독님 좀 찾아왔는데요."

머리를 빡빡 깎은 중고생 형들이 많이 있었다.

"지금 안 계시는데, 들어와서 기다려라."

한 중학생 형이 아무런 표정도 없이 나를 쳐다보면서 무뚝뚝한 투로 들어오라고 했다. 그 형은 얼마나 오랫동안 빨지 않고 입었는지 원래는 흰색이던 색깔이 거의 검게 변한 반팔 러닝을 입고 있었다. 그는 빡빡머리를 하고 있었는데 머리카락이 너무나 짧아 애써 손으로 움켜쥐려 해도 한 올도 잡히지 않을 것 같았다. 그의 뻐드렁니는 정말 특이한 모습이었다. 앞니 하나가 45도 각도로 튀어나온 채 잇몸에 박혀 있었다.

박 감독을 기다리는 동안 주위를 조심스럽게 둘러봤다. 보급소 풍경이 흥미로웠다. 옆에 방 하나가 있었는데 엎드려서 코딱지를 파면서 신문을 읽는 형들도 있고, 방에 놓여 있는 책상에서 공부를 하는 형들도 있었다. 여기저기 신문지가 굴러다니고 있었고, 한편에는 냄비와 솥도 놓여 있었다. 총무로 보이는 어른들은 신문 대금 영수증을 정리하고 있었다. 그런데 한 중학생 형이 들어오면서 라면 다 끓었다며 올라오라고 큰 소리로 말했다. 이 건물에 옥상이 있는 모양이었다. 소리를 듣고 빡빡 머리들은 우르르 몰려갔다.

기다리면서도 한편으로는 걱정이 됐다. 나는 초등학생이었다. C신문은 초등학생을 배달부로 쓰고 있지 않다고 들었던 사실이 내내 마음에 걸렸기 때문이다. 그러는 사이에 키가 훤칠하고 잘생긴 미남형의 남자가 들어왔다.

"박 감독님, 저 꼬마가 감독님을 찾는데요."

이름 모를 한 고등학생 형이 말했다.

"나한테 전화한 아이니?"

"예."

나는 긴장한 채 짧게 대답했다.

"아주 어리구나."

나는 순간 가슴이 철렁 내려앉았다. 채용하지 않을 것 같다는 불안감이 들었기 때문이다.

"배달 경험이 있다고 했는데, 무슨 신문을 돌려 봤니?"

"석간과 조간 거의 모두 돌려 봤어요. 기간도 1년 이상 된 걸요."

나는 장황하게 설명했다.

"그럼 내일부터 나올 수 있겠니?"

내가 마음에 들었나 보다. 우려와는 달리 새 직장에서 일하게 된 것이 너무 기뻤다.

새 직장에 와서 내 영업기술도 많이 향상됐다. 나는 새로운 사실을 발견했다. 사람들이 이사를 많이 하는 날이 따로 있었다. '손 없는 날'이라고 불리는 매월 말일경에는 유난히 이사를 많이 했다. 그래서 나도 손 없는 날을 이용하기로 했다. 그런 날은 내게 두 가지 의미가 있었다. 지금까지 신문을 보다가 신문 대금을 내지 않고 줄행랑을 치는 독자를 잡을 수 있고, 또 다른 하나는 새로 이사 오는 사람들에게 신문 구독을 권유해서 내 독자로 삼을 수 있었다. 돌멩이 한 개로 두 마리 새를 잡는 일석이조였다.

당시는 대부분 리어카나 삼륜차로 이삿짐을 날랐다. 나는 이사를 오는 집이나 가는 집을 눈여겨봤다. 그러다가 이사를 오는 집 같으면 다가가서 인사했다.

"안녕하세요? 저는 C신문 배달 소년입니다. 제가 도와드릴게요."

웃는 얼굴로 씩씩하게 말하고 이삿짐을 날라 주기 시작했다. 그러고 나서면 이삿짐을 들이느라 일손이 부족한 까닭에 대부분의 사람들은 나를 반겼다. "도와주지 않아도 괜찮다"고 사양을 해도 나는 "도와드리고 싶어서요" 하면서 이삿짐을 날랐다. 그러면서 '히히히' 하고 속으로 좋아했다. 새로운 독자가 되겠구나 하는 느낌이 들었기 때문이다.

그래서 손 없는 날은 정말 바쁘게 하루를 보냈다. 이사를 오는 집이 여기저기 많아서 어느 한 집에 매달릴 수 없었기 때문이다. 그래서 한 집에서 이삿짐을 나르는 것을 적당히 도와주다가 다시 도와주러 오겠노라고 말하고 다른 곳으로 재빨리 이동하곤 했다. 몇 집을 이런 식으로 도와주고 나서 오후 늦게 이삿짐이 대강 정리됐을 시간에 내가 도와줬던 집을 다시 방문했다.

"안녕하세요? 아까 이사할 때 이삿짐을 날라 드렸던 배달 소년입니다."

"그래, 오늘 고마웠어."

나를 알아본 예비독자들은 나를 반겼다.

"새로 이사를 오셨는데요. 보시는 신문이 없으면 제가 돌리는 신문을 봐주세요, 예?"

나는 순간을 놓치지 않고 직업의식을 발휘하면서 잽싸게 부탁했다. 많은 사람들이 이삿짐을 날라 준 나를 기억하고 신문을 구독해줬다. 물론 쉽게 응하지 않는 예비 독자들도 있었다. 그런 사람에게는 매주 나오는 주간지를 격주로 주겠다는 제안을 덧붙이기도 했다. 그제야 신문을 구독해주는 사람도 있었다.

더 고마운 사람들도 있었다. 한번은 이삿짐을 나르고 가족끼리 저녁을 먹고 있는 집을 방문한 적이 있었다. 할머니가 나보고 자꾸 마루로 올라오라는 것이었다. 수고를 했으니 저녁을 먹고 가라는 말이었다. 겉으로는 사양했지만 남의 집에서 밥 먹기를 유독 좋아하는 나는 속으로 은근히 기다리고 있던 말이었다. 마루의 밥상 위에 차려진 푸짐한 음식이 나를 유혹했다.

"고맙습니다."

나는 할머니의 말이 떨어지기가 무섭게 마루에 올라 새로이 독자가 된 집의 가족들과 저녁밥을 함께 먹었다. 평소 내 또래 아이들보다 밥을 많이 먹던 나는 두 공기를 뚝딱 해치웠다. 하루 종일 돌아다니느라 배가 고팠기 때문이다. 그렇게 밥을 얻어먹은 집과는 더 강한 친밀감을 느낄 수 있었다.

그 즈음 나는 견디기 힘든 유혹의 그물에 걸려 헤어나지 못하고 있었다. 남들이 나를 나쁜 아이라고 여길까 봐 조심하고 주저했지만 불쑥불쑥 떠오르는 생각에 나는 아주 미칠 지경이었다. 언젠가 수금하러 다니다가 만화가게 앞을 지나가면서 밖에서 볼 수 있도록 전시해둔 만화를 본 적이 있다. 그날 특히 내 눈에 들어왔던 것은 성인만화였다. 요상한 그림이 그려져 있던 성인만화 표지가 내 호기심을 발동시켰다. 나는 성인만화가 몹시 보고 싶었다. 하지만 사람들이 나를 나쁜 아이로 여길까 봐 막상 만화가게에 들어가 성인만화를 볼 용기가 나지 않았다. 그러나 만화가게를 지날 때마다 계속되는 유혹을 뿌리칠 수가 없었다.

그래서 나는 가능하면 사람이 적게 지나다니는 만화가게를 찾으려고 애를 썼다. 38번 시내버스 종점에도 내가 신문을 넣고 있었다. 그 근처 주택가엔 골목길이 복잡하게 나 있었다. 나는 그 골목을 지나가다가 한 만화가게가 성인만화를 보기에 제격이라는 판단을 했다. 그래서 언젠가는 저곳에 들어가서 성인만화를 봐야겠다고 마음먹고 있었다. 성인만화를 보고 싶은 생각은 점점 자라서 머릿속을 온통 지배했다. 시도 때도 없이 여자의 나체가 그려진 성인만화의 표지가 자꾸 눈에 아른거렸다.

그러던 어느 날 마침내 나는 용기를 냈다. 만화가게에 들어가서 요금을 내고 성인만화를 골라 보려고 다가갔다.

“성인만화는 돈을 더 내야 한다!”

주인 남자는 인상이 무서운 사람이었다. 성인만화라고 요금을 더 받는 것은 말도 안 된다고 생각했다. 나 말고는 다른 손님이 하나도 없어 장사도 잘 안되면서 요금은 되게 비싸게 받는다고 여겨졌다. 그렇지만 몇 십 원은 내게 문제가 안 됐다. 수금하다가 50원만 삥땅을 치면 해결되었기 때문이다.

나는 10원을 더 내고 성인만화를 골랐다. 내가 찾고 있던 것은 〈김일성의 침실〉이라는 만화였다. 만화가게 앞을 지나가면서 이미 마음속으로 여러 번 점찍어 뒀었다. 〈김일성의 침실〉이라는 만화는 여러 권으로 구성되어 있었다. 이렇게 해서 본격적으로 성인만화를 탐닉하기 시작했다. 여러 종류의 성인만화를 보면서 나는 차츰 이성에 눈을 뜨게 됐다. 만화를 보면서 입 속으로 침이 꼴깍꼴깍 넘어가고, 나도 모르게 고추가 커져서 딱딱해지는 것을 느꼈다. 나는 큰 죄를 짓고 있다는 생각이 들었지만 만화에 빠져 시간 가는 줄 몰랐다. 심지어 아들 또래의 미성년자가 성인만화를 봐도 모른 척하며 돈벌이에 급급했던 만화방 주인이 "얘, 너 너무 많이 보는 거 아냐?"라고 물어도 "조금만 더 보면 다 봐요" 하면서 크게 개의치 않았다.

야한 성인만화를 집중적으로 보다 보니 그것도 차츰 시들해졌다. 그래서 다른 만화를 찾아보기 시작했다. 그중에서도 김두한, 시라소니, 이정재, 유지광 등이 등장하는 만화를 나는 특히 좋아했다. 주로 폭력과 음모를 소재로 구성된 만화들이었다. 성인만화는 호기심을 자극했다. 침침한 만화방에 틀어박혀 장시간 성인만화를 보느라 눈이 벌겋게 충혈됐지만 내 행동이 그리 나쁘다고 생각하지 않았다. 이러한 습관은 상당한 기간 계속됐다. 수금하러 나가기만 하면 만화가게에 들러 호기심을 충족했다.

마침내 온 동네를 불안한 그림자로 드리우던 것이 현실로 나타났다. 집집마다 보상금이 지급됐다는 것이다. 이제 이 동네를 떠나 제 살길을 찾아 뿔뿔이 흩어져야 한다며 어른들은 서둘렀다. 나는 친구들과 헤어지기가 싫었다. 그래도 이 동네로 이사 와서는 비교적 오래 사는 바람에 누이동생의 죽음 이후 외톨이로 지내던 나는 영범, 우동, 춘길, 동철이와 친하게 지낼 수 있었다.

"우리 이제 학교에서나 보자"라고 말하며 우리는 헤어졌다. 나는 가끔 영범에게 나쁜 짓을 제안했다. 그때마다 영범은 내 뜻을 잘 따라 줬다. 그래서 영범은 잊을 수 없는 친구였다. 우동이는 가난했지만 녀석은 축구를 잘했다. 국가대표 축구선수가 되는 것이 꿈이었다. 아마 부모가 가난하지 않아 뒷받침만 잘했더라면 유명한 축구선수가 되었을지도 모른다.

그로부터 6년이 지나 내가 대학교 1학년 때였다. 집에 가기 위해 버스에서 내려 길을 가다가 우연히 영범이를 만났다. 그는 키가 훌쩍 크고 외모도 상당히 거칠어져 있었지만 쉽게 알아볼 수 있었다.

"뭐하고 지냈니?"

나는 반가워하면서 악수를 하기 위해 손을 내밀었다.

"나 당구장 관리하고 있어. 사장이 내게 다 맡겼어. 너는 뭐하냐?"

"나 대학생이야."

영범이는 놀란 눈으로 한동안 나를 물끄러미 쳐다봤다.

우리는 함께 당구장으로 올라갔다. 영범과 나는 당구 게임을 했다. 그 후에도 우리는 서로 가까이 살았기 때문에 가끔 만날 수 있었다.

어느 날 교회에서 집으로 연락이 왔다. 어릴 때 친구라는 사람이 나를 찾는 전화가 교회로 왔다는 것이었다. 이름은 우동이라고 했다면서…. 그래서 우동과도 다시 만날 수 있었다. 역시 대학에 들어간 지 얼마 되지 않아서였다.

"오랜만이다."

우리는 손을 마주 잡고 정말 반가워했다.

"부모님은 안녕하시고? 누나도 잘 있지?"

"응, 모두 잘 있어."

더 이상 많은 것을 묻지 않았다. 어렵게 살아온 사람들이라 우리가 헤어진 이후의 생활을 짐작할 수 있었기 때문이다. 우동이는 내가 대학에 들어갔다는 소식을 여전히 장위동에서 식모살이를 하고 있던 누나로부터 전해 들었단다. 그 소식을 듣고 축하해주고 싶었고, 또 많이 부러웠다고 했다. 우동이는 중학교를 그만두고 가사를 돕기 위해 취업했다고 했다.

1974년 크리스마스이브

장위동에는 동방주택이라는 부자들만 모여 사는 동네가 있었다. 부자 동네이다 보니 수금도 잘됐고, 집이 다닥다닥 붙어 있어서 신문을 돌리는 데 시간도 많이 걸리지 않았다. 배달 소년들은 이 구역을 좋은 구역이라 불렀다. C신문에서 열심히 일했더니 능력을 인정받아 드디어 나도 동방주택에 진출하게 됐다.

이 구역은 고정 월급을 받지 않고 능력에 따라 성과급을 받는 구역이었다. 신문 대금을 받아다가 보급소에서 정한 일정 금액을 입금하고 남는 돈은 내 차지가 됐다. 내가 맡은 구역의 독자 수는 약 150집 정도였다. 여기서 약 120여 집만 수금해서 보급소 사무실에 입금하면 됐다. 그래서 약 20~30집에서 수금한 돈은 내 차지였다. 당시는 신문 1개월 구독료가 600원 하던 시절이었다. 요즘의 1개월 구독료가 12,000원이니 내가 받던 월급을 지금 돈으로 환산해보면 약 30만 원 정도가 된다. 초등학교 6학년에게는 매우 큰돈이었다.

동방주택에는 영화배우도 살고 있었다. 내가 맡은 구역을 아니었지만 내 구역과 붙어 있었다. 그 구역은 고등학생 형이 맡고 있었다. 거기에는 내가 감명 깊게 본 영화 〈꼬마 신랑〉에서 김정훈이가 "색시야, 색시야, 나 좀 업고 가" 하면 어린 신랑을 업어 줬던 문희와 액션 배우로서 주로 악역을 도맡아 했던 허장강이 살고 있었다. 나는 내가 사모하는 여배우 문희가 살고 있다는 소식을 접하고 흥분했다. 언젠가 꼭 한 번 만나리라고 다짐했다. 여자와 남자가 이루는 풍경, 그것도 어린 꼬마 신랑과 나이 먹은 신부가 등장했던 영화 속의 풍경은 내 머리에 깊숙이 박혀 있었다. 이러한 풍경엔 마음을 훈훈하게 만드는 무엇이 있었다.

겨울이 오고 있었다. 아버지와 어머니는 해마다 겨우살이 준비를 하느라 걱정이 이만저만이 아니었다. 겨울을 나기 위해서는 쌀 한 가마니와 연탄 100장 이상이 필요하다는 것이었다. 아버지는 연탄과 쌀을 준비했고, 어머니는 김장을 담가야 했다. 작년 겨울 준비를 할 때 내가 번 돈이 큰 도움이 됐다고 했다. 연탄으로 방을 따뜻하게 해야 온 가족이 밤을 지낼 수 있었다. 아랫목 한구석만 지글지글 데워줬기 때문에 나와 철이는 서로 아랫목에 앉으려고 했다. 한밤중에 연탄불을 꺼뜨리지 않게 하려고 어머니가 특히 고생을 많이 했다. 어머니는 밤마다 가족들의 따뜻한 잠자리를 위해 속옷 차림으로 시간에 맞춰 연탄을 갈아 주는 고생을 감수해야 했다.

내가 돌리던 신문에도 겨울철만 되면 어김없이 연탄가스 중독사고 소식이 단골 기사로 보도됐다. 죽음에 민감했던 나는 마음이 안타까웠다. 나도 연탄가스를 마시고 어지러운 적이 있었다. 그런데 새벽 4시 이전에 일어나다 보니 연탄가스를 많이 마시지는 않았다. 신문 배달을 가려고 일어서려는데 가스를 마셔 비틀거렸다. 연탄가스 중독에는 동치미 국물이 좋다고 하면서 어머니는 나를 위해 동치미를 떠 왔다. 그래서 집집마다 김장 때면 동치미를 담그는구나 하고 생각했다. 새벽에 나가는 나를 보고 아버지는 "칠복이가 신문 배달을 하러 가기 위해 새벽 일찍 일어나지 않았으면 우리 가족도 연탄가스로 죽었을지 몰라" 하고 말한 적도 있었다.

어른들은 연탄재를 부셔서 미끄러운 길에 뿌렸다. 아이들은 눈사람을 만들거나 눈싸움을 할 때 이 연탄재를 눈덩이 속에 넣어 사용했다. 그래서 부서진 연탄재 조각을 넣은 눈덩이에 한 방 맞으면 머리가 깨지기도 했다. 나도 연탄재 넣은 눈을 뭉쳐서 던지기도 했었다.

C신문에 온 지도 네 달째 접어들고 있었다. 여기는 이전에 근무했던 직장과 달리 보급소에서 먹고 자고 하는 형들이 많았다. 방은 작은데 많은 수의 사람들이 기거하다 보니 더러는 책상 위나 군대에서 사용하는 야전 침대에서 잠을 자기도 했다. 가난하게 자란 사람들 중 비뚤어져서 빗나가는 경우도 있었지만 꼭 그런 것만은 아니었다. 보급소 형들 중에는 더러 거칠거나 나이에 걸맞지 않게 되바라지기도 했지만 하루하루를 정말 열심히 사는 형들이 대부분이었다.

고등학생 형들은 거의 상고나 공고 등 실업계 고등학교에 다녔다. 당시에는 대학에 가는 것이 가뭄에 콩 나듯 하던 시절이었다. 나는 보급소 막내였다. 대부분의 형들이 내게 잘 대해줬다. 나는 그런 형들이 좋았다. 친형이 없는 나는 형들을 잘 따라다녔다. 먹을 것을 사 오라는 심부름도 많이 시켰지만 나는 형들 말을 잘 들었다.

당시는 D상고나 S상고에 가는 것이 매우 어려웠다. 또 S공고나 Y공고에 가는 것도 마찬가지로 공부를 잘해야 했다. 보급소에는 이런 좋은 학교에 다니는 형들이 있었다. 하지만 싸움으로 유명한 학교에 다니는 형들도 있었다. 나는 이런 형들 틈에서 생활했기 때문에 내 또래 아이들보다 조숙했다.

보급소 사무실에도 크리스마스가 왔다. 크리스마스트리가 세워졌다. 오색 전구가 돌아가며 윙크하듯이 깜박거리는 것이 장관이었다. 나는 창틀에 걸터앉은 채 황혼이 오는 바깥을 물끄러미 바라보고 있었다. 가로 옆 점포에 하나둘 불이 켜졌다. 어둠이 내리자 지나가는 행인들은 좀 더 추워 보였다. 창 옆에 놓여 있는 테이블 위에는 사전과 영문법 책, 앨범이 크기 순서로 포개져 있었다. 나는 앨범을 집어 대충 건성으로 넘겨 봤다. 그때 어떤 형이 내 옆으로 다가왔다.

"야, 너 뭐하니?"

"예?"

"왜 남의 것을 보고 그러느냐고."

영섭 형이었다. 얼굴 표정이 굳어 있었다. 영섭 형은 항상 무표정한 얼굴로 지냈다. 나는 이런 형의 모습이 무섭고도 싫었다. 왜 항상 얼굴을 찡그리고 무뚝뚝한 표정을 짓는지 모를 일이었다.

"그게 아니고 앨범이 있기에 사진 좀 보고 있었어요. 맨 앞에 있는 사진이 형의 동생인가 보죠?"

어떻게 하면 늘 굳어 있는 그의 표정이 한번 환하게 펴질까? 어떻게 하면 그가 마음을 열어 나를 받아 줄까? 열심히 궁리하던 차에 내뱉은 말이었다. 그 말을 하면서 나는 속으로 그가 나에게 멋있게 보이던 순간들을 모아봤다.

"형, 저는 형이 좋았어요. 그래서 형 물건에 손을 대도 형이 저를 혼내지 않을 거라고 생각했어요."

영섭 형은 나를 노려보더니 콘사이스와 앨범과 영문법 책을 집어 들고 사무실 구석에 놓여 있는 책상으로 가서 앉았다. 나는 크게 잘못도 하지 않았는데 내 말에 대꾸도 없이 찬바람을 일으키고 돌아선 형이 원망스러웠다. 그때 누군가가 다들 모이라고 소리를 질렀다.

"야, 다 모여 봐. 어서."

사무실에서 영수증 정리를 하던 사람들과 신문을 뒤적이던 사람들, 또 책을 보던 형들은 박 총무가 모이라는 소리에 둥그렇게 둘러섰다. 박 총무는 일장 훈시를 늘어놓으려는 것 같았다. 기분이 좋은 모양이었다. 애인이라도 생긴 것인지, 아니면 크리스마스이브라고 독자에게서 선물이라도 받은 것인지 몹시 흥분하고 있었다.

"야, 내가 오늘 너희에게 한턱낼게. 오늘 크리스마스이브잖아."

크리스마스이브라고 해서 자기가 한턱내야 될 이유는 없었다. 하지만 그는 밑도 끝도 없이 그냥 자기가 한턱 사겠다고 말하고 있었다. 어쨌거나 싫어할 일이 아니었다.

"옳소, 옳소."

여기저기서 형들이 박 총무의 기를 돋우고 있었다. 되바라지고 거칠었던 평소의 모습과는 달리 그런 형들의 모습이 너무 착하게 보였다. 다들 사무실에서 얼른 나가려고 서둘러 준비를 하고 있었다.

"저는요? 저도 따라갈까요?"

나도 생글대면서 참견을 했다.

"아, 그렇지. 하지만 너는 막걸리를 먹을 수도 없고… 만두 사다 줄까? 만두?"

"좋아요, 사무실 잘 지키고 있을 테니 만두나 많이 사다 주세요."

그들은 우르르 몰려나갔다. 창밖을 내려다보니 한 무리의 인간들이 무언가를 게걸스럽게 먹으면서 지나갔다. 나는 길거리를 다니면서 무언가를 먹는 인간들은 딱 질색이었다. 먹는 거를 자랑하려고 그런다는 게 내 생각이었다.

그런데 갑자기 보급소 문이 벌컥 열리더니 영섭이 형이 들어왔다. 함께 몰려 나간 지 1시간도 안되었는데 말이다.

"형, 눈이 많이 오나 보지?"

나는 형의 앨범 속 사진을 몰래 보다가 들킨 짓 때문에 괜스레 미안했던 터라 밝은 얼굴로 말을 걸었다.

"눈 오는 게 좋니?"

그는 여전히 무뚝뚝하게 말을 받았다.

"겨울은 싫지만 눈 오는 것은 좋아요. 눈을 뭉쳐서 마구 던지면 재미있잖아요. 지나가는 미운 놈 뒤통수랑 또 가게 유리창이랑…."

별안간 형은 입을 크게 벌리고 고개를 뒤로 젖힌 채 마구 웃어 댔다.

나는 지금까지 영섭이 형이 이렇게 환하게 웃는 것을 보지 못했다. 평소에는 늘 자기가 무슨 후기 인상파의 그림에서 막 튀어나오기라도 한 모델인 양 근엄한 표정을 하고 있었기 때문이다.

"야, 그런데 너 되게 웃기다. 지나가는 미운 놈 뒤통수랑 가게 유리창을 향해 던져 봤어?"

그는 특유하게 난 45도의 뻐드렁니를 내보인 채 환하게 웃으면서 내게 다가왔다. 영섭이 형의 얼굴을 정면에서 오늘처럼 자세히 보기도 또 처음이었다. 뻐드렁니만 빼면 정말 잘생긴 얼굴이었다. 무뚝뚝하게 있을 때는 몰랐는데 웃고 있는 모양을 보니 영화배우 독고성보다 멋있는 얼굴이었다. 남자답지 않게 속 쌍꺼풀을 하고 있었고, 코도 한국인 코치고는 오뚝한 편이었다. 또 입술도 너무 두껍지도 않고 너무 얇지도 않게 알맞은 사이즈였다.

"응, 던져 봤어. 내가 사는 동네에 좀 미운 놈들이 있었거든. 나는 잘난 척하는 놈들은 질색이거든요. 어디 자기가 잘난 건가요. 우연히 잘난 아버지를 만나 그 아버지를 등에 업고 잘난 척하는 놈들은 진짜 잘난 게 아니거든요."

영섭 형의 눈은 반짝거리고 있었다.

"야, 너 말 잘한다. 나는 네가 조그맣고 꾀죄죄해서 바보인 줄 알았어. 야, 그래도 뭉친 눈을 던졌다가 싸움 나면 어떡하냐?"

"싸움이요? 싸움 안 나요."

"에이, 거짓말."

"정말이에요. 지금까지 싸움 난 적 한 번도 없어요. 만만한 놈만 골라서 하거든요. 내가 이래도 우리 동네에서 싸움은 좀 했어요. 신문 배달을 하고부터 별로 안 싸워요. 돈벌이에 나섰으니 돈을 많이 버는 게 내 목표거든요."

영섭 형은 쉬지 않고 떠들어 대는 나를 물끄러미 바라보고 있었다. 연신 지껄여 대는 내 조그만 주둥아리가 신기한 모양이었다.

"그래도 너한테 꼼짝 못하는 아이들을 괴롭히면 되냐?"

"나는 괜히 남을 괴롭힌 적은 없어요. 나를 괜히 괴롭히는 놈은 더러 있었지만요. 그런데 요즘은 나를 괴롭히는 놈도 없어요. 전에 살던 동네가 철거되는 바람에 친구들이 뿔뿔이 흩어 졌거든요."

"그건 그렇다 치고, 눈을 뭉쳐서 가게 유리창에다가는 왜 던지니?"

영섭이 형은 다시 미친놈이 아니냐는 듯한 얼굴 표정을 하고 나를 바라봤다.

"우리 동네 가게에서 풍선껌을 하나 훔치다가 들켜서 주인에게 혼난 적이 있어요. 5원짜리 밖에 안 되는데 우리 엄마에게 일러바쳤거든요. 저는 이 일로 아버지에게 무진장 두들겨 맞았어요. 그래서 가게 주인에게 복수하기 위해 눈을 뭉쳐 몰래 던지고 달아나곤 했어요."

영섭 형은 양미간을 찌푸리며 내 말을 듣고 있었다. 그 표정으로 보아 나를 아주 한심한 놈으로 여기고 있는 것 같았다.

"야, 그래도 그런 짓을 하면 안 돼! 껌을 훔친 것도 네가 잘못한 거잖아."

마치 선생님이 학생을 타이르는 듯했다. 나는 아니꼬운 생각이 들었다. 자기는 나쁜 짓을 한 적이 한 번도 없나?

'자기가 잘났으면 얼마나 잘났다고 어른처럼 행동하는 하는 거야!'

"겨우 5원짜리 물건 하나 훔쳤다고 일러바쳐요? 다음부터 훔치지 말라고 타이르면 되지요."

"야, 너는 말로 해서는 안되는 놈이구나. 인마, 그러니까 네 아버지가 너를 두들겨 패는 거야. 이 자식 순 엉터리 아냐?"

이 말을 듣고 보니 그럴 수도 있다는 생각이 들었다. 누가 내게 뭐라고 나무라기라도 하면 나는 항상 말대꾸를 하는 게 습관이 되어 있었다. 학교 선생님이나 아버지가 나를 꾸짖으면 나는 변명을 늘어놓기 일쑤였다. 어른들은 항상 자신들이 옳다고 떠들어 대는 게 여간해서 마음이 들지 않았던 것이다.

영섭 형은 어디 갈 곳이 있는 것 같았다. 책가방에 책이랑 예쁘게 포장된 조그만 선물을 챙기더니 나갈 준비를 마쳤다.

"야, 내일 보자. 나 집에 좀 다녀와야 되거든."

무슨 급한 볼 일이 있는 사람처럼 서두르듯이 사무실 문을 꽝 닫고 나가버렸다. 나는 아까처럼 보급소 사무실 창 옆으로 다가가 밖을 내려다봤다. 눈송이가 탐스럽고 차분하게 내려앉았다. 무허가촌의 친구들과 헤어지고 새로 이사를 한 동네에서는 새로 친구를 사귀지 못했다. 신문 배달과 수금을 하느라 어울릴 시간도 없었지만 성인만화에 빠져 만화가게에서 살다시피 했기 때문이다. 만화 속에 등장하는 성인남녀들이 내 친구였다.

겨울방학이 되니 같이 장난질을 치던 친구들이 그리웠다. 작년 겨울에는 옆 동네 아이들과 눈싸움 전쟁을 신나게 벌였던 적이 있는데 올해는 그것도 할 수 없어 보급소 사무실만 지키고 있는 내 신세가 처량해졌다. 나는 난롯가에 허물어지듯이 주저앉았다. 엽차는 항긋하고도 따끈했다. 소르르 졸음이 왔다. 푹신한 의자에 편히 기대 눈을 감았다.

〈2권에서 계속〉

우리는 다시 강에서 만난다 1

초판 1쇄 2021년 7월 19일

지은이 이상복
펴낸이 서정희
펴낸곳 매경출판㈜
책임편집 조문채
마케팅 강윤현 이진희 장하라
디자인 김보현 김신아

매경출판㈜
등록 2003년 4월 24일(No. 2-3759)
주소 (04557) 서울시 중구 충무로 2(필동1가) 매일경제 별관 2층 매경출판㈜
홈페이지 www.mkbook.co.kr
전화 02)2000-2612(기획편집) 02)2000-2636(마케팅) 02)2000-2606(구입 문의)
팩스 02)2000-2609 **이메일** publish@mk.co.kr
인쇄 · 제본 ㈜M-print 031)8071-0961
ISBN 979-11-6484-303-9(04810)